Felix Dahn

Ein Kampf um Rom

historischer Roman Zweiter Band

Felix Dahn

Ein Kampf um Rom
historischer Roman Zweiter Band

ISBN/EAN: 9783744629270

Hergestellt in Europa, USA, Kanada, Australien, Japan

Cover: Foto ©Andreas Hilbeck / pixelio.de

Weitere Bücher finden Sie auf **www.hansebooks.com**

Ein Kampf um Rom.

Historischer Roman

von

Felix Dahn.

Motto:
„Wenn etwas ist, gewalt'ger als das Schicksal,
So ist's der Muth, der's unerschüttert trägt.“
Geibel.

Zweiter Band.

Achtzehnte Auflage.

Leipzig,

Druck und Verlag von Breitkopf und Härtel.
1892.

Viertes Buch.

Theodahad.

„Nachbarn zu haben schien Theodahad
eine Art von Unglück."

Prokop, Gothenkrieg I. 3.

Erstes Capitel.

Am andern Morgen verkündete ein Manifest dem staunenden Ravenna, daß die Tochter Theoderichs zu Gunsten ihres Vetters Theodahad auf die Krone verzichtet und daß dieser, der letzte Mannessproß der Amelungen, den Thron bestiegen habe.

Italier und Gothen wurden aufgefordert, dem neuen Herrscher den Eid der Treue zu schwören.

So hatte Cethegus richtig gerechnet.

Das Gewissen der unseligen Frau fühlte sich durch manche Thorheit, ja durch blut'ge Schuld schwer belastet: edle Naturen suchen Erleichterung und Buße in Opfer und Entsagung: durch ihrer Tochter und Cassiodors Anklagen war ihr Herz mächtig bewegt worden und der Präfect hatte sie in günstiger Stimmung für seinen Rath gefunden.

Weil er so bitter war, befolgte sie ihn: ja sie hatte, um ihr Volk zu retten und ihre Schuld zu sühnen, sich noch weitere Demüthigungen vorgesteckt.

Ohne Schwierigkeit vollzog sich der Thronwechsel.

Die Italier zu Ravenna waren zu einer Erhebung

1 *

keineswegs vorbereitet und wurden von Cethegus auf gelegnere Zeit vertröstet.

Auch war der neue König als Freund römischer Bildung bei ihnen bekannt und beliebt.

Die Gothen freilich schienen sich nicht ohne Weitres den Tausch gefallen lassen zu wollen.

Fürst Theodahad war allerdings ein Mann — das empfahl ihn gegenüber Amalaswinthen — und ein Amaler: das wog schwer zu seinen Gunsten gegenüber jedem andern Bewerber um die Krone.

Aber im Uebrigen war er im Volke der Gothen keineswegs hoch angesehen.

Unkriegerisch und feige, verweichlicht an Leib und Seele hatte er keine der Eigenschaften, welche die Germanen von ihren Königen forderten.

Nur Eine Leidenschaft erfüllte seine Seele: Habsucht, unersättliche Goldgier.

Reich begütert in Tuscien lebte er mit allen seinen Nachbaren in ewigen Processen: mit List und Gewalt und dem Schwergewicht seiner königlichen Geburt wußte er seinen Grundbesitz nach allen Seiten auszudehnen und die Ländereien weit in der Runde an sich zu reißen: „denn — sagt ein gleichzeitiger Autor — Nachbaren zu haben schien dem Theodahad eine Art von Unglück.“

Dabei war seine schwache Seele vollständig abhängig von der bösartigen, aber kräftigen Natur seines Weibes.

Einen solchen König sahen denn die Tüchtigsten unter den Gothen nicht gern auf dem Throne Theoderichs.

Und kaum war das Manifest Amalaswinthens bekannt

geworden, als Graf Teja, der kurz zuvor mit Hildebad in Ravenna angekommen war, diesen sowie den alten Waffenmeister und den Grafen Witichis zu sich beschied und sie aufforderte, die Unzufriedenheit des Volkes zu steigern, zu leiten und einen Würdigern an Theodahads Stelle zu setzen.

„Ihr wißt," schloß er seine Worte, „wie günstig die Stimmung im Volke.

Seit jener Bundesnacht im Mercuriustempel haben wir unabläſſig im Volk geschürt und Großes iſt ſchon gelungen: des edeln Athalarich Aufſchwung, der Sieg am Epiphaniasfeſte, das Zurückholen Amalaswinthens, wir haben es bewirkt.

Jetzt winkt die günſtige Gelegenheit.

Soll an des Weibes Stelle treten ein Mann, der ſchwächer als ein Weib?

Haben wir keinen Würdigern mehr als Theodahad im Volk der Gothen?"

„Recht hat er, bei'm Donner und Strahl," rief Hildebad.

„Fort mit diesen verwelkten Amalern! Einen Heldenkönig hebt auf den Schild und ſchlagt los nach allen Seiten. Fort mit dem Amaler!"

„Nein," ſagte Witichis, ruhig vor ſich hinblickend, „noch nicht!

Vielleicht, daß es noch einmal ſo kommen muß: aber nicht früher darf es geſchehen als es muß.

Der Anhang der Amaler iſt groß im Volk: nur mit Gewalt würde Theodahad den Reichthum. Gothelindis die Macht der Krone sich entwinden lassen: sie würden stark genug sein, wenn nicht zum Siege, doch zum Kampf.

Kampf aber unter den Söhnen eines Volks ist schrecklich, nur die Nothwendigkeit kann ihn rechtfertigen.

Die ist noch nicht da.

Theodahad mag sich bewähren: er ist schwach, so wird er sich leiten lassen.

Hat er sich unfähig erwiesen, so ist's noch immer Zeit."

„Wer weiß, ob dann noch Zeit ist," warnte Teja.

„Was räthst du, Alter?" fragte Hildebad, auf welchen die Gründe des Grafen Witichis nicht ohne Wirkung blieben.

„Brüder," sagte der Waffenmeister, seinen langen Bart streichend, „ihr habt die Wahl, darum die Qual.

Mir sind beide erspart: ich bin gebunden.

Die alten Gefolgen des großen Königs haben einen Eid gethan, so lang sein Haus lebt, keinem Fremden die Gothenkrone zuzuwenden."

„Welch thörichter Eid!" rief Hildebad.

„Ich bin alt und nenn' ihn nicht thöricht.

Ich weiß, welcher Segen auf der festen, heiligen Ordnung des Erbgangs ruht.

Und die Amaler sind Söhne der Götter," schloß er geheimnißvoll.

„Ein schöner Göttersohn, Theodahad!" lachte Hildebad.

„Schweig," rief zornig der Alte, „das begreift ihr nicht mehr, ihr neuen Menschen.

Ihr wollt Alles fassen und verstehen mit eurem läglichen Verstand.

Das Räthsel, das Geheimniß, das Wunder, der Zauber, der im Blute liegt — dafür habt ihr den Sinn verloren.

Darum schweig' ich von solchen Dingen zu euch.

Aber ihr macht mich nicht mehr anders mit meinen bald hundert Jahren.

Thut ihr, was ihr wollt, ich thue, was ich muß."

„Nun," sprach Graf Teja nachgebend, „auf euer Haupt die Schuld. Aber wenn dieser letzte Amaler dahin" —

„Dann ist das Gefolge seines Schwures frei."

„Vielleicht," schloß Witichis, „ist es ein Glück, daß auch uns dein Eid die Wahl erspart: denn gewiß wollen wir keinen Herrscher, den du nicht anerkennen könntest. Gehen wir denn, das Volk zu beschwichtigen und tragen wir diesen König — so lang er zu tragen ist."

„Aber keine Stunde länger," sagte Teja und ging zürnend hinaus. —

Zweites Capitel.

Am nämlichen Tage noch wurden Theodahad und Gothelindis mit der alten Krone der Gothenkönige gekrönt.

Ein reiches Festmal, besucht von allen römischen und gothischen Großen des Hofes und der Stadt, belebte den weiten Palast Theoderichs und den sonst so stillen Garten, den wir als den Schauplatz von Athalarichs und Camilla's Liebe kennen gelernt.

Bis tief in die Nacht währte das lärmende Gelage.

Der neue König, kein Freund der Becher und barbarischer Festfreuden, hatte sich frühe zurückgezogen.

Gothelindis dagegen sonnte sich gern in dem Glanz ihrer jungen Herrlichkeit: stolz prangte sie auf ihrem Purpursitz, die goldene Zackenkrone im dunkeln Haar.

Sie schien ganz Ohr für die lauten Jubelrufe, welche ihren und ihres Gatten Namen feierten.

Und doch hatte ihr Herz dabei nur Eine Freude: den Gedanken, daß dieser Jubel hinunter dringen müsse bis in die Königsgruft, wo Amalaswintha, die verhaßte, besiegte Feindin, am Sarkophage ihres Sohnes trauerte.

Unter der Menge von jenen Gästen, welche immer

fröhlich sind, wenn sie bei vollen Bechern sitzen, war doch auch so manches ernstere Gesicht zu bemerken: mancher Römer, der auf dem leeren Thron da oben lieber den Kaiser gesehen hätte: so mancher Gothe, der in der gefährlichen Lage des Reiches einem König wie Theodahad nicht ohne Sorge huldigen konnte.

Zu letzteren zählte Witichis, dessen Gedanken nicht unter dem kranzgeschmückten Säulendach der Trinkhalle zu weilen schienen.

Unberührt stand die goldne Schale vor ihm und auf den lauten Zuruf Hildebads, der ihm gegenüber saß, achtete er kaum.

Endlich — schon brannten längst im Sale die Lampen und am Himmel die Sterne — stand er auf und ging hinaus in das grüne Dunkel des Gartens.

Langsam wandelte er durch die Taxusgänge dahin: sein Auge hing an den funkelnden Sternen.

Sein Herz war daheim bei seinem Weibe, bei seinem Knaben, die er monatelang nicht mehr gesehen.

So führte ihn sein sinnendes Wandeln an den Venustempel bei der Meeresbucht, die wir kennen.

Er sah hinaus nach der flimmernden See — da blitzte etwas dicht vor seinen Füßen im schwachen Mond-licht: es war eine Rüstung, daneben die kleine, gothische Harfe: ein Mann lag vor ihm im weichen Grase und ein bleiches Antlitz hob sich ihm entgegen.

„Du hier, Teja? Du warst nicht beim Fest."

„Nein, ich war bei den Todten."

„Auch mein Herz weiß nichts von diesen Festen: es

war daheim bei Weib und Kind," sagte Witichis, sich zu ihm niedersetzend.

„Bei Weib und Kind," wiederholte Teja seufzend.

„Viele fragten nach dir, Teja."

„Nach mir! Soll ich sitzen neben Cethegus, der mir die Ehre nahm, und neben Theodahad, der mir mein Erbe nahm?"

„Dein Erbe nahm?"

„Wenigstens besitzt ers. Und über den Ort, wo meine Wiege stand, ging seine Pflugschar."

Und schweigend sah er lange vor sich hin.

„Dein Harfenspiel — es schweigt? Man rühmt dich unsres Volkes besten Harfenschläger und Sänger!"

„Wie Gelimer, der letzte König der Vandalen, seines Volkes bester Harfenschläger war. — — Aber mich würden sie nicht im Triumph einführen nach Byzanz!"

„Du singst nicht oft mehr?"

„Fast niemals mehr. Aber mir ist, die Tage kommen, da ich wieder singen werde."

„Tage der Freude?"

„Tage der höchsten, der letzten Trauer."

Lange schwiegen Beide. —

„Mein Teja," hob endlich Witichis an, „in allen Nöthen von Krieg und Frieden hab' ich dich erfunden treu, wie mein Schwert.

Und obwohl du so viel jünger als ich und nicht leicht der Aeltere sich dem Jüngling verbindet, kann ich dich meinen besten Herzensfreund nennen.

Und ich weiß, daß auch dein Herz mehr an mir hängt als an deinen Jugendgenossen."

Teja drückte ihm die Hand:

„Du verstehst mich und ehrest meine Art, auch wo du sie nicht verstehst. Die Andern —! und doch: den Einen hab' ich sehr lieb."

„Wen?"

„Den Alle lieb haben."

„Totila?"

„Ich hab' ihn lieb wie die Nacht den Morgenstern. Aber er ist so hell: er kann's nicht fassen, daß Andere dunkel sind und bleiben müssen."

„Bleiben müssen! Warum?

Du weißt Neugier ist meine Sache nicht. Und wenn ich dich in dieser ernsten Stunde bitte: lüfte den Schleier, der über dir und deiner finstern Trauer liegt, so bitt' ich's nur, weil ich dir helfen möchte. Und weil des Freundes Auge oft besser sieht als das eigene."

„Helfen? Mir helfen? Kannst du die Todten wieder auferwecken?

Mein Schmerz ist unwiderruflich wie die Vergangenheit.

Und wer einmal gleich mir den unbarmherzigen Rädergang des Schicksals verspürt hat, wie es, blind und taub für das Zarte und Hohe, mit ehrner grundloser Gewalt Alles vor sich nieder tritt, ja, wie es das Edle, weil es zart ist, leichter und lieber zermalmt, als das Gemeine, wer erkannt hat, daß eine dumpfe Nothwendigkeit, welche Thoren die weise Vorsehung Gottes nennen, die Welt und das Leben der Menschen beherrscht, der ist hinaus über Hülfe und Trost: er hört ewig, wenn er es einmal erlauscht, mit dem leisen Gehör der Verzweiflung den immer gleichen Tactschlag des fühllosen Rades im Mittelpunct der Welt, welches gleichgültig mit jeder Bewegung Leben zeugt und Leben tödtet.

Wer das einmal empfunden und erlebt, der entsagt einmal und für immer und Allem: nichts wird ihn mehr erschrecken.

Aber freilich — die Kunst des Lächelns hat er auch vergessen auf immerdar."

„Mir schaudert.

Gott bewahre mich vor solchem Wahn!

Wie kamst du so jung zu so fürchterlicher Weisheit?"

„Freund, mit deinen Gedanken allein ergrübelst du die Wahrheit nicht, erleben mußt du sie.

Und nur, wenn du des Mannes Leben kennst, begreifst du, was er denkt und wie er denkt.

Und auf daß ich dir nicht länger erscheine wie ein irrer Träumer, wie ein Weichling, der sich gern in seinen Schmerzen wiegt, — und damit ich dein Vertrauen und deine schöne Freundschaft ehre, vernimm, — höre ein kleines Stück meines Grams.

Das Größere, das unendlich Größere behalt' ich noch für mich," sagte er schmerzlich, die Hand auf die Brust drückend, — „es kömmt wohl noch die Stunde auch für dies.

Vernimm heute nur, wie über meinem Haupte der Stern des Unheils schon leuchtete, da ich gezeugt ward. —

Und von all den tausend Sternen da oben bleibt nur dieser Stern getreu.

Du warst dabei — du erinnerst dich — wie der falsche Präfect mich laut vor allen einen Bastard schalt und mir den Zweikampf weigerte: — ich mußte es dulden: ich bin noch schlimmeres als ein Bastard. — —

Mein Vater, Tagila, war ein tüchtiger Kriegsheld, aber kein Adaling, gemeinfrei und arm.

Er liebte, schon seit der Bart ihm sproßte Gisa, seines Vaterbruders Tochter.

Sie lebten draußen, weit an der äußersten Ostgränze des Reichs, an dem kalten Ister, wo man stets im Kampfe liegt mit den Gepiden und den wilden räuberischen Sarmaten und wenig Zeit hat, an die Kirche zu denken und die wechselnden Gebote, welche ihre Concilien erlassen.

Lange konnte mein Vater seine Gisa nicht heimführen: er hatte nichts als Helm und Speer und konnte ihrem Muntwalt den Malschatz nicht zahlen und einem Weibe keinen Herd bereiten.

Endlich lachte ihm das Glück.

Im Krieg gegen einen Sarmatenkönig eroberte er dessen festen Schatzthurm an der Alutha: und die reichen Schätze, welche die Sarmaten seit Jahrhunderten zusammengeplündert und hier aufgehäuft, wurden seine Beute.

Zum Lohn seiner That ernannte ihn Theoderich zum Grafen und rief ihn nach Italien.

Mein Vater nahm seine Schätze und Gisa, jetzt sein

Weib, mit sich über die Alpen und kaufte sich weite schöne Güter in Tuscien zwischen Florentia und Luca. Aber nicht lange währte sein Glück.

Kaum war ich geboren, da verklagte ein Elender, ein feiger Schurke meine Eltern wegen Blutschande beim Bischof von Florentia.

Sie waren katholisch — nicht Arianer — und Geschwisterkinder: ihre Ehe war nichtig nach dem Recht der Kirche — und die Kirche gebot ihnen, sich zu trennen.

Mein Vater drückte sein Weib an die Brust und lachte des Gebots.

Aber der geheime Ankläger ruhte nicht —"

— „Wer war der Neiding?"

„O wenn ich es wüßte, ich wollte ihn erreichen und thronte er in allen Schrecken des Vesuvius! Er ruhte nicht.

Unablässig bedrängten die Priester meine arme Mutter und wollten ihre Seele mit Gewissensbissen schrecken.

Umsonst: sie hielt sich an ihren Gott und ihren Gatten und trotzte dem Bischof und seinen Sendboten.

Und mein Vater, wenn er einen der Pfaffen in seinem Gehöfte traf, begrüßte ihn, daß er nicht wieder kam.

Aber wer kann mit denen kämpfen, die im Namen Gottes sprechen!

Ein letzter Termin ward den Ungehorsamen gesteckt: hätten sie sich bis dahin nicht getrennt, so sollten sie dem Bann verfallen und ihr Hab' und Gut der Kirche.

Entsetzt eilte jetzt mein Vater an den Hof des Königs, Aufhebung des grausamen Spruches zu erflehen.

Die Satzung des Concils sprach zu klar und Theoderich konnte es nicht wagen, das Recht der orthodoxen Kirche zu kränken.

Als mein Vater zurück kehrte von Ravenna, mit Gisa zu flüchten, starrte er entsetzt auf die Stätte, wo sein Haus gestanden: der Termin war abgelaufen, und die Drohung erfüllt: sein Haus zerstört, sein Weib, sein Kind verschwunden.

Rasend stürmte er durch ganz Italien, uns zu suchen. Endlich entdeckte er, als Priester verkleidet, seine Gisa in einem Kloster zu Ticinum: ihren Knaben hatte man ihr entrissen und nach Rom geschleppt.

Mein Vater bereitet mit ihr Alles zur Flucht: sie entkommen um Mitternacht über die Mauer des Klostergartens.

Aber am Morgen fehlt die Büßerin bei der Hora: man vermißt sie, ihre Celle ist leer.

Die Klosterknechte folgen den Spuren des Rosses, — sie werden eingeholt: grimmig fechtend fällt mein Vater: meine Mutter wird in ihre Celle zurück gebracht.

Und so furchtbar drücken die Macht des Schmerzes und die Zucht des Klosters auf die zermürbte Seele, daß sie in Wahnsinn fällt und stirbt.

Das sind meine Eltern!"

„Und du?"

„Mich entdeckte in Rom der alte Hildebrand, ein Waffenfreund meines Großvaters und Vaters: — er entriß mich, mit des Königs Beistand, den Priestern und ließ mich mit seinen eignen Enkeln in Regium erziehen."

„Und dein Gut, dein Erbe?"

„Verfiel der Kirche, die es, halb geschenkt, an Theodahad überließ: er war meines Vaters Nachbar, er ist jetzt
mein König!"

„Mein armer Freund!

Aber wie erging es dir später?

Man weiß nur dunkles Gerede — du warst einmal
in Griechenland gefangen —"

Teja stand auf.

„Davon laß mich schweigen; vielleicht ein andermal.

Ich war Thor genug, auch einmal an Glück zu
glauben und an eines liebenden Gottes Güte.

Ich hab' es schwer gebüßt.

Ich will's nie wieder thun.

Leb wohl, Witichis, und schilt nicht auf Teja, wenn
er nicht ist wie Andre."

Er drückte ihm die Hand und war rasch im dunkeln
Laubgang verschwunden.

Witichis sah lange schweigend vor sich hin.

Dann blickte er gen Himmel, in den hellen Sternen
eine Widerlegung der finstern Gedanken zu finden, die
des Freundes Worte in ihm geweckt.

Er sehnte sich nach ihrem Licht voll Frieden und
Klarheit.

Aber während des Gesprächs war Nebelgewölk rasch
aus den Lagunen aufgestiegen und hatte den Himmel
überzogen: es war finster ringsum.

Mit einem Seufzer stand Witichis auf und suchte
in ernstem Sinnen sein einsames Lager.

Drittes Capitel.

***

Während unten in den Hallen des Schlosses Italier und Gothen tafelten und zechten, ahnten sie nicht, daß über ihren Häuptern in dem Gemach des Königs eine Verhandlung gepflogen ward, welche über ihr und ihres Reiches Schicksale entscheiden sollte.

Unbeobachtet war dem König alsbald der Gesandte von Byzanz nachgefolgt und lange und geheim sprachen und schrieben die Beiden mit einander.

Endlich schienen sie handelseinig geworden und Petros wollte anheben, nochmal vorzulesen, was sie gemeinsam beschlossen und aufgezeichnet.

Aber der König unterbrach ihn.

„Halt," flüsterte der kleine Mann, der in seinem weiten Purpurmantel verloren zu gehen drohte, „halt — noch Eins!"

Und er hob sich aus dem schön geschweiften Sitz, schlich durch das Gemach und hob den Vorhang, ob Niemand lausche.

Dann kehrte er beruhigt zurück und faßte den Byzantiner leise am Gewand.

Das Licht der Bronceampel spielte im Winde flackernd auf den gelben vertrockneten Wangen des häßlichen Mannes, der die kleinen Augen zusammenkniff:

„Noch dies. Wenn jene heilsamen Veränderungen eintreten sollen, — auf daß sie eintreten können, wird es gut sein, ja nothwendig, einige der trotzigsten meiner Barbaren unschädlich zu machen."

„Daran hab' ich bereits gedacht, nickte Petros.

Da ist der alte halbheidnische Waffenmeister, der grobe Hildebad, der nüchterne Witichis" —

„Du kennst deine Leute gut, grinste Theodahad, du hast dich tüchtig umgesehen.

Aber, raunte er ihm in's Ohr, Einer, den du nicht genannt hast, Einer vor Allen muß fort."

„Der ist?"

„Graf Teja, des Tagila Sohn."

„Ist der melancholische Träumer so gefährlich?"

„Der Gefährlichste von Allen!

Und mein persönlicher Feind! schon von seinem Vater her."

„Wie kam das?"

„Er war mein Nachbar bei Florentia.

Ich mußte seine Aecker haben — umsonst drang ich in ihn.

Ha," lächelte er pfiffig, „zuletzt wurden sie doch mein.

Die heilige Kirche trennte seine verbrecherische Ehe, nahm ihm sein Gut dabei und ließ mir's billig ab.

Ich hatte einiges Verdienst um die Kirche in dem

Proceß — dein Freund, der Bischof von Florentia kann dir's genau erzählen."

„Ich verstehe," sagte Petros, „was gab der Barbar seine Aecker nicht in Güte! Weiß Teja —?"

„Nichts weiß er.

Aber er haßt mich schon deßhalb weil ich sein Erb-gut — kaufte.

Er wirft mir finstere Blicke zu.

Und dieser schwarze Träumer ist der Mann, seinen Feind zu den Füßen Gottes zu erwürgen."

„So?" sagte Petros, plötzlich sehr nachdenklich.

„Nun, genug von ihm: er soll nicht schaden.

Laß dir jetzt nochmal den ganzen Vertrag Punct für Punct vorlesen; dann unterzeichne.

Erstens. König Theodahad verzichtet auf die Herr-schaft über Italien und die zugehörigen Inseln und Provinzen des Gothenreichs: nämlich Dalmatien, Libur-nien, Istrien, das zweite Pannonien, Savien, Noricum, Rhätien, und den gothischen Besitz in Gallien, zu Gunsten des Kaisers Justinian und seiner Nachfolger auf dem Throne von Byzanz. Er verspricht, Ravenna, Rom, Neapolis und alle festen Plätze des Reichs dem Kaiser ohne Widerstand zu öffnen."

Theodahad nickte.

„Zweitens. König Theodahad wird mit allen Mitteln dahin wirken, daß das ganze Heer der Gothen ent-waffnet und in kleinen Gruppen über die Alpen geführt werde. Weiber und Kinder haben nach Auswahl des kaiser-lichen Feldherrn dem Heere zu folgen oder als Sklaven nach Byzanz zu gehen. Der König wird dafür sorgen, daß jeder Widerstand der Gothen erfolglos bleiben muß.

Drittens. Dafür beläßt Kaiser Justinian dem König Theodahad und seiner Gemahlin den Königstitel und die königlichen Ehren auf Lebenszeit, und viertens" —

„Diesen Abschnitt will ich doch mit eignen Augen lesen," unterbrach Theodahad, nach der Urkunde langend.

„Viertens beläßt der Kaiser dem König der Gothen nicht nur alle Ländereien und Schätze, welche dieser als sein Privateigenthum bezeichnen wird, sondern auch den ganzen Königsschatz der Gothen, der allein an geprägtem Gold auf vierzig tausend Pfunde geschätzt ist. Er übergiebt ihm ferner zu Erb und Eigen ganz Tuscien von Pistoria bis Cäre, von Populonia bis Clusium und endlich überweist er an Theodahad auf Lebenszeit die Hälfte aller öffentlichen Einkünfte des durch diesen Vertrag seinem rechtmäßigen Herrn zurückerworbenen Reiches. — Sage, Petros, meinst du nicht, ich könnte drei Viertel fordern?" — —

„Fordern kannst du sie, allein ich zweifle sehr, daß sie dir Justinian gewährt. Ich habe schon die Grenzen, die äußersten, meiner Vollmacht überschritten."

„Fordern wollen wir's doch immerhin," meinte der König, die Zahl ändernd. „Dann muß Justinian herunter markten oder dafür andere Vortheile gewähren."

Um des Petros schmale Lippen spielte ein falsches Lächeln:

„Du bist ein kluger Handelsmann, o König. —
Aber hier verrechnest du dich doch," sagte er zu sich selbst.

Da rauschten schleppende Gewänder den Marmorgang heran und eintrat in's Gemach in langem schwarzem Mantel und schwarzem, mit silbernen Sternen besätem Schleier Amalaswintha, bleich von Antlitz, aber in edler Haltung, eine Königin trotz der verlornen Krone: überwältigende Hoheit der Trauer sprach aus den bleichen Zügen.

„König der Gothen," hob sie an, „vergieb, wenn an deinem Freudenfeste ein dunkler Schatte noch einmal auftaucht von der Welt der Todten. Es ist zum letzten Mal."

Beide Männer waren von ihrem Anblick betroffen.

„Königin," — stammelte Theodahad.

„Königin! o wär' ich's nie gewesen.

Ich komme, Vetter, von dem Sarge meines edeln Sohnes, wo ich Buße gethan für all' meine Verblendung, und all' meine Schuld bereut.

Ich steige herauf zu dir, König der Gothen, dich zu warnen vor gleicher Verblendung und gleicher Schuld."

Theodahads unstätes Auge vermied ihren ernsten, prüfenden Blick.

„Es ist ein übler Gast," fuhr sie fort, „den ich in mitternächtiger Stunde als deinen Vertrauten bei dir finde.

Es ist kein Heil für einen Fürsten als in seinem Volk: zu spät hab' ichs erkannt, zu spät für mich, nicht zu spät, hoff' ich, für mein Volk.

Traue du nicht auf Byzanz: es ist ein Schild, der den erdrückt, den er beschirmen soll."

„Du bist ungerecht," sagte Petros, „und undankbar."

„Thu nicht, mein königlicher Vetter," fuhr sie fort, „was dieser von dir fordert.

Bewillige nicht du, was ich ihm weigerte.

Sicilien sollen wir abtreten und dreitausend Krieger dem Kaiser stellen für alle seine Kriege — ich wies die Schmach von mir.

Ich sehe," sprach sie auf das Pergament deutend, „du hast schon mit ihm abgeschlossen.

Tritt zurück, sie werden dich immer täuschen."

Aengstlich zog Theodahad die Urkunde an sich: er warf einen mißtrauischen Blick auf Petros.

Da trat dieser gegen Amalaswintha vor:

„Was willst du hier, du Königin von gestern?

Willst du dem Beherrscher dieses Reiches wehren?

Deine Zeit und deine Macht ist um."

„Verlaß uns," sagte Theodahad, ermuthigt.

„Ich werde thun was mir gut dünkt.

Es soll dir nicht gelingen mich von meinen Freunden in Byzanz zu trennen.

Sieh her, vor deinen Augen soll unser Bund geschlossen sein."

Und er zeichnete seinen Namen auf die Urkunde.

„Nun," lächelte Petros, „kamst du noch eben recht, als Zeugin mit zu unterzeichnen."

„Nein," sprach Amalaswintha mit einem drohenden Blick auf die beiden Männer, „ich kam noch eben recht, eueren Plan zu vereiteln.

„Ich gehe geraden Wegs von hier zum Heere, zur Volksversammlung, die nächstens bei Regeta tagt.

Aufdecken will ich daselbst vor allem Volk peine Anträge, die Pläne von Byzanz und dieses schwachen Fürsten Verrath."

„Das wird nicht angehn," sagte Petros ruhig, „ohne dich selbst zu verklagen."

„Ich will mich selbst verklagen.

Enthüllen will ich all' meine Thorheit, all' meine blutige Schuld und gern den Tod erleiden, den ich verdient.

Aber warnen, aufschrecken soll diese meine Selbstanklage mein ganzes Volk vom Aetna bis zu den Alpen; eine Welt von Waffen soll euch entgegenstehn und retten werd' ich meine Gothen durch meinen Tod von der Gefahr, in die mein Leben sie gestürzt."

Und in edler Begeisterung eilte sie aus dem Gemach.

Verzagt blickte Theodahad auf den Gesandten: lang fand er keine Worte.

„Rathe, hilf —" stammelte er endlich.

„Rathen? Da hilft nur Ein Rath.

Die Rasende wird sich und uns verderben, läßt man sie gewähren.

Sie darf ihre Drohung nicht erfüllen.

Dafür mußt du sorgen."

„Ich?" rief Theodahad erschreckt; „ich kann dergleichen nicht!

Wo ist Gothelindis?

Sie, sie allein kann helfen."

„Und der Präfect," sagte Petros — „sende nach ihnen."

Alsbald waren die beiden Genannten von dem Festmale herauf beschieden. Petros verständigte sie von den Worten der Fürstin, ohne jedoch dem Präfecten den Vertrag als Veranlassung des Auftritts zu nennen.

Kaum hatte er gesprochen, so rief die Königin:

„Genug, sie darf es nicht vollenden.

Man muß ihre Schritte bewachen, sie darf mit keinem Gothen in Ravenna sprechen — sie darf den Palast nicht verlassen. Das vor Allem!"

Und sie eilte hinaus, vertraute Sklaven vor Amalaswinthens Gemächer zu senden.

Alsbald kehrte sie wieder.

„Sie betet laut in ihrer Kammer," sprach sie verächtlich. „Auf, Cethegus, laß uns ihre Gebete vereiteln."

Cethegus hatte, mit dem Rücken an die Marmorsäulen des Eingangs gelehnt, die Arme über der Brust gekreuzt, diese Vorgänge schweigend und sinnend mit angehört.

Er erkannte die Nothwendigkeit, die Fäden der Ereignisse wieder mehr in seine Hand zu versammeln und straffer anzuziehen.

Er sah Byzanz immer mehr in den Vordergrund dringen — das durfte nicht weiter angehn.

„Sprich, Cethegus," mahnte Gothelindis nochmals, „was thut jetzt vor allem Noth?"

„Klarheit," sagte dieser sich aufrichtend.

„In jedem Bunde muß der Zweck, der besondere Zweck jedes der Verbündeten klar sein: sonst werden sie stets sich durch Mißtrau'n hemmen.

Ihr habt eure Zwecke, — ich habe den Meinen.

Eure Zwecke liegen am Tage: ich habe sie euch neulich schon gesagt: du, Petros, willst, daß Kaiser Justinian an der Gothen Statt in Italien herrsche: ihr, Gothelindis und Theodahad, wollt dies auch, gegen reiche Entschädigung an Rache, Geld und Ehren.

Ich aber — ich habe auch meinen Zweck: was hilft es, das zu verhehlen?

Mein schlauer Petros, du würdest doch nicht lange mehr glauben, daß ich nur den Ehrgeiz habe, dein Werkzeug zu sein, und dereinst Senator in Byzanz zu werden.

Also auch ich habe meinen Zweck: all' eure dreieinige Schlauheit würde ihn nie entdecken, weil er zu nahe vor Augen liegt.

Ich muß ihn euch selbst verrathen.

Der versteinerte Cethegus hat noch eine Liebe: sein Italien.

Drum will er, wie ihr, die Gothen fort haben aus diesem Land.

Aber er will nicht, wie ihr, daß Kaiser Justinianus unbedingt an ihre Stelle trete: er will nicht die Traufe statt des Regens.

Am liebsten möchte ich, der unverbesserliche Republikaner — du weißt, mein Petros, wir waren es damals beide mit achtzehn Jahren auf der Schule von Athen und ich bin es noch: aber du brauchst es dem Kaiser, deinem Herrn, nicht zu melden, ich hab' es ihm lange selbst geschrieben — die Barbaren hinauswerfen, ohne euch herein zu lassen.

Das geht nun leider nicht an: wir können eurer Hülfe nicht entbehren.

Doch will ich diese auf das Unvermeidliche beschränken.

Kein byzantinisch Heer darf diesen Boden betreten, als um ihn im letzten Augenblick der Noth aus der Hand der Italier zu empfangen.

Italien sei mehr ein von den Italiern dargebrachtes Geschenk als eine Eroberung für Justinian: die Segnungen der Feldherrn und Steuerrechner, die Byzanz über die Länder bringt, die es befreit, sollen uns erspart bleiben: wir wollen euern Schutz, nicht eure Thrannei."

Ueber Petros' Züge zog ein feines Lächeln, das Cethegus nicht zu bemerken schien; er fuhr fort:

„So vernehmt meine Bedingung.

„Ich weiß, Belisarius liegt mit Flotte und Heer nah bei Sicilien.

Er darf nicht landen.

Er muß heimkehren.

Ich kann keinen Belisar in Italien brauchen.

Wenigstens nicht eher als ich ihn rufe.

Und sendest du, Petros, ihm nicht sofort diesen Befehl zu, so scheiden sich unsere Wege.

Ich kenne Belisar und Narses und ihre Soldatenherrschaft und ich weiß, welch' milde Herrn diese Gothen sind.

Und mich erbarmt Amalaswinthens: sie war eine Mutter meines Volks.

Deßhalb wählet, wählet zwischen Belisar und Cethegus.

Landet Belisar, so steht Cethegus und ganz Italien

zu Amalaswintha und den Gothen: und dann laß sehn, ob ihr uns eine Scholle dieses Landes entreißt.

Wählt ihr Cethegus, so bricht er die Macht der Barbaren und Italien unterwirft sich dem Kaiser als seine freie Gattin, nicht als seine Sklavin. Wähle, Petros.

„Stolzer Mann," sprach Gothelindis, „du wagst uns Bedingungen zu setzen, uns, deiner Königin?"

Und drohend erhob sie die Hand.

Aber mit eiserner Faust ergriff Cethegus diese Hand und zog sie ruhig herab.

„Laß die Possen, Eintagskönigin.

Hier unterhandeln nur Italien und Byzanz.

Vergißt du deine Ohnmacht, so muß man dich d'ran mahnen.

Du thronst, so lange wir dich halten."

Und mit so ruhiger Majestät stand er vor dem zornmüthigen Weib, daß sie verstummte.

Aber ihr Blick sprühte unauslöschlichen Haß.

„Cethegus," sagte jetzt Petros, der sich einstweilen entschlossen, „du hast Recht.

Byzanz kann für den Augenblick nicht mehr erreichen als deine Hülfe, weil nichts ohne sie.

Wenn Belisar umkehrt, so gehst du ganz mit uns und unbedingt?"

„Unbedingt."

„Und Amalaswinthen?"

„Geb' ich Preis."

„Wohlan," sagte der Byzantiner, „es gilt."

Er schrieb auf eine Wachstafel in kurzen Worten den Befehl zur Heimkehr an Belisar und reichte sie dem Präfecten:

„Du magst die Botschaft selbst bestellen."

Cethegus las sorgfältig:

„Es ist gut," sagte er die Tafel in die Brust steckend, „es gilt."

„Wann bricht Italien los auf die Barbaren?" fragte Petros.

„In den ersten Tagen des nächsten Monats. Ich gehe nach Rom. Leb wohl."

„Du gehst? Und hilfst uns nicht das Weib — die Tochter Theoderich's verderben?" fragte die Königin mit bittrem Vorwurf. „Erbarmt dich ihrer abermals?"

„Sie ist gerichtet," sagte Cethegus an der Thür sich kurz umwendend. „Der Richter geht — der Henker Amt hebt an."

Und stolz schritt er hinaus.

Da faßte Theodahad, der sprachlos vor Staunen den Byzantiner hatte handeln sehn, mit Entsetzen dessen Hand:

„Petros," rief er, „um Gott und aller Heiligen willen, was hast du gethan?

Unser Vertrag und Alles ruht auf Belisar und du schickst ihn nach Hause?"

„Und läßt diesen Uebermüthigen triumphiren?" knirschte Gothelindis.

Aber Petros lächelte: der Sieg der Schlauheit strahlte auf seinem Antlitz.

„Seid ruhig," sagte er, „diesmal ist er überwunden, der Allüberwinder Cethegus, besiegt von dem verhöhnten Petros."

Er ergriff Theodahad und Gothelindis an den Händen, zog sie nahe an sich, sah sich um, und flüsterte dann:

„Vor jenem Brief an Belisar steht ein kleiner Punct: der bedeutet ihm: all das Geschriebene ist nicht ernst gemeint, ist nichtig.

Ja, ja, man lernt, man lernt die Schreibekunst am Hofe von Byzanz."

Viertes Capitel.

Zwei Tage nach der nächtlichen Begegnung mit Theodahab und Petros verbrachte Amalaswintha in einer Art von wirklicher oder vermeinter Gefangenschaft.

So oft sie ihre Gemächer verließ, so oft sie einbog in einen Gang des Palastes, jedesmal glaubte sie hinter oder neben sich Gestalten auftauchen, hingleiten, verschwinden zu sehen, welche eben so eifrig bedacht schienen, all' ihre Schritte zu beobachten als sich selbst ihren Blicken zu entziehen: kaum zu dem Grabe ihres Sohnes konnte sie unbewacht niedersteigen.

Umsonst fragte sie nach Witichis, nach Teja: sie hatten gleich am Morgen nach dem Krönungsfest in Aufträgen des Königs die Stadt verlassen.

Das Gefühl, vereinsamt und von bösen Feinden umlauert zu sein, ruhte drückend auf ihrer Seele.

Schwer und düster hingen am Morgen des dritten Tages die herbstlichen Regenwolken auf Ravenna herab, als sich Amalaswintha von dem schlummerlosen Lager erhob.

Unheimlich berührte es sie, daß, als sie an das Fenster

von Frauenglas trat, ein Rabe krächzend von dem Marmorsims aufstieg und mit heiserem Schrei und schwerem Flügelschlag langsam über die Gärten dahin flog.

Die Fürstin fühlte schon daran, wie geknickt ihre Seele war durch diese Tage von Schmerz, Furcht und Reue, daß sie sich des finstern Eindrucks nicht erwehren konnte, den ihr die frühen Herbstnebel, aus den Lagunen der Seestadt aufsteigend, brachten.

Seufzend blickte sie in die graue Sumpflandschaft hinaus.

Schwer war ihr Herz von Reue und Sorge.

Und ihr einziger Halt der Gedanke, durch freie Selbstanklage und volle Demüthigung vor allem Volk das Reich noch zu retten um den Preis ihres Lebens.

Denn sie zweifelte nicht, daß die Gesippen und Bluträcher der drei Herzoge ihre Pflicht vollauf erfüllen würden.

In solchen Gedanken schritt sie durch die öden Hallen und Gänge des Palastes, diesmal, wie sie glaubte, unbelauscht, hinunter zu der Ruhestätte ihres Sohnes, sich in den Vorsätzen der Buße und Sühne an ihrem Volk zu befestigen.

Als sie nach geraumer Zeit aus der Gruft wieder empor stieg und in einen dunkeln Gewölbgang einlenkte, huschte ein Mann in Sklaventracht aus einer Nische hervor — sie glaubte sein Gesicht schon oft gesehen zu haben — drückte ihr eine kleine Wachstafel in die Hand und war seitab verschwunden.

Sie erkannte sofort — die Handschrift Cassiodors —

Und sie errieth nun auch den geheimnißvollen Ueber-
bringer: es war Dolios, der Briefsklave ihres treuen
Ministers.

Rasch die Tafel in ihrem Gewande bergend eilte sie
in ihr Gemach. Dort las sie:

„In Schmerz, nicht in Zorn, schied ich von dir.

Ich will nicht, daß du unbußfertig abgerufen werdest
und deine unsterbliche Seele verloren gehe.

Flieh aus diesem Palast, aus dieser Stadt: dein Leben
ist keine Stunde mehr sicher.

Du kennst Gothelindis und ihren Haß.

Traue niemand als meinem Schreiber und finde dich
um Sonnenuntergang bei dem Venustempel im Garten ein.

Dort wird dich meine Sänfte erwarten und in
Sicherheit bringen, nach meiner Villa im Bolsenersee.
Folge und vertraue.“

Gerührt ließ Amalaswintha den Brief sinken: der
vielgetreue Cassiodor!

Er hatte sie doch nicht ganz verlassen.

Er bangte und sorgte noch immer für das Leben der
Freundin.

Und jene reizende Villa auf der einsamen Insel im
blauen Bolsenersee!

Dort hatte sie, vor vielen, vielen Jahren, als Gast
Cassiodors, in voller Blüthe der Jugendschönheit, Hochzeit
gehalten mit Eutharich, dem edeln Amelungen, und, von
allem Schimmer der Macht und Ehren umflossen, ihrer
Jugend stolzeste Tage gefeiert.

Ihr sonst so hartes, aber jetzt vom Unglück erweichtes

Gemüth beschlich mächtige Sehnsucht, die Stätte ihrer schönsten Freuden wieder zu sehen.

Schon dies Eine Gefühl trieb sie mächtig an, der Mahnung Cassiodors zu folgen: noch mehr die Furcht, — nicht für ihr Leben, denn sie wollte sterben — die Raschheit ihrer Feinde möchte ihr unmöglich machen, das Volk zu warnen und das Reich zu retten.

Endlich überlegte sie, daß der Weg nach Regeta bei Rom, wo in Bälde die große Volksversammlung, wie alljährlich im Herbst, statt haben sollte, sie am Bolsenersee vorüberführte.

Also war es nur eine Beschleunigung ihres Planes, wenn sie schon jetzt in dieser Richtung aufbrach.

Um aber auf alle Fälle sicher zu gehn, um, auch wenn sie das Ziel ihrer Reise nicht erreichen sollte, ihre warnende Stimme an das Ohr des Volks gelangen zu lassen, beschloß sie einem Brief an Cassiodor, den auf seiner Villa anzutreffen sie nicht bestimmt voraussetzen konnte, ihre ganze Beichte und die Enthüllung aller Pläne der Byzantiner und Theodahads anzuvertrauen.

Bei geschlossenen Thüren schrieb sie die schmerzreichen Worte nieder: heiße Thränen des Dankes und der Reue fielen auf das Pergament, das sie sorgfältig siegelte und dem treuesten ihrer Sklaven übergab, es sicher nach dem Kloster Squillacium in Apulien, der Stiftung und dem gewöhnlichen Aufenthalt Cassiodors, zu befördern. —

Langsam verstrichen der Fürstin die zögernden Stunden des Tages.

Mit ganzer Seele hatte sie des Freundes dargebotne Hand ergriffen.

Erinnerung und Hoffnung malten ihr um die Wette das Eiland im Bolsener-See als ein theures Asyl: dort hoffte sie Ruhe und Frieden zu finden.

Sie hielt sich sorgsam innerhalb ihrer Gemächer, um keinem ihrer Wächter Veranlassung zum Verdacht, Gelegenheit, sie aufzuhalten zu geben.

Endlich war die Sonne gesunken.

Mit leisen Schritten eilte Amalaswintha, ihre Sklavinnen zurückweisend und nur einige Kleinodien und Documente unter dem weiten Mantel bergend, aus ihrem Schlafgemach in den breiten Säulengang, der zur Gartentreppe führte.

Sie zitterte, hier wie gewöhnlich auf einen der lauschenden Späher zu stoßen, gesehen, angehalten zu werden.

Häufig sah sie sich um, vorsichtig blickte sie sogar in die Statuen-Nischen — Alles war leer, kein Lauscher folgte ihren Tritten.

So erreichte sie unbeobachtet die Plattform der Terasse, welche Palast und Garten verband und weiten Ausblick über diesen hin gewährte.

Scharf überschaute sie den nächsten Weg, der zum Venustempel führte.

Der Weg war frei.

Nur die welken Blätter raschelten wie unwillig von

den rauschenden Platanen auf die Sandpfade nieder, gewirbelt von dem Winde, der fern jenseits der Gartenmauer Nebel und Wolken in geisterhaften Gestalten vor sich her trieb: es war unheimlich in dem ausgestorbenen Garten und seiner grauen Dämmerung.

Die Fürstin fröstelte, der kalte Abendwind zerrte an ihrem Schleier und Mantel: einen scheuen Blick warf sie noch auf die düstern, lastenden Steinmassen des Palastes hinter sich, in welchem sie so stolz gewaltet und geherrscht und aus welchem sie nun einsam, scheu, verfolgt wie eine Verbrecherin flüchtete.

Sie dachte des Sohnes, der in den Tiefen dieses Palastes ruhte. —

Sie dachte der Tochter, welche sie selbst aus diesen Mauern, aus ihrer Nähe verbannt hatte. —

Und einen Augenblick drohte der Schmerz die Verlassene zu überwältigen: sie wankte, mühsam hielt sie sich aufrecht an dem breiten Marmorgeländer der Terrasse: ein Fieberschauer rüttelte an ihrem Leibe wie das Grauen der Verlassenheit an ihrer Seele.

„Aber mein Volk!" sprach sie zu sich selbst „und meine Buße — ich wills vollenden."

Gekräftigt von diesem Gedanken eilte sie die Stufen der Treppe hinab und bog in den von Epheu überwölbten Laubgang ein, der quer durch den Garten führte und an dem Venustempel mündete.

Rasch schritt sie voran, erbebend, wenn zu einem der Seiteneingänge das Herbstlaub, wie seufzend, herein wirbelte.

Athemlos langte sie vor dem kleinen Tempel an und ließ ringsum die suchenden Blicke schweifen.

Aber keine Sänfte, keine Sklaven waren zu sehen, rings war Alles still: nur die Aeste der Platanen seufzten im Winde.

Da schlug das nahe Wiehern eines Pferdes an ihr Ohr.

Sie wandte sich: — um den Vorsprung der Mauer bog mit hastigen Schritten ein Mann.

Es war Dolios. Er winkte, scheu umherspähend.

Rasch eilte die Fürstin auf ihn zu, folgte ihm um die Ecke: und vor ihr stand Cassiodors wohl bekannter gallischer Reisewagen, die bequeme und elegante Carruca, von allen vier Seiten mit verschiebbaren Gitter-Läden von feinem Holzwerk umschlossen, und mit dem raschen Dreigespann belgischer Manni beschirrt.

„Eile thut noth, o Fürstin," flüsterte Dolios, sie in die weichen Polster hebend.

„Die Sänfte ist zu langsam für den Haß deiner Feinde.

Stille und Eile, daß uns Niemand bemerkt."

Amalaswintha blickte noch einmal um sich.

Dolios öffnete das Thor des Gartens und führte den Wagen vor dasselbe hinaus.

Da traten zwei Männer aus dem Gebüsch: der eine bestieg den Sitz des Wagenlenkers vor ihr: der andere schwang sich auf eines der beiden gesattelt vor dem Thore stehenden Rosse: sie erkannte die Männer als vertraute Sklaven Cassiodors: sie waren wie Dolios mit Waffen versehen.

Dieser sperrte wieder sorgfältig das Gartenthor und ließ die Gitter-Läden des Wagens herab.

Dann warf er sich auf das zweite der Pferde und zog das Schwert:

„Vorwärts!" rief er.

Und von dannen jagte der kleine Zug, als wär' ihm der Tod auf der Ferse.

Fünftes Capitel.

Die Fürstin wiegte sich in Gefühlen des Dankes, der Freiheit, der Sicherheit.

Sie baute schöne Entwürfe der Sühne.

Schon sah sie ihr Volk durch ihre warnende Stimme gerettet vor Byzanz, vor dem Verrath des eignen Königs: schon hörte sie den begeisterten Ruf des tapferen Heeres, der den Feinden Verderben, ihr aber Verzeihung verkündete.

In solchen Träumen verflogen ihr die Stunden, die Tage und Nächte.

Unausgesetzt eilte der Zug vorwärts: drei, viermal des Tages wurden die Pferde des Wagens und der Reiter gewechselt, so daß sie Meile um Meile wie im Fluge zurücklegten.

Wachsam hütete Dolios die ihm anvertraute Fürstin: mit gezogenem Schwert schützte er den Zugang zum Wagen, während seine Begleiter Speisen und Wein aus den Stationen holten.

Jene geflügelte Eile und diese treue Wachsamkeit benahm Amalaswinthen eine Besorgniß, deren sie sich eine

Weile nicht hatte erwehren können: ihr war, sie würden verfolgt.

Zweimal, in Perusia und in Clusium, glaubte sie, wie der Wagen hielt, dicht hinter sich Rädergerassel zu hören und den Hufschlag eilender Rosse: ja in Clusium meinte sie, aus dem niedergelassenen Gitterladen zurück spähend, eine zweite Carruca, ebenfalls von Reitern begleitet, in das Thor der Stadt einbiegen zu sehen.

Aber als sie Dolios davon sprach, jagte er spornstreichs nach dem Thore zurück und kam sogleich mit der Meldung wieder, daß nichts wahrzunehmen sei; auch hatte sie von da ab nichts mehr bemerkt: und die rasende Eile, mit welcher sie sich dem ersehenten Eiland näherte, ließ sie hoffen, daß ihre Feinde, selbst wenn sie ihre Flucht entdeckt und eine Strecke weit verfolgt haben sollten, alsbald ermüdet zurückgeblieben seien.

Da verdüsterte ein Unfall, unbedeutend an sich, aber unheilkündend durch seine begleitenden Umstände, plötzlich die hellere Stimmung der flüchtenden Fürstin.

Es war hinter der kleinen Stadt Martula.

Oede baumlose Haide dehnte sich unabsehbar nach jeder Richtung: nur Schilf und hohe Sumpfgewächse ragten aus den feuchten Niederungen zu beiden Seiten der römischen Hochstraße und nickten und flüsterten gespenstisch im Nachtwind.

Die Straße war hin und wieder mit niedern, von Reben überflochtnen Mauern eingefaßt und, nach altrömischer Sitte, mit Grabmonumenten, welche aber oft traurig zerfallen waren und mit ihren auf dem Wege zerstreuten Steintrümmern den Pferden das Fortkommen erschwerten.

Plötzlich hielt der Wagen mit einem heftigen Ruck und Dolios riß die rechte Thüre auf.

„Was ist geschehen," rief die Fürstin erschreckt, „sind wir in Feindes Hand?"

„Nein," sprach Dolios, der, ihr von je als verschlossen und finster bekannt, auf dieser Reise fast unheimlich schweigsam schien, „ein Rad ist gebrochen. Du mußt aussteigen und warten, bis es gebessert."

Ein heftiger Windstoß löschte in diesem Augenblick seine Fackel und naßkalter Regen schlug in der Bestürzten Antlitz.

„Aussteigen? hier? und wohin dann? hier ist nirgend ein Haus, ein Baum, der Schutz böte vor Regen und Sturm. Ich bleibe in dem Wagen."

„Das Rad muß abgehoben werden. Dort, das Monument, mag dir Schutz gewähren."

Mit einem Schauer von Furcht gehorchte Amalaswintha und schritt über die Steintrümmer, welche ringsum zerstreut lagen, nach der rechten Seite des Weges, wo sie jenseit des Grabens ein hohes Monument aus der Dunkelheit ragen sah. Dolios half ihr über den Graben.

Da schlug von der Straße hinter ihrem Wagen her das Wiehern eines Pferdes an ihr Ohr.

Erschrocken blieb sie stehen.

„Es ist unser Nachreiter, sagte Dolios rasch, der uns den Rücken deckt, komm."

Und er führte sie durch feuchtes Gras den Hügel heran, auf dem sich das Monument erhob.

Oben angelangt setzte sie sich auf die breite Steinplatte eines Sarkophags.

Da war Dolios plötzlich im Dunkel verschwunden, vergebens rief sie ihn zurück: bald sah sie unten auf der Straße seine Fackel wieder brennen: roth leuchtete sie durch die Nebel der Sümpfe: und der Sturm entführte rasch den Schall der Hammerschläge der Sklaven, die an dem Rade arbeiteten.

So saß die Tochter des großen Theoderich einsam und todesflüchtig auf der Heerstraße in unheimlicher Nacht; der Sturm riß an ihrem Mantel und Schleier, der feine kalte Regen durchnäßte sie, in den Cypressen hinter dem Grabmal seufzte melancholisch der Wind, oben am Himmel jagte zerfetztes Gewölk und ließ nur manchmal einen flüchtigen Mondstrahl durch, der die gleich wieder folgende Dunkelheit noch düsterer machte.

Banges Grauen durchschlich fröstelnd ihr Herz.

Allmählig gewöhnte sich ihr Auge an die Dunkelheit und umher sehend konnte sie die Umrisse der nächsten Dinge deutlicher unterscheiden, da — ihr Haar sträubte sich vor Entsetzen — da war ihr, es säße dicht hinter ihr auf dem erhöhten Hintereck des Sarkophags eine zweite Gestalt — ihr eigner Schatten war es nicht —: eine kleinere Gestalt in weitem, faltigem Gewand, die Arme auf die Kniee, das Haupt in die Hände gestützt und zu ihr herunter starrend.

Ihr Athem stockte, sie glaubte flüstern zu hören,

fieberhaft ſtrengte ſie die Sinnne an zu ſehen, zu hören:
da flüſterte es wieder:

„Nein, nein: noch nicht!“

So glaubte ſie zu hören.

Sie richtete ſich leiſe auf, auch die Geſtalt ſchien ſich
zu regen, es klirrte deutlich wie Stahl auf Stein.

Da ſchrie die Geängſtigte: „Dolios! Licht! Hülfe!
Licht!“

Und ſie wollte den Hügel hinab, aber zitternd ver-
ſagten die Kniee, ſie fiel und verletzte die Wange an
dem ſcharfen Geſtein.

Da war Dolios mit der Fackel heran, ſchweigend erhob er die Blutende: er fragte nicht.

„Dolios,“ rief ſie ſich faſſend, „gieb die Leuchte: ich
muß ſehen, was dort war. was dort iſt.“

Sie nahm die Fackel und ſchritt entſchloſſen um die
Ecke des Sarkophags: es war nichts zu ſehen: aber
jetzt, im Glanze der Fackel, erkannte ſie, daß das Monument nicht, wie die übrigen, ein altes, daß es ſichtlich
erſt neu errichtet war, ſo unverwittert war der weiße
Marmor, ſo friſch die ſchwarzen Buchſtaben der In-
ſchrift. —

Von jener ſeltſamen Neugier, welche ſich mit dem
Grauen verbindet, unwiderſtehlich fortgeriſſen, hielt ſie
die Fackel dicht an den Sockel des Monuments und las
bei flackerndem Licht die Worte:

„Ewige Ehre den drei Balthen Thulun, Ibba und
Pitza. Ewiger Fluch ihren Mördern.“

Mit einem Aufſchrei taumelte Amalaſwintha zurück.

Dolios führte die Halbohnmächtige zu dem Wagen. Fast bewußtlos legte sie die noch übrigen Stunden des Weges zurück.

Sie fühlte sich krank an Leib und Seele

Je näher sie dem Eiland kam, desto lebhafter ward die fieberhafte Freude, mit welcher sie es ersehnt, verdrängt von einer ahnungsvollen Furcht: mit Bangen sah sie die Sträucher und Bäume des Weges immer rascher an sich vorüberfliegen.

Endlich machten die dampfenden Rosse Halt.

Sie senkte die Läden und blickte hinaus: es war die kalte, unheimliche Stunde, da das erste Tagesgrauen ankämpft gegen die noch herrschende Nacht: sie waren, so schien es, angelangt am Ufer des Sees: aber von seinen blauen Fluthen war nichts zu sehen; ein düstrer grauer Nebel lag undurchdringlich wie die Zukunft vor ihren Augen: von der Villa, ja von der Insel selbst war nichts zu entdecken.

Rechts vom Wagen stand eine niedrige Fischerhütte tief in dem dichten, ragenden Schilf, durch welches wie seufzend der Morgenwind fuhr, daß die schwankenden Häupter sich bogen.

Seltsam: ihr war, als warnten und winkten sie hinweg von dem dahinter verborgenen See.

Dolios war in die Hütte gegangen; er kam jetzt zurück und hob die Fürstin aus dem Wagen, schweigend führte er sie durch den feuchten Wiesengrund nach dem Schilf zu.

Da lag am Ufer eine schmale Fähre, sie schien mehr im Nebel als im Wasser zu schwimmen.

Am Steuer aber saß in einen grauen zersetzten Mantel gehüllt ein alter Mann, dem die langen weißen Haare wirr ins Gesicht hingen.

Er schien vor sich hin zu träumen mit geschlossenen Augen, die er nicht aufschlug, als die Fürstin in den schwankenden Nachen stieg und sich in der Mitte desselben auf einem Feldstuhl nieder ließ.

Dolios trat an den Schnabel des Schiffes und ergriff zwei Ruder: die Sklaven blieben bei dem Wagen zurück.

„Dolios," rief Amalaswintha besorgt, „es ist sehr dunkel, wird der Alte steuern können in diesem Nebel, und an keinem Ufer ein Licht?"

„Das Licht würde ihm nichts nützen, Königin, er ist blind."

„Blind?" rief die Erschrockne, „laß landen! kehr um!"

„Ich fahre hier seit bald zwanzig Jahren," sprach der greise Ferge, „kein Sehender kennt den Weg gleich mir."

„So bist du blind geboren?"

„Nein, Theoderich der Amaler ließ mich blenden, weil mich Alarich, der Balthen-Herzog, des Thulun Bruder, gedungen hätte, ihn zu morden.

Ich bin ein Knecht der Balthen, war ein Gefolgsmann Alarichs, aber ich war so unschuldig wie mein Herr, Alarich der Verbannte.

Fluch über die Amelungen!" rief er mit zornigem Ruck am Steuer.

„Schweig, Alter," sprach Dolios.

„Warum soll ich heute nicht sagen, was ich bei jedem Ruderschlag seit zwanzig Jahren sage? Es ist mein Tactspruch. — Fluch den Amelungen!"

Mit Grauen sah die Flüchtige auf den Alten, der in der That mit völliger Sicherheit und pfeilgerade fuhr.

Sein weiter Mantel und wirres Haar flogen im Winde: ringsum Nebel und Stille, nur das Ruder hörte man gleichförmig einschlagen, leere Luft und graues Licht auf allen Seiten.

Ihr war als führte sie Charon über den Styx in das graue Reich der Schatten. — Fiebernd hüllte sie sich in ihren faltigen Mantel.

Noch einige Ruderschläge und sie landeten.

Dolios hob die Zitternde heraus: der Alte aber wandte sein Boot schweigend und ruderte so rasch und sicher zurück wie er gekommen.

Mit einer Art von Grauen sah ihm Amalaswintha nach, bis er in dem dichten Nebel verschwand.

Da war es ihr, als höre sie den Schall von Ruderschlägen eines zweiten Schiffes, welche rasch näher und näher drangen.

Sie fragte Dolios nach dem Grund dieses Geräusches.

„Ich höre nichts," sagte dieser, „du bist allzu erregt, komm in das Haus."

Sie wankte auf seinen Arm gestützt die in den Felsboden gehauenen Stufen hinan, welche zu der burgähnlichen, hochgethürmten Villa führten: von dem Garten, welcher, wie sie sich lebhaft erinnerte, zu beiden Seiten dieses schmalen Weges sich dehnte, waren in dem Nebel kaum die Linien der Baumreihen zu sehen.

Endlich erreichten sie das hohe Portal, eine eherne Thür im Rahmen von schwarzem Marmor.

Der Freigelassne pochte mit dem Knauf seines Schwertes: — dumpf dröhnte der Schlag in den gewölbten Hallen nach — die Thüre sprang auf.

Amalaswintha gedachte, wie sie einst durch dieses Thor, welches die Blumengewinde fast versperrt hatten, an ihres Gatten Seite eingezogen war: sie gedachte, wie sie die Pförtner, gleichfalls ein jung vermähltes Paar, so freundlich begrüßt. —

Der finstersehende Sklave mit wirrem grauem Haar, welcher jetzt mit Ampel und Schlüsselbund vor ihr stand, war ihr fremd.

„Wo ist Fuscina, des früheren Ostiarius Weib? ist sie nicht mehr im Hause?" fragte sie.

„Die ist lang ertrunken im See," sagte der Pförtner gleichgültig und schritt mit der Leuchte voran.

Schaudernd folgte die Fürstin: sie mußte sich die kalten dunkeln Wogen vorstellen, welche so unheimlich an den Planken ihrer Fähre geleckt.

Sie gingen durch Bogenhöfe und Säulenhallen: — Alles leer, wie ausgestorben, die Schritte hallten laut durch die Oede — die ganze Villa schien ein weites Todtengewölbe.

„Das Haus ist unbewohnt? ich bedarf einer Sklavin."

„Mein Weib wird dir dienen."

„Ist sonst niemand in der Villa?"

„Noch ein Sklave. Ein griechischer Arzt."

„Ein Arzt — ich will ihn —"

Aber in diesem Augenblicke schollen von dem Portal her einige heftige Schläge: schwer dröhnten sie durch die leeren Räume.

Entsetzt fuhr Amalaswintha zusammen.

„Was war das?" fragte sie, Dolios' Arm fassend.

Sie hörte die schwere Thüre zufallen.

„Es hat nur jemand Einlaß begehrt," sagte der Ostiarius und schloß die Thüre des für die Flüchtige bestimmten Gemaches auf.

Die dumpfe Luft eines lang nicht mehr geöffneten Raumes drang ihr erstickend entgegen: aber mit Rührung erkannte sie die Schildplattbekleidung der Wände: es war dasselbe Gemach, welches sie vor zwanzig Jahren bewohnt: überwältigt von der Erinnerung glitt sie auf den kleinen Lectus, welcher mit dunkeln Polstern belegt war.

Sie verabschiedete die beiden Männer, zog die Vorhänge des Lagers um sich her zu und verfiel bald in einen unruhigen Schlaf.

Sechstes Capitel.

So lag sie, sie wußte nicht wie lange, bald wachend, bald träumend: wild jagte Bild auf Bild an ihrem Auge vorüber.

Eutharich mit seinem Zug des Schmerzes um die Lippen — Athalarich, wie er auf seinem Sarkophag hin= gestreckt lag, er schien ihr zu sich herab zu winken — das vorwurfsvolle Antlitz Mataswinthens — dann Nebel und Wolken und blattlose Bäume — drei zürnende Kriegergestalten mit bleichen Gesichtern und blutigen Ge= wändern: und der blinde Fährmann in das Reich der Schatten.

Und wieder war ihr, sie liege auf der öden Haide auf den Stufen des Balthendenkmals und als rausche es hinter ihr und als beuge sich abermals hinter dem Steine hervor jene verhüllte Gestalt über sie näher und näher, beengend, erstickend.

Die Angst schnürte ihr das Herz zusammen, entsetzt fuhr sie auf aus ihrem Traum und sah hochaufgerichtet um sich: da — nein, es war kein Traumgesicht — da rauschte es, hinter dem Vorhang des Bettes, und in die getäfelte Wand glitt ein verhüllter Schatte.

Mit einem Schrei riß Amalaswintha die Falten des Vorhangs aus einander — da war nichts mehr zu sehen.

Hatte sie doch nur geträumt?

Aber sie konnte nicht mehr allein sein mit ihren bangen Gedanken. So drückte sie auf den Achatknauf in der Wand, der draußen einen Hammer in Bewegung setzte.

Alsbald erschien ein Sklave, dessen Züge und Tracht höhere Bildung verriethen.

Er gab sich als den griechischen Arzt zu erkennen: sie theilte ihm die Schreckgesichte, die Fieberschauer der letzten Stunden mit: er erklärte es für Folgen der Aufregung, vielleicht der Erkältung auf der Flucht, empfahl ihr ein warmes Bad und ging, dessen Mischung anzuordnen.

Amalaswintha erinnerte sich der herrlichen Bäder, die, in zwei Stockwerken übereinander, den ganzen rechten Flügel der Villa einnahmen.

Das untere Stockwerk der großen achteckigen Rotunde, für die kalten Bäder bestimmt, stand mit dem See in unmittelbarem Zusammenhange: sein Wasser wurde durch Siebthüren, welche jede Unreinheit abhielten, hereingeleitet.

Das obere Stockwerk erhob sich, als Verjüngung des Achtecks, über der Badstube des Unteren, deren Decke eine große, kreisförmige Metallplatte, den Boden des obern warmen Bades bildete und nach Belieben in zwei

Halbkreisen rechts und links in das Gemäuer geschoben
werden konnte, so daß die beiden Stockwerke dann einen
ungetheilten thurmhohen Raum bildeten, welcher zum
Zweck der Reinigung oder zum Behuf von Schwimm-
und Taucher-Spielen ganz von dem Wasser des Sees
erfüllt werden konnte.

Regelmäßig aber bildete das obere Achteck für sich
den Raum des warmen Bades, in welches vielfach ver-
schlungene Wasserkünste in hundert Röhren mit zahllosen
Delphinen, Tritonen und Medusenhäuptern von Bronce
und Marmor, duftige, mit Oelen und Essenzen ge-
mischte Fluthen leiteten, während zierliche Stufen von der
Galerie, auf der man sich entkleidete, in das muschel-
förmige Porphyrbecken des eigentlichen Baderaumes hinab
führten.

Während sich die Fürstin noch diese Räume in's Gedächtniß zurück rief, erschien das Weib des Thürsklaven,
sie in das Bad abzuholen.

Sie gingen durch weite Säulenhallen und Bücher-
säle, in welchen aber die Fürstin die Capseln und Rollen
Cassiodors vermißte, in der Richtung nach dem Garten;
die Sklavin trug die feinen Badetücher, Oelfläschchen
und den Salbenkrug.

Endlich gelangte sie in das thurmähnliche Achteck des
Badepalastes, dessen sämmtliche Gelasse an Boden, Wand
und Decke durchaus mit hellgrauen Marmorplatten belegt waren.

Vorüber an den Hallen und Gängen, welche der
Gymnastik und dem Ballspiel vor und nach dem Bade

dienten, vorüber an den Heizstübchen, den Auskleide- und Salb-Gemächern eilten sie sofort nach dem Caldarium, dem warmen Bade.

Die Sklavin öffnete schweigend die in die Marmorwand eingesenkte Thür.

Amalaswintha trat ein und stand auf der schmalen Gallerie, welche rings um das Bassin lief: grade vor ihr führten die bequemen Stufen in das Bad, aus welchem bereits warme und köstliche Düfte aufstiegen.

Das Licht fiel von oben herein durch eine achteckige Kuppel von kunstvoll geschliffnem Glas: grade am Eingang erhob sich eine Treppe von Cedernholz, die auf zwölf Staffeln zu einer Sprungbrücke führte: rings an den Marmorwänden der Galerie wie des Beckens verkleideten zahllose Reliefs die Mündungen der Röhren, welche den Wasserkünsten und der Luftheizung dienten.

Ohne eine Wort legte das Weib das Badegeräth auf die weichen Kissen und Teppiche, welche den Boden der Galerie bedeckten und wandte sich zur Thüre.

„Woher bist du mir bekannt?" fragte die Fürstin sie nachdenklich betrachtend, „wie lange bist du hier?"

„Seit acht Tagen."

Und sie ergriff die Thüre.

„Wie lange dienst du Cassiodor?"

„Ich diene von jeher der Fürstin Gothelindis."

Mit einem Angstschrei sprang Amalaswintha bei diesem Namen auf und wandte sich und griff nach dem Gewand des Weibes — zu spät: sie war hinaus, die Thüre war zugefallen und Amalaswintha hörte, wie der Schlüssel von Außen abgezogen ward.

Umsonst suchte ihr Auge nach einem anderen Ausgang.

Da überkam ein ungeheures, unbekanntes Grauen die Königin: sie fühlte, daß sie furchtbar getäuscht, daß hier ein verderbliches Geheimniß verborgen sei: Angst, unsägliche Angst fiel auf ihr Herz: Flucht, Flucht aus diesem Raum war ihr einziger Gedanke.

Aber keine Flucht schien möglich: die Thüre war von Innen jetzt nur eine dicke Marmortafel, wie die zur Rechten und Linken: nicht mit einer Nadel war in ihre Fugen zu dringen: verzweifelnd ließ sie die Blicke rings an der Wand der Galerie kreisen: nur die Tritonen und Delphine starrten ihr entgegen: endlich ruhte ihr Auge auf dem schlangenstarrenden Medusenhaupt ihr gerade gegenüber — und sie stieß einen Schrei des Entsetzens aus.

Das Gesicht der Meduse war zur Seite geschoben und die ovale Oeffnung unter dem Schlangenhaar war von einem lebenden Antlitz ausgefüllt.

War es ein menschlich Antlitz?

Die Zitternde klammerte sich an die Marmorbrüstung der Gallerie und spähte vorgebeugt hinüber: ja, es waren Gothelindens verzerrte Züge: und eine Hölle von Haß und Hohn sprühte aus ihrem Blick.

Amalaswintha brach in die Kniee und verhüllte ihr Gesicht.

„Du — Du hier!"

Ein heiseres Lachen war die Antwort.

„Ja, Amelungenweib, ich bin hier und dein Verderben!

Mein ist dies Eiland, mein das Haus — es wird dein Grab — mein Dolios und alle Sklaven Cassiodors, an mich verkauft seit acht Tagen.

Ich habe dich hierher gelockt: ich bin dir hierher nachgeschlichen wie dein Schatte: lange Tage, lange Nächte hab' ich den brennenden Haß getragen, endlich hier die volle Rache zu kosten.

Stundenlang will ich mich weiden an deiner Todesangst, will es schauen, wie die erbärmliche, winselnde Furcht diese stolze Gestalt wie Fieber schüttelt und durch diese hochmüthigen Züge zuckt — o ein Meer von Rache will ich trinken."

Händeringend erhob sich Amalaswintha: „Rache! Wofür? Woher dieser tödtliche Haß?"

„Ha, du frägst noch?

Freilich sind Jahrzehnte darüber hingegangen und das Herz des Glücklichen vergißt so leicht.

Aber der Haß hat ein treues Gedächtniß

Hast du vergessen, wie dereinst zwei junge Mädchen spielten unter dem Schatten der Platanen auf der Wiese vor Ravenna?

Sie waren die ersten unter ihren Gespielinnen: beide jung, schön und lieblich: Königskind die Eine, die Andere die Tochter der Balthen.

Und die Mädchen sollten eine Königin des Spieles wählen: und sie wählten Gothelindis, denn sie war noch schöner als du und nicht so herrisch: und sie wählten sie einmal, zweimal nacheinander.

Die Königstochter aber stand dabei von wildem, unbändigem Stolz und Neid verzehrt: und als man mich zum dritten wieder gewählt, faßte sie die scharfe, spitzige Gartenscheere" —

„Halt ein, o schweig, Gothelindis."

— „Und schleuderte sie gegen mich.

Und sie traf, und aufschreiend, blutend stürzte ich zu Boden, meine ganze Wange eine klaffende Wunde und mein Auge, mein Auge durchbohrt.

Ha, wie das schmerzt, noch heute."

„Verzeih, vergieb, Gothelindis!" jammerte die Gefangene. „Du hattest mir ja längst verziehn."

„Verzeihen? ich dir verzeihen? Daß du mir das Auge aus dem Antlitz und die Schönheit aus dem Leben geraubt, das soll ich verzeihen?

Du hattest gesiegt für's Leben: Gothelindis war nicht mehr gefährlich: sie trauerte im Stillen, die Entstellte floh das Auge der Menschen.

Und Jahre vergingen.

Da kam an den Hof von Ravenna aus Hispanien der edle Eutharich, der Amaler mit dem dunkeln Auge und der weichen Seele: und er, selber krank, erbarmte sich der kranken halb Blinden: und er sprach mit ihr voll Mitleid und Güte, mit der Häßlichen, welche sonst Alle mieden.

O wie erquickte das meine dürstende Seele!

Und es ward berathen, zur Tilgung uralten Hasses

der beiden Geschlechter, zur Sühne alter und neuer Schuld, — denn auch den Balthenherzog Alarich hatte man auf geheime, unbewiesene Anklage gerichtet — daß die arme mißhandelte Balthentochter des edelsten Amalers Weib werden sollte.

Aber als du es erfuhrst, du, die mich verstümmelt, da beschlossest du, mir den Geliebten zu nehmen: nicht aus Eifersucht, nicht, weil du ihn liebtest, nein, aus Stolz: weil du den ersten Mann im Gothenreich, den nächsten Manneserben der Krone, für dich haben wolltest.

Das beschlossest du und hast es durchgesetzt: denn dein Vater konnte dir keinen Wunsch versagen: und Eutharich vergaß alsbald seines Mitleids mit der Einäugigen, als ihm die Hand der schönen Königstochter winkte.

Zur Entschädigung — oder war es zum Hohne? — gab man auch mir einen Amaler — Theodahad, den elenden Feigling!"

„Gothelindis, ich schwöre dir, ich hatte nie geahnt, daß du Eutharich liebtest. Wie konnte ich —"

„Freilich, wie konntest du glauben, daß die Häßliche die Gedanken so hoch erhebe?

O, du Verfluchte, und hättest du ihn noch geliebt und beglückt — Alles hätt' ich dir verziehen.

Aber du hast ihn nicht geliebt, du kannst ja nur das Scepter lieben! Elend hast du ihn gemacht.

Jahrelang sah ich ihn an deiner Seite schleichen, gedrückt, ungeliebt, erkältet bis in's Herz hinein von deiner Kälte.

Der Gram um deinen eisigen Stolz hat ihn früh

gemordet: du, du haſt mir den Geliebten geraubt und in's Grab gebracht — Rache, Rache für ihn."

Und die weite Wölbung widerhallte von dem Ruf: „Rache! Rache."

„Zu Hülfe!" rief Amalaſwintha und eilte verzweifelnd, mit den Händen an die Marmorplatten ſchlagend, den Kreis der Gallerie entlang.

„Ja, rufe nur, hier hört dich Niemand als der Gott der Rache.

Glaubſt du, umſonſt hab ich mondenlang meinen Haß gezügelt?

Wie oft, wie leicht hätte ich ſchon in Ravenna mit Dolch und Gift dich erreichen können: aber nein, hierher hab' ich dich gelockt.

An dem Denkſtein meiner Vettern, vor Einer Stunde an deinem Bette, hab' ich mit höchſter Mühe meinen erhobnen Arm vom Streiche abgehalten — denn langſam, Zoll für Zoll, ſollſt du ſterben, ſtundenlang will ich ſie wachſen ſehen, die Qualen deines Todes."

„Entſetzliche!"

„O was ſind Stunden gegen die Jahrzehnte, die du mich gemartert mit meiner Entſtellung, mit deiner Schönheit, mit dem Beſitz des Geliebten. Was ſind Stunden gegen Jahrzehnte! Aber du ſollſt es büßen."

„Was willſt du thun?" rief die Gequälte, wieder und wieder an den Wänden nach einem Ausgang ſuchend.

„Ertränken will ich dich, langſam, langſam, in den Waſſerkünſten dieſes Bades, die dein Freund Caſſiodorius gebaut.

Du weißt es nicht, welche Qualen der Eifersucht, der ohnmächtigen Wuth ich in diesem Hause getragen, da du Beilager hieltest mit Eutharich und ich war in deinem Gefolge und mußte dir dienen.

In diesem Bade, du Uebermüthige, habe ich dir die Sandalen gelöst und die stolzen Glieder getrocknet — in diesem Bade sollst du sterben!"

Und sie drückte an einer Feder.

Der Boden des Beckens im obern Stockwerke, die runde Metallplatte, theilte sich in zwei Halbkreise, welche links und rechts in die Mauer zurückwichen: mit Entsetzen sah die Gefangne von der schmalen Galerie in die thurmhohe Tiefe zu ihren Füßen.

„Denk an mein Auge!" rief Gothelindis und im Erdgeschoß öffneten sich plötzlich die Schleusenthüren und die Wogen des Sees schossen ungestüm herein, brausend und zischend, und sie stiegen höher und höher mit furchtbarer Raschheit.

Amalaswintha sah den sichern Tod vor Augen: sie erkannte die Unmöglichkeit, zu entrinnen oder ihre teuflische Feindin mit Bitten zu erweichen: da kehrte ihr der alte, stolze Muth der Amelungen wieder: sie faßte sich und ergab sich in ihr Los.

Sie entdeckte neben den vielen Reliefs aus der hellenischen Mythe in ihrer Nähe rechts vom Eingang eine Darstellung vom Tode Christi: das erquickte ihre Seele: sie warf sich vor dem in Marmor gehauenen Kreuze nieder, faßte es mit beiden Händen und betete ruhig

mit geschloßnen Augen, während die Waſſer ſtiegen und
ſtiegen: ſchon rauſchten ſie an den Stufen der Galerie.

„Beten willſt du, Mörderin?

Hinweg von dem Kreuz! rief Gothelindis grimmig,
denk' an die drei Herzoge!"

Und plötzlich begannen alle die Delphine und Tritonen
auf der rechten Seite des Achtecks Ströme heißen Waſſers
auszuſpeien: weißer Dampf quoll aus den Röhren.

Amalaſwintha ſprang auf und eilte auf die linke Seite
der Galerie: „Gothelindis, ich vergebe dir! tödte mich,
aber verzeih' auch du meiner Seele."

Und das Waſſer ſtieg und ſtieg: ſchon ſchwoll es
über die oberſte Stufe und drang langſam auf den
Boden der Galerie.

„Ich dir vergeben? Niemals! Denk' an Eutharich!"—

Und ziſchend ſchoßen jetzt von Links die dampfenden
Waſſerſtrahlen auf Amalaſwintha.

Sie flüchtete nun in die Mitte, gerade dem Me-
duſenhaupt gegenüber, die einzige Stelle, wohin kein
Strahl der Waſſerröhren reichte.

Wenn ſie die hier angebrachte Sprungbrücke erſtieg,
konnte ſie noch einige Zeit ihr Leben friſten: Gothelindis
ſchien dies zu erwarten und ſich an der verlängerten
Qual weiden zu wollen: ſchon brauſte das Waſſer auf
dem Marmorboden der Galerie und beſpülte die Füße
der Gefangenen; raſch flog ſie die braunglänzenden
Staffeln hinan und lehnte ſich an die Brüſtung der
Brücke:

„Höre mich, Gothelindis! meine letzte Bitte! nicht

für mich, — für mein Volk, für unser Volk — Petros will es verderben und Theodahad" —

„Ja, ich wußte, dieses Reich ist die letzte Sorge deiner Seele!

Verzweifle! Es ist verloren!

Diese thörigen Gothen, welche Jahrhunderte lang den Balthen die Amaler vorgezogen, sie sind verkauft und verrathen von dem Haus der Amaler: Belisarius naht und Niemand ist, der sie warnt."

„Du irrst, Teufelin, sie s i n d gewarnt.

Ich, ihre Königin, habe sie gewarnt.

Heil meinem Volk!

Verderben seinen Feinden und Gnade meiner Seele!"

Und mit raschem Sprung stürzte sie sich hoch von der Brüstung in die Fluthen, welche sich brausend über ihr schlossen.

Gothelindis blickte starr auf die Stelle, wo ihr Opfer gestanden.

„Sie ist verschwunden," sagte sie.

Dann blickte sie in die Fluth: oben auf schwamm das Brusttuch Amalaswinthens.

„Noch im Tode überwindet mich dieses Weib," sagte sie langsam: „wie lang war der Haß und wie kurz die Rache."

Siebentes Capitel.

Wenige Tage nach diesen Ereignissen finden wir zu Ravenna in dem Gemach des Gesandten von Byzanz eine Anzahl von vornehmen Römern, geistlichen und weltlichen Standes versammelt: auch die Bischöfe Hypatius und Demetrius aus dem Ostreich weilten bei ihm.

Große Aufregung, aus Zorn und Furcht gemischt, sprach aus allen Gesichtern, als der gewandte Rhetor seine Ansprache mit folgenden Worten schloß:

„Deßhalb, ihr ehrwürdigen Bischöfe des Westreichs und des Ostreichs und ihr edeln Römer, hab' ich euch hierher' beschieden.

Laut und feierlich lege ich vor euch im Namen meines Kaisers Verwahrung ein gegen alle Acte der Arglist und Gewalt, welche im Geheimen gegen die hohe Frau verübt werden mögen.

Seit neun Tagen ist sie verschwunden aus Ravenna: wohl mit Gewalt hinweggeführt aus eurer Mitte: Sie, die von jeher die Freundin, die Beschützerin der Italier gewesen.

Verschwunden ist am gleichen Tage die Königin, ihre grimme Feindin.

Ich habe Eilboten ausgesandt nach allen Richtungen, noch bin ich ohne Nachricht! aber wehe, wenn —"

Er konnte nicht vollenden.

Dumpfes Geräusch scholl von dem Forum des Hercules herauf, bald hörte man hastige Schritte im Vestibulum, der Vorhang ward zurückgeschlagen und in's Gemach eilte staubbedeckt einer der byzantinischen Sklaven des Gesandten:

„Herr," rief er, „sie ist todt! sie ist ermordet!"

„Ermordet!" scholl es in der Runde.

„Durch wen?" fragte Petros.

„Von Gothelindis auf der Villa im Volsenersee."

„Wo ist die Leiche? Wo die Mörderin?"

„Gothelindis giebt vor, die Fürstin sei im Bad ertrunken, unkundig mit den Wasserkünsten spielend.

Aber man weiß, daß sie ihrem Opfer von hier auf dem Fuße nachgefolgt.

Römer und Gothen eilen zu Hunderten nach der Villa, die Leiche in feierlichem Zuge hierher zu geleiten.

Die Königin floh vor der Rache des Volks in das feste Schloß von Feretri."

„Genug," rief Petros entrüstet, „ich eile zum König und fordre euch auf, ihr edeln Männer, mir zu folgen. Auf euer Zeugniß will ich mich berufen vor Kaiser Justinian."

Und sofort eilte er an der Spitze der Versammelten nach dem Palast.

Sie fanden auf den Straßen eine Menge Volks in Bestürzung und Entrüstung hin- und herwogend, die Nachricht war in die Stadt gedrungen und flog von Haus zu Haus.

Als man den Gesandten des Kaisers und die Vornehmen der Stadt erkannte, öffnete sich die Menge vor ihnen, schloß sich aber dicht hinter ihnen wieder und fluthete nach auf dem Wege in den Palast, von dessen Thoren sie kaum abgehalten wurde.

Von Minute zu Minute stieg die Zahl und der Lärm des Volkes: auf dem Forum des Honorius drängten sich die Ravennaten zusammen, welche mit der Trauer um ihre Beschützerin schon die Hoffnung vereinten, bei diesem Anlaß die Barbarenherrschaft fallen zu sehen: das Erscheinen des kaiserlichen Gesandten steigerte diese Hoffnung und der Auflauf vor dem Palast nahm mehr und mehr eine Richtung, welche keineswegs blos Theodahad und Gothelindis bedrohte.

Inzwischen eilte Petros mit seiner Begleitung in das Gemach des hülflosen Königs, welchen mit seiner Gattin alle Kraft des Widerstandes verlassen hatte: er zagte vor der Aufregung der unten wogenden Menge und hatte nach Petros gesendet, von ihm Rath und Hülfe zu erlangen, da ja dieser es gewesen, der mit Gothelindis den Untergang der Fürstin beschlossen und die Art der Ausführung berathen hatte: er sollte ihm jetzt auch die Folgen der That tragen helfen.

Als daher der Byzantiner auf der Schwelle erschien, eilte er, beide Arme ausbreitend, auf ihn zu: aber erstaunt blieb er plötzlich stehen: erstaunt über die Begleitung, noch mehr erstaunt über die finster drohende Miene des Gesandten.

„Ich fordre Rechenschaft von dir, König der Gothen," rief dieser schon an der Thüre. „Rechenschaft im Namen von Byzanz für die Tochter Theoderichs.

Du weißt, Kaiser Justinian hat sie seines besondern Schutzes versichert: jedes Haar ihres Hauptes ist daher heilig und heilig jeder Tropfe ihres Bluts.

Wo ist Amalaswintha?"

Der König sah ihn staunend an.

Er bewunderte diese Verstellungskunst.

Aber er begriff ihren Zweck nicht.

Er schwieg.

„Wo ist Amalaswintha?" wiederholte Petros, drohend vertretend und sein Anhang folgte ihm einen Schritt.

„Sie ist todt," sagte Theodahad, ängstlich werdend.

„Ermordet ist sie," rief Petros, „so ruft ganz Italien, ermordet von dir und deinem Weibe.

Justinian, mein hoher Kaiser, war der Schirmherr dieser Frau, er wird ihr Rächer sein: Krieg, künd' ich dir in seinem Namen an, Krieg gegen euch, ihr blutigen Barbaren, Krieg gegen euch und euer ganz Geschlecht."

„Krieg gegen euch und euer ganz Geschlecht!" wiederholten die Italier, fortgerissen von der Gewalt des Augenblicks und den alten, lang genährten Haß entzügelnd: und wie eine Woge braußten sie heran auf den zitternden König.

„Petros," stammelte dieser entsetzt, „du wirst gedenken des Vertrages, du wirst doch —

Aber der Gesandte zog eine Papyros-Rolle aus dem Mantel und riß sie mitten durch.

„Zerrissen ist jedes Band zwischen meinem Kaiser und diesem blutbefleckten Haus.

Ihr selber habt durch eure Gräuelthat alle Schonung verwirkt, die man euch früher gewährt. Nichts von Verträgen. Krieg!"

„Um Gott," jammerte Theodahad, „nur nicht Krieg und Kampf! Was forderst du, Petros?"

„Unterwerfung! Räumung Italiens!

Dich selber und Gothelindis lad' ich zum Gericht nach Byzanz vor den Thron Justinians, dort —"

Aber seine Rede unterbrach der schmetternde Ruf des gothischen Kriegshorns und in das Gemach eilte mit gezognen Schwertern eine starke Schaar gothischer Krieger, von Graf Witichis geführt.

Die gothischen Führer hatten sofort auf die Nachricht von Amalaswinthens Untergang die tüchtigsten Männer ihres Volks in Ravenna zu einer Berathung vor die Porta romana beschieden und dort Maßregeln der Sicherung und der Gerechtigkeit berathen.

Zur rechten Zeit erschienen sie jetzt auf dem Forum des Honorius, wo der Auflauf immer drohender wurde: schon blinkte hier und dort ein Dolch, schon ertönte manchmal der Ruf: „Wehe den Barbaren."

Diese Zeichen und Stimmen verschwanden sofort, als nun die verhaßten Gothen in geschlossnem Zug von dem Forum des Hercules her durch die Via palatina anrückten: ohne Widerstand zogen sie quer durch die grollenden Haufen und indessen Graf Teja und Hildebad die Thore und die Terrasse des Palastes besetzten, waren Graf Witichis und Hildebrand grade rechtzeitig im Gemache des Königs angelangt, die letzten Worte des Gesandten noch zu hören.

Ihr Zug stellte sich in einer Schwenkung rechts vom Thronsitz des Königs, zu welchem dieser zurück gewichen war: und Witichis, auf sein langes Schwert gestützt, trat hart vor den Griechen hin und sah ihm scharf ins Auge.

Eine erwartungsvolle Pause trat ein.

„Wer wagt es," fragte Witichis ruhig, „hier den Herrn und Meister zu spielen im Königshaus der Gothen?"

Von seiner Ueberraschung sich erholend entgegnete Petros:

„Es steht dir übel an, Graf Witichis, Mörder zu beschützen. Ich hab' ihn nach Byzanz geladen vor Gericht."

„Und darauf hast du keine Antwort, Amelunge?" rief der alte Hildebrand zornig.

Aber das böse Gewissen band dem Könige die Stimme.

„So müssen wir statt seiner sprechen," sagte Witichis. „Wisse, Grieche, vernehmt es wohl, ihr falschen und undankbaren Ravennaten, das Volk der Gothen ist frei und erkennt auf Erden keinen Herrn und Richter über sich."

„Auch nicht für Mord und Blutschuld?"

„Wenn schwere Thaten unter uns geschehn, richten und strafen wir sie selbst. Den Fremdling geht das nichts an, am Wenigsten unsern Feind, den Kaiser in Byzanz."

„Mein Kaiser wird diese Frau rächen, die er nicht retten konnte. Liefert die Mörder aus nach Byzanz."

„Wir liefern keinen Gothenknecht nach Byzanz, geschweige unsern König."

„So theilt ihr seine Strafe wie seine Schuld und Krieg erklär' ich euch, im Namen meines Herrn. Erbebt vor Justinian und Belisar."

Eine freudige Bewegung der gothischen Krieger war die Antwort.

Der alte Hildebrand trat an's Fenster und rief zu den unten stehenden Gothen hinab:

„Hört, ihr Gothen, frohe Kunde: Krieg, Krieg mit Byzanz."

Da brach unten ein Getöse los, wie wenn das Meer entfesselt über seine Dämme bricht, die Waffen klirrten und tausend Stimmen jubelten:

„Krieg, Krieg mit Byzanz!"

Dieser Widerhall seines Wortes blieb nicht ohne Eindruck auf Petros und die Italier: das Ungestüm dieser Begeisterung erschreckte sie: schweigend sahen sie vor sich nieder.

Während die Gothen sich glückwünschend die Hände schüttelten, trat Witichis ernst, gesenkten Hauptes, in die Mitte, hart neben Petros und sprach feierlich: „Also Krieg!

Wir scheuen ihn nicht — du hast es gehört.

Besser offner Kampf als die langjährige, lauernde wühlende Feindschaft.

Der Krieg ist gut: aber wehe dem Frevler, der ohne Recht und ohne Grund den Krieg beginnt.

Ich sehe Jahre voraus, viele Jahre von Blut und Mord und Brand, ich sehe zerstampfte Saaten, rauchende Städte, zahllose Leichen die Ströme hinabschwimmen.

Hört unser Wort: auf euer Haupt dies Blut, dies Elend.

Ihr habt geschürt und gereizt Jahre lang — wir haben's ruhig getragen.

Und jetzt habt ihr den Krieg herein geschleudert, richtend, wo ihr nicht zu richten habt, ohne Grund euch mischend in das Leben eines Volkes, das so frei wie ihr: auf euer Haupt die Schuld.

Dies unsre Antwort nach Byzanz."

Schweigend hörte Petros diese Worte an, schweigend wandte er sich und schritt mit seinen italischen Freunden hinaus.

Einige von diesen gaben ihm das Geleit bis in seine Wohnung, unter ihnen der Bischof von Florentia.

„Ehrwürdiger Freund," sagte er zu diesem beim Abschied, „die Briefe Theodahads in der bewußten Sache, die ihr mir zur Einsicht anvertraut, mußt du mir ganz belassen. Ich bedarf ihrer und für deine Kirche sind sie nicht mehr nöthig."

„Der Proceß ist längst entschieden," erwiderte der Bischof, „und die Güter unwiderruflich erworben. Die Documente sind dein." —

Darauf verabschiedete der Gesandte seine Freunde, welche ihn bald mit dem kaiserlichen Heere in Ravenna wiederzusehen hofften, und eilte in sein Gemach, wo er zuerst einen Boten an Belisar abfertigte, ihn zum sofortigen Angriff aufzufordern.

Darauf schrieb er einen ausführlichen Bericht an den Kaiser, der mit folgenden Worten schloß:

„Und so scheinst du, o Herr, wohl Grund zu haben, mit den Diensten deines getreuesten Knechts zufrieden zu sein und mit der Lage der Dinge.

Das Volk der Barbaren in Parteien zerspalten: auf dem Thron ein verhaßter Fürst, unfähig und treulos: die Feinde sonder Rüstung überrascht: die italische Bevölkerung überall für dich gewonnen: — es kann nicht fehlen, wenn keine Wunder geschehen, müssen die Barbaren fast ohne Widerstand erliegen.

Und wie so oft tritt auch hier mein erhabener Kaiser, dessen Stolz das Recht, als Schirmherr und Rächer der Gerechtigkeit auf — es ist ein geistvoller Zufall, daß die Trireme, welche mich trägt, den Namen „Nemesis" führt.

Nur das Eine betrübt mich unendlich, daß es meinem treuen Eifer nicht gelungen, die unselige Tochter Theoderichs zu retten.

Ich flehe dich an, meiner hohen Herrin, der Kaiserin, welche mir niemals gnädig gesinnt war, wenigstens zu versichern, daß ich allen ihren Aufträgen bezüglich der Fürstin, deren Schicksal sie mir noch in der letzten Unterredung als Hauptsorge an's Herz legte, auf's Treueste nachzukommen suchte.

Auf die Anfrage bezüglich Theodahads und Gothelinbens, deren Hülfe uns das Gothenreich in die Hände liefert, wage ich es, der hohen Kaiserin mit der ersten Regel der Klugheit zu antworten: es ist zu gefährlich, die Mitwisser unsrer tiefsten Geheimnisse am Hof zu haben."

Diesen Brief sandte Petros eilig durch die beiden Bischöfe Hypatius und Demetrius voraus.

Sie sollten nach Brunbusium und von da über Epidamnus auf dem Landweg nach Byzanz eilen.

Er selbst wollte erst nach einigen Tagen folgen, langsam die gothische Küste des jonischen Meerbusens entlang fahrend, überall die Stimmung der Bevölkerung in den Hafenstädten zu prüfen und zu schüren.

Dann sollte er um den Peloponnes und Euböa her nach Byzanz segeln: denn die Kaiserin hatte ihm den Seeweg vorgeschrieben und ihm Aufträge für Athen und Lampsakos ertheilt.

Er überrechnete schon vor der Abreise von Ravenna mit vergnügten Sinnen immer wieder seine Wirksamkeit in Italien und den Lohn, den er dafür in Byzanz erwartete.

Er kehrte zurück, noch einmal so reich als er gekommen.

Denn er hatte der Königin Gothelindis nie eingestanden, daß er mit dem Auftrag, Amalaswintha zu verderben, in's Land gekommen.

Er hatte ihr vielmehr lange die Gefahr der Ungnade bei Kaiser und Kaiserin entgegengehalten und sich nur mit Widerstreben durch sehr hohe Summen von ihr für den Plan gewinnen laſſen, in welchem er ſie doch nur als Werkzeug brauchte.

Er erwartete in Byzanz mit Sicherheit die verſprochne Würde des Patriciats und freute ſich ſchon, ſeinem hochmüthigen Vetter Narſes, der ihn nie befördert hatte, nun bald in gleichem Range gegenüberzutreten.

„So iſt denn Alles nach Wunſch gelungen," ſagte er ſelbſtzufrieden, während er ſeine Brieſſchaften ordnete: „und diesmal, du ſtolzer Freund Cethegus, hat ſich die Verſchmitztheit doch trefflich bewährt.

Und der kleine Rhetor aus Theſſalonike hat es doch weiter gebracht mit ſeinen kleinen, leiſen Schritten, denn du mit deinem ſtolzen, herausfordernden Gang.

Nur muß noch dafür geſorgt werden, daß Theodahad und Gothelindis nicht nach Byzanz an den Hof entrinnen: wie geſagt, das wäre zu gefährlich: vielleicht hat die Frage der klugen Kaiſerin eine Warnung ſein ſollen.

Nein, dieſes Königspar muß verſchwinden aus unſern Wegen."

Und er ließ den Gaſtfreund rufen, bei dem er gewohnt, und nahm Abſchied von ihm.

Dabei übergab er ihm eine dunkle, ſchmale Vaſe von der Form derer, welche zur Aufbewahrung von Urkunden dienten: er verſigelte den Deckel mit ſeinem Ring, der einen feingeſchnittenen Skorpion zeigte, und ſchrieb einen Namen auf die daran hangende Wachstafel.

„Dieſen Mann," ſagte er dem Gaſtfreund, „ſuche auf bei der nächſten Verſammlung der Gothen zu Regeta und übergieb ihm die Vase: was sie enthält ist sein. Leb wohl, auf baldig Wiedersehen hier in Ravenna."

Und er verließ mit seinen Sklaven das Haus und bestieg alsbald das Gesandtenschiff: von stolzen Erwartungen hoch gehoben trug ihn die „Nemesis" dahin. —

Und als sich nun sein Schiff dem Hafen von Byzanz näherte, von Lampsakos aus hatte er — auch dies hatte die Kaiserin gewünscht — seine baldige Ankunft durch einen kaiserlichen Schnellsegler, der eben abging, melden lassen, überflog des Gesandten Auge erwartungsvoll die schönen Landhäuser, welche marmorweiß aus den Schatten immergrüner Gärten blinkten.

„Hier wirst du künftig wohnen, unter den Senatoren des Reichs," sprach wohlgefällig Petros.

Vor dem Einlaufen in den Hafen flog die „Thetis", das prachtvolle Lust-Bot der Kaiserin, ihnen entgegen, sowie es des Gesandten Galeere erkannte die Purpurwimpel entrollend, und sie zum Halten anrufend.

Alsbald stieg an Bord der Galeere ein Bote der Kaiserin: es war Alexandros, der frühere Gesandte am Hof von Ravenna.

Er wies dem Trierarchen ein Schreiben des Kaisers, in das dieser einen erschrockenen Blick warf: dann wandte er sich zu Petros.

„Im Namen des Kaisers Justinian!

Du bist wegen Jahre lang fortgesetzter Urkundenfälschung und Steuerunterschlagung lebenslänglich zu den Metallarbeiten in den Bergwerken von Cherson bei den ultziagirischen Hunnen verurtheilt.

Du haſt die Tochter Theoderichs ihren Feinden preis-
gegeben.

Der Kaiſer hätte dich durch deinen Brief für ent-
ſchuldigt erachtet: aber die Kaiſerin, untröſtlich über den
Untergang ihrer königlichen Schweſter, hat deine alte
Schuld dem Kaiſer entdeckt.

Und ein Brief des Präſecten von Rom an dieſen
hat dargethan, daß du mit Gothelindis geheim der
Königin Verderben geplant.

Die Kaiſerin hat den Kaiſer auch hierin überzeugt.
Dein Vermögen iſt eingezogen: die Kaiſerin aber läßt
dir ſagen," — hier flüſterte er in des Zerſchmetterten
Ohr, — „du habeſt in deinem klugen Brief ihr ſelbſt den
Rath ertheilt, Mitwiſſer von Geheimniſſen zu verderben.

Trierarch, du führſt den Verurtheilten ſofort an
ſeinen Strafort ab."

Und Alexandros ging auf die „Thetis" zurück.

Die „Nemeſis" aber drehte rauſchend ihr Steuer,
wandte dem Hafen von Byzanz den Rücken und trug
den Sträfling für immer aus dem Leben der Menſchen.

Achtes Capitel.

Wir haben Cethegus den Präfecten seit seiner Abreise nach Rom aus den Augen verloren.

Er hatte daselbst in den Wochen der erzählten Ereignisse die eifrigste Thätigkeit entfaltet: denn er erkannte, daß die Dinge jetzt zur Entscheidung drängten; er konnte ihr getrost entgegen sehen.

Ganz Italien war einig in dem Haß gegen die Barbaren: und wer anders vermochte es, der Kraft dieses Hasses Bewegung und Ziel zu geben, als das Haupt der Katakombenverschwörung und der Herr von Rom.

Das war er durch die jetzt völlig ausgebildeten und ausgerüsteten Legionare und durch die nahezu vollendete Befestigung der Stadt, an welcher er in den letzten Monaten Nachts wie Tages hatte arbeiten lassen.

Und nun war es ihm zuletzt noch gelungen, wie er glaubte, ein sofortiges Auftreten der byzantinischen Macht in seinem Italien, die Hauptgefahr, die seinen ehrgeizigen Plänen gedroht, abzuwenden: durch zuverlässige Kundschafter hatte er erfahren, daß die byzantinische Flotte, die bisher lauernd bei Sicilien geankert, sich wirklich von

Italien hinweg gewandt und der afrikanischen Küste genähert habe, wo sie die Seeräuberei zu unterdrücken beschäftigt schien.

Freilich sah Cethegus voraus, daß es zu einer Landung der Griechen in Italien kommen werde: er konnte derselben als einer Nachhülfe nicht entbehren.

Aber Alles war ihm daran gelegen, daß dies Auftreten des Kaisers eben nur eine Nachhülfe bleibe: und deßhalb mußte er, ehe ein Byzantiner den italischen Boden betreten, eine Erhebung der Italier aus eigner Kraft veranlaßt und zu solchen Erfolgen geführt haben, daß die spätere Mitwirkung der Griechen nur als eine Nebensache erschien und mit der Anerkennung einer losen Oberhoheit des Kaisers abgelohnt werden konnte.

Und er hatte zu diesem Zweck seine Pläne trefflich vorbereitet.

Sowie der letzte römische Thurm unter Dach, sollten die Gothen in ganz Italien an einem Tag überfallen, mit einem Schlag alle festen Plätze, Burgen und Städte, Rom, Ravenna und Neapolis voran, genommen werden.

Und waren die Barbaren in's flache Land hinausgeworfen, so stand nicht mehr zu fürchten, daß sie bei ihrer großen Unkunde in Belagerungen und bei der Anzahl und Stärke der italischen Vesten diese und damit die Herrschaft über die Halbinsel wieder gewinnen würden.

Dann mochte ein byzantinisches Bundesheer helfen, die Gothen vollends über die Alpen zu drängen: und Cethegus wollte schon dafür sorgen, daß diese Befreier ebenfalls keinen Fuß in die wichtigsten Festungen setzen sollten, um sich ihrer später unschwer wieder entledigen zu können.

Dieser Plan setzte nun aber voraus, daß die Gothen durch die Erhebung Italiens überrascht würden.

Wenn der Krieg mit Byzanz in Aussicht oder gar schon ausgesprochen war, dann natürlich ließen sich die Barbaren die in Kriegsstand gesetzten Städte nicht durch einen Handstreich entreißen.

Da nun aber Cethegus, seit er die Sendung des Petros durchschaut hatte, bei jeder Gelegenheit Justinians Hervortreten aus seiner drohenden Stellung erwarten mußte, da es kaum noch gelungen war, Belisar wieder abzuwenden von Italien, beschloß er, keinen Augenblick mehr zu verlieren.

Er hatte auf den Tag der Vollendung der Befestigungen Roms eine allgemeine Versammlung der Verschworenen in den Katakomben anberaumt, in welcher das mühsam und erfindungsreich vorbereitete Werk gekrönt, der Augenblick des Losschlagens bestimmt und Cethegus als Führer dieser rein italischen Bewegung bezeichnet werden sollte.

Er hoffte sicher, den Widerstand der Bestochenen oder Furchtsamen, welche nur für und mit Byzanz zu handeln geneigt waren, durch die Begeisterung der Jugend mit fort zu reißen, wenn er diese sofort in den Kampf zu führen versprach.

Noch vor jenem Tag kam die Nachricht von Amalaswinthens Ermordung, von der Verwirrung und Spaltung der Gothen nach Rom und ungeduldig sehnte der Präfect die Stunde der Entscheidung herbei.

Endlich war auch der einzige noch unfertige Thurm des aurelischen Thores unter Dach: Cethegus führte die letzten Hammerschläge: ihm war dabei, er höre die Streiche des Schicksals von Rom und von Italien dröhnen.

Bei dem Schmause, welchen er darauf den Tausenden von Arbeitern in dem Theater des Pompejus gab, hatten sich auch die Meisten der Verschwornen eingefunden und der Präfect benützte die Gelegenheit, diesen seine unbegränzte Beliebtheit im Volk zu zeigen.

Auf die Jüngeren unter den Genossen machte dies freilich den Eindruck, welchen er gewünscht hatte; aber ein Häuflein, dessen Mittelpunct Silverius war, zog sich mit finstern Mienen von den Tischen zurück.

Der Priester hatte seit Lange eingesehen, daß Cethegus nicht bloß Werkzeug sein wollte, daß er eigne Pläne verfolgte, welche der Kirche und seinem persönlichen Einfluß sehr gefährlich werden konnten.

Und er war entschlossen, den kühnen Verbündeten zu stürzen, sobald er entbehrt werden konnte; es war ihm nicht schwer geworden, die Eifersucht so manches Römers gegen den Ueberlegnen im Geheimen zu schüren.

Die Anwesenheit aber zweier Bischöfe aus dem Ostreich, Hypatius von Ephesus und Demetrius von Philippi, welche in Glaubensfragen mit dem Pabst und mit König Theodahad geheim, in Unterstützung des Petros, in Politik verhandelten, hatte der kluge Archidiakon benützt, um mit Theodahad und mit Byzanz in enge geheime Verbindung zu treten.

„Du haſt recht, Silverius," murrte Scävola im Hinausgehen aus dem Thor des Theaters, „der Präfect iſt Marius und Cäſar in Einer Perſon."

„Er verſchwendet dieſe ungeheuren Summen nicht umſonſt, man darf ihm nicht zu ſehr trauen," warnte der geizige Albinus.

„Lieben Brüder," mahnte der Prieſter, „ſehet zu, daß ihr nicht Einen unter euch lieblos verdammet.

Wer ſolches thäte, wäre des hölliſchen Feuers ſchuldig.

Freilich beherrſcht unſer Freund die Fäuſte der Handwerker wie die Herzen ſeiner jungen „Ritter": es iſt das gut, er kann dadurch die Tyrannei zerbrechen —"

„Aber dadurch auch eine neue aufrichten," meinte Calpurnius.

„Das ſoll er nicht, wenn Dolche noch tödten, wie in Brutus' Tagen," ſprach Scävola.

„Es bedarf des Blutes nicht.

Bedenket nur immer:" ſagte Silverius, „je näher der Tyrann, deſto drückender die Tyrannei: je ferner der Herrſcher, deſto erträglicher die Herrſchaft.

Das ſchwere Gewicht des Präfecten iſt aufzuwiegen durch das ſchwerere des Kaiſers."

„Ja wohl," ſtimmte Albinus bei, der große Summen von Byzanz erhalten hatte, „der Kaiſer muß der Herr Italiens werden."

„Das heißt," beſchwichtigte Silverius den unwillig

auffahrenden Scävola, „wir müssen den Präfecten durch den Kaiser, den Kaiser durch den Präfecten niederhalten.

Siehe, wir stehen an der Schwelle meines Hauses.

Laßt uns eintreten.

Ich habe geheim euch mitzutheilen, was heute Abend in der Versammlung kund werden soll.

Es wird euch überraschen.

Aber andre Leute noch mehr."

Inzwischen war auch der Präfect von dem Gelage nach Hause geeilt, sich in einsamem Sinnen zu seinem wichtigen Werke zu bereiten.

Nicht seine Rede überdachte er: wußte er doch längst was er zu sagen hatte und, ein glänzender Redner, dem die Worte so leicht wie die Gedanken kamen, überließ er den Ausdruck gern dem Antrieb des Augenblicks, wohl wissend, daß das eben frisch aus der Seele geschöpfte Wort am Lebendigsten wirkt.

Aber er rang nach innerer Ruhe: denn seine Leidenschaft schlug hohe Wellen.

Er überschaute die Schritte, die er nach seinem Ziele hin gethan, seit zuerst dieses Ziel mit dämonischer Gewalt ihn angezogen: er erwog die kurze Strecke, die noch zurück zu legen war: er überzählte die Schwierigkeiten, die Hindernisse, welche noch auf diesem Wege lagen und ermaß dagegen die Kraft seines Geistes, sie zu überwinden: und das Ergebniß dieses prüfenden Wägens erzeugte in ihm eine Siegesfreude, die ihn mit jugendlicher Aufregung ergriff.

Mit gewaltigen Schritten durchmaß er das Gemach.

Die Muskeln seiner Arme spannten sich wie in der Stunde beginnender Schlacht: er umgürtete sich mit dem breiten, siegreichen Schwert seiner Kriegsfahrten und drückte krampfhaft dessen Adlergriff, als gelte es, jetzt gegen zwei Welten, gegen Byzanz und die Barbaren, sein Rom zu erkämpfen.

Dann trat er der Cäsarstatue gegenüber und sah ihr lange in das schweigende Marmorantlitz.

Endlich ergriff er mit beiden Händen die Hüften des Imperators und rüttelte an ihnen: „lebwohl, sagte er, und gieb mir dein Glück mit auf den Weg. — Mehr brauch' ich nicht."

Und rasch wandte er sich und eilte aus dem Gemache und durch das Atrium hinaus auf die Straße, wo ihn schon die ersten Sterne begrüßten.

Zahlreicher als je hatten sich die Verschwornen an diesem Abend in den Katakomben eingefunden: waren doch durch ganz Italien die Ladungen zu dieser Versammlung als zu einer entscheidungsvollen ergangen.

So waren auf den Wunsch des Präfecten besonders alle strategisch wichtigen Puncte vertreten: von den starken Grenzhüterinnen Tridentum, Tarvisium und Verona, die das Eis der Alpen schauen, bis zu Otorantum und Consentia, welche die laue Welle des ausonischen Meeres bespült, hatten sie alle ihre Boten zugesendet, jene berühmten Städte Siciliens und Italiens mit den stolzen, den schönen, den weltgeschichtlichen Namen: Syrakusä und Catana, Panormus und Messana, Regium, Neapolis und Cumä, Capua und Beneventum, Antium und Ostia,

Reate und Narnia, Volsinii, Urbsvetus und Spoletum, Clusium und Perusia, Auximum und Ancon, Florentia und Fäsulä, Pisa, Luca, Luna und Genua, Ariminum, Cäsena, Faventia und Ravenna, Parma, Dertona und Placentia, Mantua, Cremona und Ticinum (Pavia), Mediolanum, Comum und Bergamum, Asta und Pollentia: dann von der Nord- und Ost-Küste des jonischen Meerbusens: Concordia, Aquileja, Jadera, Scardona und Salona.

Da waren ernste Senatoren und Decurionen, ergraut in dem Rath ihrer Städte, deren Häupter ihre Ahnen seit Jahrhunderten gewesen: kluge Kaufleute, breitschultrige Gutsherrn, rechthaberische Juristen, spöttische Rhetoren: und namentlich eine große Anzahl von Geistlichen jedes Ranges und jedes Alters: die einzige fest organisirte Macht und Silverius unbedingt gehorsam.

Wie Cethegus, noch hinter der Mündung des schmalen Ganges verborgen, die Massen in dem Halb-Rund der Grotte übersah, konnte er sich eines verächtlichen Lächelns nicht erwehren, das aber in einen Seufzer auslief.

Außer der allgemeinen Abneigung gegen die Barbaren, welche doch bei Weitem nicht stark genug war, schwere politische Pläne mit Opfern und Entsagungen zu tragen, — welch verschiedene und oft welch kleine Motive hatten diese Verschwornen hier zusammen geführt!

Cethegus kannte die Beweggründe der Einzelnen genau: hatte er sie doch durch Bearbeitung ihrer schwächsten Seiten beherrschen gelernt.

Und er mußte zuletzt noch froh darum sein: echte

Römer hätte er nie, wie diese Verschworenen, unter seinen Einfluß gebracht.

Aber wenn er sie nun hier Alle beisammen sah, diese Patrioten, und bedachte, wie den Einen die Hoffnung auf einen Titel von Byzanz, den Andern plumpe Bestechung, einen dritten Rachsucht wegen irgend einer persönlichen Beleidigung oder auch nur die Langeweile oder Schulden oder ein schlechter Streich unter die Unzufriednen geführt: und wenn er sich nun vorstellte, daß er mit solchen Bundesgenossen den gothischen Heermännern entgegen treten sollte, — da erschrak er fast über die Vermessenheit seines Planes.

Und eine Erquickung war es ihm, als die helle Stimme des Lucius Licinius seinen Blick auf die Schar der jungen „Ritter" lenkte, denen wirklich kriegerischer Muth und nationale Begeisterung aus den Augen sprühte: so hatte er doch einige verlässige Waffen. —

„Gegrüßt, Lucius Licinius," sprach er aus dem Dunkel des Ganges hervortretend. „Ei, du bist ja gerüstet und gewaffnet, als ging es von hier gegen die Barbaren."

„Kaum bezwing ich das Herz in der Brust vor Haß und vor Freude," sagte der schöne Jüngling. „Sieh, alle diese hier hab' ich für dich, für das Vaterland geworben."

Cethegus blickte grüßend umher:

„Auch du hier, Kallistratos, — du heitrer Sohn des Friedens?"

„Hellas wird ihre Schwester Italia nicht verlassen in der Stunde der Gefahr," sagte der Hellene und legte die weiße Hand auf das zierliche Schwert mit dem Griff von Elfenbein.

Und Cethegus nickte ihm zu und wandte sich zu den Andern, Marcus Licinius, Piso, Massurius, Balbus, welche, seit den Floralien ganz von dem Präfecten gewonnen, ihre Brüder, Vettern, Freunde mit gebracht hatten.

Prüfend flog sein Blick über die Gruppe, er schien Einen aus diesem Kreise zu vermissen.

Lucius Licinius errieth seine Gedanken:

„Du suchst den schwarzen Corsen, Furius Ahalla? Auf den kannst du nicht zählen.

Ich holte ihn von Weitem aus, aber er sprach: ‚ich bin ein Corse, kein Italier: mein Handel blüht unter gothischem Schutz: laßt mich aus eurem Spiel.‘ Und als ich weiter in ihn drang — denn ich gewönne gern sein kühnes Herz und die vielen Tausende von Armen, über die er gebeut — sprach er kurz abweisend: ‚ich fechte nicht gegen Totila.‘“

„Die Götter mögen wissen, was den tigerwilden Corsen an jenen Milchbart bindet,“ meinte Piso.

Cethegus lächelte, aber er furchte die Stirn.

„Ich denke, wir Römer genügen,“ sprach er laut: und das Herz der Jünglinge schlug.

„Eröffne die Versammlung,“ mahnte Scävola unwillig den Archidiakon, „du siehst, wie er die jungen Leute beschwatzt; er wird sie Alle gewinnen. Unterbrich ihn: rede.“

„Sogleich. Bist du gewiß, daß Albinus kömmt?“

„Er kömmt; er erwartet den Boten am appischen Thor."

„Wohlan," sagte der Priester, „Gott mit uns!"

Und er trat in die Mitte der Rotunde, erhob ein schwarzes Kreuz und begann:

„Im Namen des dreieinigen Gottes!

Wieder einmal haben wir uns versammelt im Grauen der Nacht zu den Werken des Lichts.

Vielleicht zum letzten mal: denn wunderbar hat der Sohn Gottes, welchem die Ketzer die Ehre weigern, unsere Mühen zu seiner Verherrlichung, zur Vernichtung seiner Feinde gesegnet.

Nächst Gott dem Herrn aber gebührt der höchste Dank dem edeln Kaiser Justinian und seiner frommen Gemalin, welche mit thätigem Mitleid die Seufzer der leidenden Kirche vernehmen: und endlich hier unsrem Freund und Führer, dem Präfecten, der unabläßig für unsres Herrn, des Kaisers Sache, wirkt" —

„Halt, Priester!" rief Lucius Licinius dazwischen, „wer nennt den Kaiser von Byzanz hier unsern Herrn? wir wollen nicht den Griechen dienen statt den Gothen! Frei wollen wir sein!"

„Frei wollen wir sein, widerholte der Chor seiner Freunde."

„Frei wollen wir werden!" fuhr Silverius fort. „Gewiß! Aber das können wir nicht aus eigner Macht, nur mit des Kaisers Hülfe.

Glaubt auch nicht, geliebte Jünglinge, der Mann,

den ihr als euren Vorkämpfer verehrt, Cethegus, denke hierin anders.

Justinian hat ihm einen köstlichen Ring — sein Bild in Carneol — gesendet, zum Zeichen, daß er billige, was der Präfect für ihn. den Kaiser, thue und der Präfect hat den Ring angenommen: sehet hier, er trägt ihn am Finger."

Betroffen und unwillig sahen die Jünglinge auf Cethegus.

Dieser trat schweigend in die Mitte.

Eine peinliche Pause entstand.

„Sprich, Feldherr!" rief Lucius, „widerlege sie! Es ist nicht wie sie sagen mit dem Ring."

Aber Cethegus zog den Ring kopfnickend ab:

„Es ist wie sie sagen: der Ring ist vom Kaiser und ich hab' ihn angenommen."

Lucius Licinius trat einen Schritt zurück.

„Zum Zeichen?" fragte Silverius.

„Zum Zeichen," sprach Cethegus mit drohender Stimme, „daß ich der herrschsüchtige Selbstling nicht bin, für den mich Einige halten, zum Zeichen, daß ich Italien mehr liebe als meinen Ehrgeiz.

Ja, ich baute auf Byzanz und wollte dem mächtigen Kaiser die Führerstelle abtreten: — darum nahm ich diesen Ring.

Ich baue nicht mehr auf Byzanz, das ewig zögert: deßhalb hab' ich diesen Ring heute mitgebracht, ihn dem Kaiser zurückzustellen.

Du, Silverius, hast dich als den Vertreter von

Byzanz erwiesen: hier, gieb deinem Herrn sein Pfand zurück: er säumt zu lang: sag' ihm, Italien hilft sich selbst."

„Italien hilft sich selbst!" jubelten die jungen Ritter.

„Bedenket, was ihr thut!" warnte mit verhaltnem Zorn der Priester.

„Den heißen Muth der Jünglinge begreif' ich, — aber daß meines Freundes, des gereiften Mannes, Hand nach dem Unerreichbaren greift, — befremdet mich.

Bedenket die Zahl und wilde Kraft der Barbaren! Bedenket, wie die Männer Italiens seit lange des Schwertes entwöhnt, wie alle Zwingburgen des Landes in der Hand —

„Schweig, Priester," donnerte Cethegus, „das ver- stehst du nicht!

Wo es die Psalmen zu erklären gilt und die Seele nach dem Himmelreich zu lenken, da rede du: denn solches ist dein Amt; wo's aber Krieg und Kampf der Männer gilt, laß jene reden, die den Krieg verstehen.

Wir lassen dir den ganzen Himmel — laß uns nur die Erde.

Ihr römischen Jünglinge, ihr habt die Wahl.

Wollt ihr abwarten, bis dieses wohlbedächtige Byzanz sich doch vielleicht Italiens erbarmt — ihr könnt milde Greise werden bis dahin — oder wollt ihr, nach alter Römer Art, die Freiheit mit dem eignen Schwert erkämpfen?

Ihr wollt's, ich seh's am Feuer eurer Augen.

Wie? man sagt uns, wir sind zu schwach, Italien zu befreien?

Ha, seid ihr nicht die Enkel jener Römer, welche den Weltkreis bezwangen?

Wenn ich euch aufrufe, Mann für Mann, da ist kein Name der nicht klingt wie Heldenruhm: Decius, Corvinus, Cornelius, Valerius, Licinius — wollt ihr mit mir das Vaterland befreien?"

„Wir wollen es! Führe uns, Cethegus!" riefen die Jünglinge begeistert.

Nach einer Pause begann der Jurist:

„Ich heiße Scävola.

Wo römische Heldennamen aufgerufen werden, hätte man auch des Geschlechts gedenken mögen, in dem das Heldenthum der Kälte erblich ist.

Ich frage dich, du jugendheißer Held Cethegus, hast du mehr als Träume und Wünsche, wie diese jungen Thoren, hast du einen Plan?" —

„Mehr als das, Scävola, ich habe und halte den Sieg.

Hier ist die Liste fast aller Festungen Italiens: an den nächsten Iden, in dreißig Tagen also, fallen sie, alle, auf Einen Schlag, in meine Hand."

„Wie? dreißig Tage sollen wir noch warten?" fragte Lucius.

„Nur so lange, bis die hier Versammelten ihre Städte wieder erreicht, bis meine Eilboten Italien durchflogen haben.

Ihr habt über vierzig Jahre warten müssen!"

Aber der ungeduldige Eifer der Jünglinge, welchen er selbst geschürt, wollte nicht mehr ruhen: sie machten verdroßne Mienen zu dem Aufschub — sie murrten.

Blitzschnell ersah der Priester diesen Umschlag der Stimmung.

„Nein, Cethegus", rief er, „so lang kann nicht mehr gezögert werden!

Unerträglich ist dem Edeln die Tyrannei: Schmach dem, der sie länger duldet als er muß.

Ich weiß euch bessern Trost, ihr Jünglinge!

Schon in den nächsten Tagen können die Waffen Belisars in Italien blitzen."

„Oder sollen wir vielleicht," fragte Scävola, „Belisar nicht folgen, weil er nicht Cethegus ist?"

„Ihr sprecht von Wünschen," lächelte dieser, „nicht von Wirklichem.

Landete Belisar, ich wäre der Erste mich ihm anzuschließen.

Aber er wird nicht landen.

Das ist's ja, was mich abgewendet hat von Byzanz: der Kaiser hält nicht Wort."

Cethegus spielte ein sehr kühnes Spiel.

Aber er konnte nicht anders.

„Du könntest irren und der Kaiser früher sein Wort erfüllen, als du meinst. Belisar liegt bei Sicilien."

„Nicht mehr. Er hat sich nach Afrika, nach Hause gewendet. Hofft nicht mehr auf Belisar."

Da hallten hastige Schritte aus dem Seitengange und eilfertig stürzte Albinus herein:

„Triumph,“ rief er, „Freiheit, Freiheit!“

„Was bringst du?“ fragte freudig der Priester.

„Den Krieg, die Rettung! Byzanz hat den Gothen den Krieg erklärt.“

„Freiheit, Krieg!“ jauchzten die Jünglinge.

„Es ist unmöglich!“ sprach Cethegus, tonlos.

„Es ist gewiß!“ rief eine andre Stimme vom Gange her — es war Calpurnius, der jenem auf dem Fuß gefolgt — und mehr als das: der Krieg ist begonnen.

Belisar ist gelandet auf Sicilien, bei Catana: Syrakusä, Messana sind ihm zugefallen, Panormus hat er mit der Flotte genommen, er ist übergesetzt nach Italien, von Messana nach Regium, er steht auf unserm Boden.“

„Freiheit!“ rief Marcus Licinius.

„Ueberall fällt ihm die Bevölkerung zu. Aus Apulien, aus Calabrien flüchten die überraschten Gothen, unaufhaltsam dringt er durch Bruttien und Lucanien gen Neapolis.“

„Es ist erlogen, alles erlogen!“ sagte Cethegus mehr zu sich selbst als zu den andern.

„Du scheinst nicht sehr erfreut über den Sieg der guten Sache. Aber der Bote ritt drei Pferde zu Tod. Belisar ist gelandet mit dreißigtausend Mann.“

„Ein Verräther, wer noch zweifelt,“ sprach Scävola.

„Nun laß sehen,“ höhnte Silverius, „ob du dein Wort halten wirst. Wirst du der Erste von uns sein, dich Belisar anzuschließen?“

Vor Cethegus Auge versank in dieser Stunde eine ganze Welt, s e i n e Welt.

So hatte er denn umsonst, nein, schlimmer als das, für einen verhaßten Feind alles gethan, was er gethan.

Belisar in Italien mit einem starken Heere und er getäuscht, machtlos, überwunden!

Wohl jeder Andre hätte jetzt alles weitre Streben ermüdet aufgegeben.

In des Präfecten Seele fiel nicht ein Schatten der Entmuthigung.

Sein ganzer Riesenbau war eingestürzt: noch betäubte der Schlag sein Ohr und schon hatte er beschlossen, im selben Moment ihn von Neuem zu beginnen: seine Welt war versunken, und er hatte nicht Muße ihr einen Seufzer nachzusenden: denn Aller Augen hingen an ihm. Er beschloß, eine zweite zu schaffen.

„Nun! was wirst du thun?" wiederholte Silverius.

Cethegus würdigte ihn keines Blicks.

Zu der Versammlung gewendet sprach er mit ruhiger Stimme:

„Belisar ist gelandet: Er ist jetzt unser Haupt: ich gehe in sein Lager."

Damit schritt er dem Ausgang zu, gemeßnen Ganges, gefaßten Angesichts, an Silverius und dessen Freunden vorüber.

Silverius wollte ein Wort des Hohnes flüstern: aber er verstummte, da ihn der Blick des Präfecten traf: „Frohlocke nicht, Priester," schien er zu sagen, „diese Stunde wird dir vergolten."

Und Silverius, der Sieger, blieb erschrocken stehn. — —

Neuntes Capitel.

Die Landung der Byzantiner war allen, Gothen wie Italiern, gleich unerwartet gekommen.

Denn die letzte Bewegung Belisar's nach Südosten hatte alle Erwartungen von der kaiserlichen Flotte in die Irre gelenkt.

Von unsern gothischen Freunden war nur Totila in Unteritalien: vergeblich hatte er als Seegraf von Neapolis die Regierung zu Ravenna gewarnt und um Vollmachten, um Mittel zur Vertheidigung Siciliens gebeten.

Wir werden sehen, wie ihm alle Mittel genommen wurden, das Ereigniß zu verhindern, welches sein Volk bedrohte, welches gerade in die lichten Kreise seines eignen Lebens zuerst verhängnißvolle Schatten werfen und die Bande des Glückes zerreißen sollte, mit welchen ein freundliches Schicksal diesen Liebling der Götter bisher umwoben hatte.

Denn in Bälde war es der unwiderstehlichen Anmuth seiner Natur gelungen, das edle, wenn auch strenge, Herz des Valerius zu gewinnen.

Wir haben gesehen, wie mächtig die Bitten der

Tochter, das Andenken an die Scheideworte der Gattin, die Offenheit Totila's schon in jener Stunde der nächtlichen Ueberraschung auf den würdigen Alten gewirkt.

Totila blieb als Gast in der Villa: Julius, mit seiner gewinnenden Güte, wurde von den Liebenden zu Hülfe gerufen und ihren vereinten Einflüssen gab der Sinn des Vaters allmälig nach.

Dies war jedoch bei dem strengen Römerthum des Alten nur dadurch möglich, daß von allen Gothen Totila an Sinnesart, Bildung und Wohlwollen den Römern am nächsten stand, so daß Valerius bald einsah, er könne einen Jüngling nicht „barbarisch" schelten, der besser als mancher Italier die Sprache, die Weisheit und die Schönheit der hellenischen und römischen Literatur kannte und würdigte, und, wie er seine Gothen liebte, so die Cultur der alten Welt bewunderte.

Dazu kam endlich, daß im politischen Gebiet den alten Römer und den jungen Germanen der gemeinsame Haß gegen die Byzantiner verband.

Wenn der offnen Heldenseele Totila's in den tückischen Erbfeinden seiner Nation die Mischung von Heuchelei und Gewaltherrschaft unwillkürlich wie dem Lichte die Nacht verhaßt war, so war für Valerius die ganze Tradition seiner Familie eine Anklage gegen das Imperatorenthum und Byzanz.

Die Valerier hatten von jeher zu der aristokratisch-republicanischen Opposition wider das Cäsarenthum gezählt.

Und so mancher der Ahnen hatte schon seit den

Tagen des Tiberius die alt-republicanische Gesinnung mit dem Tode gebüßt und besiegelt.

Niemals hatten diese Geschlechter im Herzen die Uebertragung der Weltherrschaft von der Tiberstadt nach Byzanz anerkannt: in dem byzantinischen Kaiserthum erblickte Valerius den Gipfel aller Tyrannei: und um jeden Preis wollte er die Habsucht, den Glaubenszwang, den orientalischen Despotismus dieser Kaiser von seinem Latium fern halten.

Es kam dazu, daß sein Vater und sein Bruder bei einer Handelsreise durch Byzanz von einem Vorgänger Justinians aus Habsucht waren festgehalten und, wegen angeblicher Betheiligung an einer Verschwörung, unter Confiscation ihrer im Ostreich belegnen Güter, hingerichtet worden, so daß den politischen Haß des Patrioten mit aller Macht persönliche Schmerzen verstärkten.

Er hatte, als Cethegus ihn in die Katakombenverschwörung einweihte, eifrig den Gedanken einer Selbstbefreiung Italiens ergriffen, aber alle Annäherungen der kaiserlichen Partei mit den Worten abgewiesen: „lieber den Tod als Byzanz!"

So vereinten sich die beiden Männer in dem Entschluß, keine Byzantiner in dem schönen Lande zu dulden, das dem Gothen kaum minder theuer war als dem Römer.

Die Liebenden hüteten sich, den Willen des Alten schon jetzt zu einem bindenden Wort zu drängen; sie begnügten sich für die Gegenwart mit der Freiheit des Umgangs, welche Valerius ihnen beließ und warteten ruhig ab, bis der Einfluß allmäliger Gewöhnung ihn auch mit dem Gedanken an ihre völlige Vereinigung befreunden würde.

So verlebten unsere jungen Freunde goldene Tage.

Das Liebespar hatte neben seinem eigensten Glücke die Freude an der wachsenden Neigung des Vaters zu Totila: und Julius genoß jene weihevolle Erhebung, welche für edle Naturen in dem Ueberwinden eigner Schmerzen um des Glückes geliebter Herzen willen liegt.

Seine suchende, von der Weisheit der alten Philosophie nicht befriedigte Seele wandte sich mehr und mehr jener Lehre zu, welche den höchsten Frieden im Entsagen findet.

Eine sehr entgegengesetzte Natur war Valeria.

Sie war der Ausdruck der echt römischen Ideale ihres Vaters, der an der frühe verstorbnen Mutter Stelle ihre ganze Erziehung geleitet und im geistigen und sittlichen Gebiet die Ergebnisse des antiken heidnischen Geistes ihr angeeignet hatte.

Das Christenthum, welchem ihre Seele bei dem Eintritt in das Leben durch eine äußere Nöthigung war zugewendet und später ebenso durch ein äußerliches Mittel war wieder entrissen worden, erschien ihr als eine gefürchtete, nicht als eine verstandene und geliebte Macht, welche sie gleichwohl nicht aus dem Kreise ihrer Gedanken und Gefühle zu scheiden vermochte.

Als echte Römerin sah sie auch nicht mit bangem Zagen, sondern mit freudigem Stolz die kriegerische Begeisterung, welche im Gespräch mit ihrem Vater über

Byzanz und seine Feldherrn aus der Seele Totila's leuchtete, den künftigen Helden verkündend.

Und so trug sie es mit edler Fassung, als den Geliebten seine Kriegerpflicht plötzlich abrief aus den Armen der Liebe und Freundschaft.

Denn sowie die Flotte der Byzantiner auf der Höhe von Syrakusä erschienen war, loderte in dem jungen Gothen der Gedanke, der Wunsch des Krieges unauslöschlich empor.

Als Befehlshaber des unteritalischen Geschwaders lag ihm die Pflicht ob, die Feinde zu beobachten, die Küste zu decken.

Er setzte rasch seine Schiffe in Stand und segelte der griechischen Seemacht entgegen, Erklärung heischend über den Grund ihres Erscheinens in diesen Gewässern.

Belisar, der den Auftrag hatte, erst nach einem Ruf von Petros feindlich aufzutreten, gab eine friedliche und unanfechtbare Auskunft, die Unruhen in Afrika und Seeräubereien mauretanischer Schiffe vorschützend.

Mit dieser Antwort mußte sich Totila begnügen: aber in seiner Seele stand der Ausbruch des Krieges fest, vielleicht nur deßhalb, weil er ihn wünschte.

Er traf daher alle Anstalten, schickte warnende Boten nach Ravenna und suchte vor Allem, das wichtige Neapolis wenigstens von der Seeseite her zu decken, da die Landbefestigung der Stadt während des langen Friedens vernachlässigt und der alte Uliaris, der Stadtgraf von Neapolis, nicht aus seiner stolzen Sicherheit und Griechen-Verachtung aufzurütteln war.

Die Gothen wiegten sich überhaupt in dem gefährlichen Wahn, die Byzantiner würden gar nie wagen, sie
anzugreifen: und ihr verrätherischer König bestärkte sie
gern in diesem Glauben.

Die Warnungen Totila's blieben deßhalb unbeachtet
und es wurde dem eifrigen Seegrafen sogar sein ganzes
Geschwader abgenommen und in den Hafen von Ravenna
zu angeblicher Ablösung beordert: aber die Schiffe, welche
die abgesegelten ersetzen sollten, blieben aus.

Und Totila hatte nichts als ein paar kleine Wachtschiffe, mit welchen er, wie er den Freunden erklärte,
die Bewegungen der zahlreichen Griechenflotte nicht beobachten, geschweige denn aufhalten konnte.

Diese Mittheilung bewogen den Kaufherrn, die Villa
bei Neapolis zu verlassen und seine reichen Besitzungen und
Handels-Niederlassungen bei Regium, an der Südspitze
der Halbinsel, aufzusuchen, um die werthvollste Habe
aus dieser Gegend, für welche Totila den ersten Angriff
der Feinde besorgte, nach Neapolis zu flüchten und überhaupt seine Anordnungen für den Fall eines längeren
Krieges zu treffen.

Auf dieser Reise sollte Julius ihn begleiten: und
auch Valeria war nicht zu bewegen, in der leeren Villa
zurück zu bleiben: von Gefahr war, wie Totila versichert hatte, für die nächsten Tage nichts zu fürchten.

So reisten denn die Drei, von einigen Sklaven begleitet, nach der Hauptvilla bei dem Passe Jugum nördlich von Regium ab, welche, unmittelbar am Meere
gelegen, ja zum Theil mit jenem schon von Horatius

gescholtnen Luxus in das Meer selbst „wagend hinaus-
gebaut" war.

Valerius traf die Dinge in schlechter Ordnung.

Seine Institoren hatten, sicher gemacht durch lange
Abwesenheit des Herrn, übel gewirthschaftet: und mit
Unwillen erkannte dieser, daß seine prüfende, ordnende,
strafende Thätigkeit, nicht Tage, sondern Wochen lang
in dieser Gegend nothwendig sein werde.

Unterdessen mehrten sich die drohenden Anzeichen.

Totila schickte warnende Winke: aber Valeria erklärte, ihren Vater in der Gefahr nicht verlassen zu
können: und dieser verschmähte es, vor den „Griechlein"
zu flüchten, welche er noch mehr verachtete als haßte.

Da wurden sie eines Tages durch zwei Bote über-
rascht, welche fast gleichzeitig in den kleinen Hafen der
Villa einliefen: das eine trug Totila, das andre den
Corsen Furius Ahalla.

Die Männer begrüßten sich überrascht, doch erfreut
als alte Bekannte und wandelten mit einander durch
die Taxus- und Lorbergänge des Gartens zu der Villa
hinan.

Hier trennten sie sich: Totila gab vor, seinen Freund
Julius besuchen zu wollen, indeß den Corsen ein Ge-
schäft zu dem Kaufherrn führte, mit welchem er seit
Jahren in einer für beide Theile gleich vortheilhaften
Handelsverbindung stand.

Mit Freuden sah daher Valerius den klugen, kühnen
und stattlich-schönen Seefahrer bei sich eintreten und nach

herzlicher Begrüßung wandten sich die beiden Handels-
freunde ihren Büchern und Rechnungen zu.

Nach kurzen Erörterungen erhob sich der Corse von
den Rechentafeln und sprach:

„So siehst du, Valerius, auf's Neue hat Mercurius
unser Bündniß gesegnet.

Meine Schiffe haben dir Purpur und köstlichen Woll-
stoff aus Phönikien und aus Spanien zugeführt: und deine
köstlichen Fabrikate des verflossnen Jahres verführt nach
Byzanz und Alexandria, nach Massilia und Antiochia.
Ein Centenar Goldes Mehrgewinn gegen das Vorjahr!
Und so wird er steigen und steigen von Jahr zu Jahr,
so lang die wackern Gothen den Frieden schirmen und
die Rechtspflege im Abendland.“

Er schwieg wie abwartend.

„So lang sie schirmen können!“ seufzte Valerius, „so
lang diese Griechen Frieden halten. Wer steht dafür,
daß uns nicht diese Nacht der Seewind die Flotte Belisars an die Küste treibt!“

„Also auch du erwartest den Krieg? Im Vertrauen:
er ist mehr als wahrscheinlich, er ist gewiß.“

„Furius,“ rief der Römer, „woher weißt du das?“

„Ich komme von Afrika, von Sicilien.

Ich habe die Flotte des Kaisers gesehen: so rüstet
man nicht gegen Seeräuber.

Ich habe die Heerführer Belisars gesprochen: sie
träumen Nacht und Tag von den Schätzen Italiens.

Sicilien ist zum Abfall reif, sowie die Griechen
landen.“

Valerius erbleichte vor Aufregung.

Furius bemerkte es und fuhr fort:

„Und deßhalb vor Allem bin ich hierher geeilt, dich zu warnen. Der Feind wird in dieser Gegend landen und ich wußte — daß deine Tochter dich begleitet.“

„Valeria ist eine Römerin.“

„Ja, aber diese Feinde sind die wildesten Barbaren. Denn Hunnen, Massageten, Skythen, Avaren, Slavenen und Saracenen sind es, die dieser Kaiser der Römer losläßt auf Italien. Wehe, wenn dein minervengleiches Kind in ihre Hände fiele.“

„Das wird sie nicht!“ sagte Valerius, die Hand am Dolch. „Aber du sprichst wahr — sie muß fort — in Sicherheit.“ — —

„Wo ist in Italien Sicherheit? Bald werden die Wogen dieses Krieges brausend zusammenschlagen über Neapolis, — über Rom und kaum sich an Ravenna's Mauern brechen.“

„Denkst du so groß von diesen Griechen? Hat doch Griechenland nie etwas Anderes nach Italien geschickt als Mimen, Seeräuber und Kleiderdiebe!“

„Belisarius aber ist ein Sohn des Sieges. Jedesfalls entbrennt ein Kampf, dessen Ende so Mancher von euch nicht erleben wird!“

„Von euch, sagst du? wirst du nicht mit kämpfen?“

„Nein, Valerius!

Du weißt, in meinen Adern fließt nur corsisch Blut, trotz meines römischen Adoptiv-Namens: ich bin nicht Römer, nicht Grieche, nicht Gothe. Ich wünsche den

Gothen den Sieg, weil sie Zucht und Ordnung halten zu Wasser und zu Land und weil mein Handel blüht unter ihrem Scepter: aber wollt' ich offen für sie fechten, der Fiscus von Byzanz verschlänge, was irgend von meinen Schiffen und Waren in den Häfen des Ostreichs liegt, drei Viertel all' meines Guts.

Nein, ich gedenke mein Eiland so zu befestigen — du weißt ja, halb Corsica ist mein — daß keine der kämpfenden Parteien mich viel belästigen wird: meine Insel wird eine Friedensinsel sein, während rings die Länder und Meere vom Krieg erdröhnen.

Ich werde dies Asyl beschirmen wie ein König seine Krone, wie ein Bräutigam die Braut — und deßhalb — seine Augen funkelten und seine Stimme bebte vor Erregung — deßhalb wollte ich jetzt, — heute — ein Wort aussprechen, das ich seit Jahren auf dem Herzen trage" — —

Er stockte.

Valerius sah voraus, was kommen werde und sah es mit tiefem Schmerz: seit Jahren hat er sich in dem Gedanken gefallen, sein Kind dem mächtigen Kaufherrn zu vertrauen, eines alten Freundes Adoptivsohn, dessen Neigung er lange durchschaut.

So lieb er in letzter Zeit den jungen Gothen gewonnen, er würde doch den langjährigen Handelsgenossen als Eidam vorgezogen haben.

Und er kannte den unbändigen Stolz und die zornige Nachsucht des Corsen: er fürchtete im Fall der Weigerung die alte Liebe und Freundschaft alsbald in loderndem

Haß umschlagen zu sehen: man erzählte dunkle Geschichten von der jähzornigen Wildheit des Mannes und gerne hätte Valerius ihm und sich selbst den Schmerz einer Zurückweisung erspart.

Aber jener fuhr fort:

„Ich denke, wir beide sind Männer, die Geschäfte geschäftlich abthun.

Und ich spreche, nach altem Brauch, gleich mit dem Vater, nicht erst mit der Tochter.

Gieb mir dein Kind zur Ehe, Valerius: du kennst zum Theil mein Vermögen — nur zum Theil — denn es ist viel größer als du ahnst. Zur Widerlage der Mitgift geb' ich, wie groß sie sei, das doppelte — —

„Furius!" unterbrach der Vater.

„Ich glaube wohl ein Mann zu sein, der ein Weib beglücken mag.

Jedesfalls kann ich sie beschützen, wie kein Andrer in diesen drohenden Zeiten: ich führe sie, wird Corsica bedrängt, auf meinen Schiffen nach Asien, nach Afrika; an jeder Küste erwartet sie nicht ein Haus, ein Palast. Keine Königin soll sie beneiden. Ich will sie hoch halten — höher als meine Seele."

Er hielt inne, sehr erregt, wie auf rasche Antwort wartend.

Valerius schwieg, er suchte nach einem Ausweg — es war nur eine Secunde: aber der Anschein nur, daß sich der Vater besinne, empörte den Corsen.

Sein Blut kochte auf, sein schönes broncefarbenes Antlitz, eben noch beinahe weich und mild, nahm plötzlich einen furchtbaren Ausdruck an: dunkelrothe Gluth schoß in die braunen Wangen.

„Furius Ahalla," sprach er rasch und haſtig, „iſt nicht gewöhnt, zweimal zu bieten.

Man pflegt meine Ware aufs erſte Angebot mit beiden Händen zu ergreifen —: nun biete ich mich ſelbſt — ich bin, bei Gott, nicht ſchlechter als mein Purpur" —

„Mein Freund," hob der Alte an, „wir leben nicht mehr in der Zeit alten, ſtrengen Römerbrauchs: der neue Glaube hat den Vätern faſt das Recht genommen, die Töchter zu vergeben. Mein Wille würde ſie dir und keinem Andern geben, aber ihr Herz" — —

„Sie liebt einen Andern!" knirſchte der Corſe, „wen?"

Und ſeine Fauſt fuhr an den Dolch, als ſollte der Nebenbuhler keinen Augenblick mehr athmen.

Es lag etwas vom Tiger in dieſer Bewegung und im Funkeln des rollenden Auges.

Valerius empfand, wie tödtlich dieſer Haß und wollte den Namen nicht nennen.

„Wer kann es ſein?" fragte halblaut der Wüthende, „Ein Römer? Montanus? Nein! Oh nur — nur nicht er — ſag' nein, Alter, nicht Er" —

Und er faßte ihn am Gewande.

„Wer? wen meinſt du?"

„Der mit mir landete — der Gothe: doch ja: er muß es ſein, es liebt ihn ja Alles — Totila!"

„Er ist's!" sagte Valerius und suchte begütigend seine Hand zu fassen.

Doch mit Schrecken ließ er sie los: ein zuckender Krampf rüttelte den ehernen Leib des starken Corsen: er streckte beide Hände starr vor sich hin als wollte er den Schmerz, der ihn quälte, erwürgen.

Dann warf er das Haupt in den Nacken und schlug sich die beiden geballten Fäuste grausam gegen die Stirn, den Kopf schüttelnd und laut auflachend.

Entsetzt sah Valerius diesem Toben zu, endlich glitten die gepreßten Hände langsam herab und zeigten ein aschenfahles Antlitz.

„Es ist aus," sagte er dann mit bebender Stimme. „Es ist ein Fluch, der mich verfolgt: ich soll nicht glücklich werden im Weibe.

Schon einmal, — hart vor der Erfüllung —! Und jetzt, — ich weiß es, — Valeria's Seelenzucht und klare Ruhe hätte auch in mein wild schäumendes Leben rettenden Frieden gebracht — ich wäre anders geworden, besser.

Und sollte es nicht sein" — hier funkelte sein Auge wieder —„nun, so wär' es fast das gleiche Glück gewesen, den Räuber dieses Glücks zu morden.

Ja, in seinem Blute hätte ich gewühlt und von der Leiche die Braut hinweggerissen — und nun ist Er es!

Er, der Einzige, dem Ahalla Dank schuldet — und welchen Dank" — — —

Und er schwieg, mit dem Haupte nickend und wie verloren in Erinnerung.

„Valerius," rief er dann plötzlich sich aufraffend, „ich weiche keinem Mann auf Erden — ich hätt' es nicht getragen, hinter einem Andern zurückzustehen — doch Totila! — Es sei ihr vergeben, daß sie mich ausschlägt, weil sie Totila gewählt.

Leb wohl, Valerius, ich geh' in See, nach Persien, Indien — ich weiß nicht wohin — ach überallhin nehm' ich diese Stunde mit."

Und rasch war er hinaus und gleich darauf entführte ihn sein pfeilgeschwindes Bot dem kleinen Hafen der Villa. —

Seufzend verließ Valerius das Gemach, seine Tochter zu suchen.

Er traf im Atrium auf Totila, der sich schon wieder verabschiedete.

Er war nur gekommen, zu rascher Rückreise nach Neapolis zu treiben.

Denn Belisar habe sich wieder von Afrika abgewendet und kreuze bei Panormus: jeden Tag könne die Landung auf Sicilien, in Italien selbst erfolgen und trotz all' seines Dringens sende der König keine Schiffe. In den nächsten Tagen wolle er selbst nach Sicilien, sich Gewißheit zu schaffen.

Die Freunde seien daher hier völlig unbeschützt: und er beschwor den Vater Valeria's, sofort auf dem Landwege nach Neapolis heimzukehren.

Aber den alten Soldaten empörte es, vor den Griechen flüchten zu sollen: vor drei Tagen könne und wolle er nicht weichen von seinen Geschäften. und kaum war er von Totila zu bestimmen, eine Schar von zwanzig Gothen zur nothdürftigsten Deckung anzunehmen.

Mit schwerem Herzen stieg Totila in seinen Kahn und ließ sich an Bord des Wachtschiffes zurück bringen.

Es war dunkler Abend geworden als er dort ankam, ein Nebelschleier verhüllte die Dinge in nächster Nähe.

Da scholl Ruderschlag von Westen her und ein Schiff, kenntlich an der rothen Leuchte an dem hohen Mast, bog um die Spitze eines kleinen Vorgebirges.

Totila lauschte und fragte seine Wachen:

„Segel zur Linken! was für Schiff? was für Herr?"

„Schon angezeigt vom Mastkorb:" — hallte es wider —

„Kauffahrer — Furius Ahalla — lag hier vor Anker."

„Fährt wohin?"

„Nach Osten — nach Indien!" —

Zehntes Capitel.

Am Abend des dritten Tages seit Totila die gothische
Bedeckung geschickt, hatte Valerius endlich seine Geschäfte
beendet und auf den anderen Morgen die Abreise fest
gesetzt.

Er saß mit Valeria und Julius beim Nachtmal
und sprach von den Aussichten auf Erhaltung des Friedens,
welche des jungen Helden Kriegesdurst doch wohl unter-
schätzt habe: es war dem Römer ein unerträglicher Gedanke, daß „Griechen" das theure Italien in Waffen betreten sollten.

„Auch ich wünsche den Frieden," sprach Valeria, nachsinnend — „und doch —"

„Nun?" fragte Valerius.

„Ich bin gewiß, du würdest," vollendete das Mädchen,
„im Krieg erst Totila so lieben lernen, wie er es verdient:
er würde für mich streiten und für Italien" —

„Ja," sagte Julius, „es steckt in ihm ein Held und
Größeres als das."

„Ich kenne nichts Größeres," antwortete Valerius.

Da erschollen auf dem Marmorestrich des Atriums

klirrende Schritte und der junge Thorismuth, der Anführer der zwanzig Gothen und Totila's Schildträger, trat haftig ein.

„Valerius, sprach er schnell, laß die Wagen anschirren — die Sänften in den Hof — ihr müßt fort."

Die Drei sprangen auf: „Was ist geschehn — sind sie gelandet?" —

„Rede," sprach Julius, „was macht dich besorgt?"

„Für mich nichts," lachte der Gothe, „und euch wollt ich nicht früher schrecken als unvermeidlich. Aber ich darf nicht mehr schweigen — gestern früh spülte die Fluth eine Leiche ans Land —"

„Eine Leiche?"

„Einen Gothen, von unfrer Schiffsmannschaft — es war Alb, der Steuermann auf Totila's Schiff."

Valeria erbleichte, aber erbebte nicht.

„Das kann ein Zufall sein — er ist ertrunken."

„Nein," sagte der Gothe fest, „er ist nicht ertrunken: es stak ein Pfeil in seiner Brust."

„Das deutet auf einen Kampf zur See! Nicht auf mehr!" meinte Valerius.

„Aber heute —"

„Heute?" fragte Julius.

„Heute sind alle Landleute ausgeblieben, die sonst täglich von Regium hier durch nach Colum gehen. Auch ein Reiter, den ich auf Kundschaft nach Regium schickte, ist nicht zurück gekommen." —

„Beweist noch immer nichts," sprach Valerius eigensinnig. — Sein Herz sträubte sich gegen den Gedanken einer Landung der Verhaßten so lang als möglich — oft schon hat die Brandung die Straße gesperrt."

„Aber als ich selbst soeben auf der Straße nach Regium vorging und das Ohr auf die Erde legte, hörte ich die Erde zittern unter dem Hufschlag von vielen Rossen, die in rasender Eile nahen. Ihr müßt fliehn."

Jetzt griffen Valerius und Julius zu den Waffen, die an den Pfeilern des Gemaches hingen, Valeria legte schwer athmend die Hand aufs Herz:

„Was ist zu thun?" fragte sie.

„Besetzt den Engpaß von Jugum," befahl Valerius, „in den die Straße längs der Küste verläuft: er ist schmal; er ist lange zu halten."

„Er ist schon besetzt von acht meiner Gothen, ich fliege hin, sobald ihr zu Pferde sitzt, die Hälfte meiner Schaar deckt eure Reise: eilt."

Aber ehe sie das Gemach verlassen konnten, stürzte ein gothischer Krieger, mit Schlamm und Blut bedeckt, herein: „flieht, rief er, sie sind da!"

„Wer ist da, Gelaris?" fragte Thorismuth.

„Die Griechen! Belisar! der Teufel!"

„Rede," befahl Thorismuth.

„Ich kam bis in den Pinienwald von Regium, ohne etwas Verdächtiges zu spüren, freilich auch ohne einer Seele auf der Straße zu begegnen.

Als ich an einem dicken Baumstamm vorbei reite, eifrig vorwärts spähend, fühle ich einen Ruck am Halse, als risse mir ein Blitz den Kopf von den Schultern und im Nu lag ich unter meinem Thier am Boden —"

„Schlecht gesessen, o Gelaris!" schalt Thorismuth.

„Ja wohl, eine Roßhar-Schlinge um's Genick und eine Bleikugel an den Kopf geschnellt, da fällt auch ein beßrer Reitersmann als Gelaris, Genzo's Sohn.

Zwei Unholde — Wald-Schraten oder Alraunen acht' ich sie ähnlich — setzten aus dem Busch über den Graben, banden mich auf mein Pferd, nahmen mich zwischen ihre kleinen, zottigen Gäule — und hui" —

„Das sind die Hunnen Belisars! rief Valerius."

„Jagten sie mit mir davon. — Als ich wieder ganz zu mir gekommen, war ich in Regium, mitten unter den Feinden, dort erfuhr ich denn Alles.

Die Regentin ist ermordet, der Krieg ist erklärt, die Feinde haben Sicilien überrascht, die ganze Insel ist zum Kaiser abgefallen — —'

„Und das feste Panormus?"

„Fiel durch die Flotte, die in den Hafen drang: die Mastkörbe waren höher als die Mauern der Stadt: von den Masten schossen und sprangen sie herab."

„Und Syrakusä?" fragte Valerius.

„Fiel durch Verrath der Sicilianer — die Gothen der Besatzung sind ermordet: in Syrakusä ist Belisarius eingeritten unter einem Blumenregen, als scheidender Con-sul des Jahres — denn es war am letzten Tage seines Consulats — Goldmünzen streuend, unter Händeklatschen alles Volks."

„Und wo ist der Seegraf? wo ist Totila?'

„Zwei seiner drei Schiffe sind in den Grund gebohrt, vom Schnabelstoße der Triremen.

Sein Schiff und noch eins: er sprang in's Meer mit voller Rüstung — und ist — noch nicht — aufgefischt."

Da sank Valeria schweigend auf das Lager.

„Der Griechen-Feldherr," fuhr der Bote fort, „landete gestern in dunkler stürmischer Nacht bei Regium: die Stadt hat ihn mit Jubel aufgenommen; er ordnet nur sein Heer, dann soll's im Fluge nach Neapolis gehen: seine Vorhut, die gelbhäutigen Reiter, die mich eingebracht, mußten sogleich wieder umkehren und den Paß gewinnen.

Ich sollte ihnen Führer dahin sein.

Ich führte sie weit ab — nach Westen — in den Meeressumpf und — entsprang ihnen im Dunkel — des Abends — aber — sie schickten mir — Pfeile nach — und Einer traf — ich kann nicht mehr." —

Und klirrend stürzte der Mann zu Boden.

„Er ist verloren!" sprach Valerius, „sie führen vergiftetes Geschoß!

Auf, Julius und Thorismuth, ihr geleitet mein Kind auf der Straße gen Neapolis: ich gehe in den Paß und decke euch den Rücken."

Vergebens waren die Bitten Valeria's: Gesicht und Haltung des Alten nahmen einen Ausdruck eisernen Entschlusses an.

„Gehorcht!" befahl er den Widerstrebenden, „ich bin der Herr dieses Hauses, der Sohn dieses Landes, und ich will die Hunnen Belisars fragen, was sie zu thun haben in meinem Vaterland. Nein, Julius! Dich muß ich bei Valeria wissen — lebet wohl."

Während Valeria mit ihrer gothischen Bedeckung und mit den meisten der Sklaven spornstreichs auf der Straße nach Neapolis hinweg eilte, stürmte Valerius mit Schild und Schwert einem halben Dutzend Sklaven voran, zum Garten der Villa hinaus, nach dem Engpaß zu, welcher nicht weit vor dem Anfang seiner Besitzungen die Straße nach Regium überwölbte.

Der Felsenbogen zur Linken, im Norden, war unübersteiglich und zur Rechten, nach Süden, fielen jene Wände senkrecht in das tiefe Meer, dessen Brandung oft die Straße überfluthete.

Die Mündung des Passes aber war so schmal, daß zwei nebeneinanderstehende Männer sie mit ihren Schilden wie eine Pforte schließen konnten: so durfte Valerius hoffen, den Paß auch gegen große Uebermacht lang genug zu decken, um den raschen Pferden der Fliehenden hinlänglichen Vorsprung zu gewähren.

Während der Alte den schmalen Pfad, der sich zwischen dem Meere und seinen Weinbergen nach dem Engpaß hin zog, durch die mondlose Nacht vorwärts eilte, bemerkte er zur Rechten, draußen, in ziemlicher Entfernung vom Lande, im Meer den hellen Strahl eines kleinen Lichtes, welches offenbar von dem Mast eines Schiffes niederleuchtete.

Valerius erschrak: sollten die Byzantiner zur See gegen Neapolis vorrücken? Sollten sie Bewaffnete in seinem und des Engpasses Rücken an's Land werfen wollen? Aber sollten sich dann nicht mehrere Lichter zeigen?

Er wollte die Sklaven fragen, welche auf seinen Be

fehl, aber schon mit sichtlichem Widerwillen, ihm aus der Villa gefolgt waren.

Umsonst: sie waren verschwunden in dem Dunkel der Nacht.

Sie waren dem Herrn entwischt, sobald dieser ihrer nicht mehr achtete.

So kam Valerius allein an dem Engpaß an, dessen hintere Mündung zwei der gothischen Wachen besetzt hielten, während zwei andere den östlichen, dem Feinde zugekehrten Eingang ausfüllten und die übrigen vier in dem innern Raum hielten.

Kaum war Valerius dicht hinter die beiden vordersten Wächter getreten, als man plötzlich ganz nahes Pferde-getrappel vernahm: und alsbald bogen um die letzte Krümmung, welche die Straße vor dem Paß um eine Felsennase machte, zwei Reiter im vollen Trabe.

Beide trugen Fackeln in der Rechten: es warfen nur diese Fackeln Licht auf die nächtliche Scene: denn die Gothen vermieden alles, was ihre kleine Zahl ver-rathen konnte.

„Beim Barte Belisar's!" schalt der Vorderste der Reiter, in Schritt übergehend, „hier wird der Katzensteig so schmal, daß kaum ein ehrlich Roß drauf Platz hat, — und da kömmt noch ein Hohlweg oder — halt, was rührt sich da?"

Und er hielt sein Pferd an und bog sich, die Fackel weit vor sich streckend, vorsichtig nach vorn: so bot er, dicht vor dem Eingang, in dem Licht seiner Kienfackel ein bequemes Ziel.

„Wer ist da?" rief er seinem Begleiter nochmals zu.

Da fuhr ein gothischer Wurfspeer durch die breiten Panzerringe in seine Brust.

„Feinde, weh!" schrie der Sterbende und stürzte rücklings aus dem Sattel.

„Feinde, Feinde!" rief der Mann hinter ihm, schleuderte die verderbliche Fackel weit von sich in's Meer, warf sein Pferd herum und jagte zurück, während das Thier des Gefallenen ruhig stehen blieb bei der Leiche seines Herrn.

Nichts hörte man jetzt in der Stille der Nacht als den Hufschlag des enteilenden Rosses, und, zur Rechten des Passes, den leisen Schlag der Wellen am Fuße der Felswand.

Den Männern im Engpaß schlug das Herz in Erwartung.

„Jetzt bleibt kalt, ihr Männer," mahnte Valerius, „lasse sich keiner aus dem Passe locken. Ihr in der ersten Reihe schließt die Schilde fest aneinander und streckt die Lanzen vor: wir in der Mitte werfen. Ihr drei im Rücken reicht uns die Speere und habt acht auf Alles. —"

„Herr," rief der Gothe, der hinter dem Passe auf der Straße stand, „das Licht! das Schiff nähert sich immer mehr."

„Hab' Acht und ruf' es an, wenn —"

Aber schon waren die Feinde da, deren Vorhut die beiden Späher gebildet hatten: es war ein Trupp von fünfzig hunnischen Reitern, mit einigen Fackeln.

Wie sie um die Krümmung des Weges bogen, erhellte sich die Scene mit wechselndem, grellem Licht neben tiefem Dunkel.

„Hier war es, Herr!" sprach der entkommene Reiter, „seht euch vor."

„Schafft den Todten zurück und das Roß!" sprach eine rauhe Stimme und der Anführer, eine Fackel erhebend, ritt im Schritt gegen den Eingang vor.

„Halt!" rief ihm Valerius auf lateinisch entgegen, „wer seid ihr und was wollt ihr?"

„Das habe ich zu fragen!" entgegnete der Führer der Reiter in derselben Sprache.

„Ich bin ein römischer Bürger und vertheidige mein Vaterland gegen Räuber."

Der Anführer hatte unterdessen im Licht seiner Fackel das ganze Terrain besehen: sein geübtes Auge erkannte die Unmöglichkeit, links oder rechts den Engpaß zu um-gehen und zugleich die Enge seiner Mündung.

„Freund," sagte er etwas zurückweichend, so sind wir Bundesgenossen. Auch wir sind Römer und wollen Italien von seinen Räubern befreien. Also gieb Raum und laß uns durch."

Valerius, der in jeder Weise Zeit gewinnen wollte, sprach:

„Wer bist du und wer sendet dich?"

„Ich heiße Johannes: die Feinde Justinians nennen mich „den blutigen": und ich führe die leichten Reiter Belisars.

Alles Land von Regium bis hierher hat uns mit Jubel aufgenommen: hier ist das erste Hemmniß; längst wären wir weiter, hätt' uns nicht ein Hund von einem

Gothen in den dicksten Sumpf geführt, drin je ein guter Gaul versank. Köstliche Zeit ging uns verloren. Halt' uns nicht auf! Leben und Habe ist dir gesichert, und reicher Lohn, wenn du uns führen willst. Eile ist der Sieg. Die Feinde sind betäubt: sie dürfen sich nicht besinnen, bis wir vor Neapolis stehen, ja vor Rom. „Johannes, sprach Belisar zu mir, da ich's dem Sturmwind nicht befehlen kann, vor mir her durch dieses Land zu fegen, befehl ich's dir."

Also fort und laßt uns durch. —"

Und er spornte sein Pferd.

„Sag Belisar, so lange Cnejus Valerius lebt, soll er keinen Fuß breit vorwärts in Italien. Zurück, ihr Räuber!"

„Verrückter Mensch! du hältst es mit den Gothen gegen uns?"

„Mit der Hölle —, wenn gegen euch."

Der Führer warf nochmals prüfende Blicke nach rechts und links:

„Höre," sprach er, „du kannst uns hier wirklich eine Weile aufhalten. Nicht lang. Weichst du, so sollst du leben. Weichst du nicht, so laß ich dich erst schinden und dann pfählen!"

Und er hob die Fackel, nach einer Blöße spähend.

„Zurück," rief Valerius. „Schieß', Freund!"

Und eine Sehne klirrte und ein Pfeil schlug an den Helm des Reiters.

„Warte!" rief dieser und spornte sein Thier zurück. „Absitzen, befahl er, alle Mann!"

Aber die Hunnen trennten sich nicht gern von ihren Rossen.

„Wie, Herr? absitzen?" fragte einer der Nächsten.

Da schlug ihm Johannes mit der Faust ins Gesicht.

Der Mann rührte sich nicht.

„Absitzen!" donnerte er noch mal; „wollt ihr zu Pferde in das Mauseloch schlüpfen?"

Und er selbst schwang sich aus dem Sattel:

„Sechs steigen auf die Bäume und schießen von oben.

Sechs legen sich auf die Erde, kriechen an den Seiten der Straße vor und schießen im Liegen. Zehn schießen stehend, auf Brusthöhe. Zehn hüten die Pferde; die andern zwanzig folgen mir mit dem Speer, sowie die Sehnen geschwirrt. Vorwärts."

Und er gab die Fackel ab und ergriff eine Lanze.

Während die Hunnen seinen Befehl vollzogen, musterte Johannes noch einmal den Paß.

„Ergebt euch!" rief er.

„Kommt an," riefen die Gothen.

Da winkte Johannes und zwanzig Pfeile schwirrten zugleich.

Ein Wehschrei und der vorderste Gothe zur Rechten fiel; einer der Schützen auf den Bäumen hatte ihn in Stirn getroffen.

Rasch sprang Valerius mit dem vorgehaltenen Schild an seine Stelle.

Er kam grade recht, den wüthenden Anprall des an-stürmenden Johannes aufzuhalten, der mit der Lanze in die Lücke rannte. Er fing den Lanzenstoß mit dem

Schilde und schlug nach dem Byzantiner, der nahe vor dem Eingang zurückprallte, strauchelte und niederfiel; die Hunnen hinter ihm wichen zurück.

Da konnte sich's der Gothe neben Valerius nicht versagen, den feindlichen Führer unschädlich zu machen: er sprang mit gezücktem Speer aus dem Engpaß einen Schritt vorwärts.

Aber das hatte Johannes gewollt: blitzschnell hatte er sich aufgerafft, den überraschten Gothen von der Straßenwand zur Rechten des Felsen-Passes hinabgestoßen, und im selben Augenblick stand er an der rechten, schildlosen Seite des Valerius, der die wieder vordringenden Hunnen abwehrte, und stieß diesem mit aller Kraft das lange Persermesser in die Weichen.

Valerius brach zusammen: aber es gelang den drei hinter ihm stehenden Gothen, den Johannes, der schon in das Innere des Passes gedrungen war, mit ihrem Schildschnäbeln wieder zurück und hinaus zu stoßen. Er ging zurück, eine neue Pfeilsalve zu befehlen.

Schweigend deckten die beiden Gothen wieder die Mündung, der dritte hielt den blutenden Valerius in seinen Armen.

Da stürzte die Wache von der Rückseite in den Engpaß:

„Das Schiff! Herr — das Schiff! sie sind gelandet: sie fassen uns im Rücken! Flieht, wir wollen euch tragen — ein Versteck in den Felsen." —

„Nein, sprach Valerius, sich aufrichtend, hier will

ich sterben; stemme mein Schwert gegen die Wand und" —

Aber da schmetterte von der Rückseite her laut der Ruf des gothischen Heerhorns: Fackeln blitzten und eine Schar von dreißig Gothen stürmte in den Paß: Totila an ihrer Spitze: sein erster Blick fiel auf Valerius:

„Zu spät, zu spät!" rief er schmerzlich. „Aber folgt mir! Rache! hinaus!"

Und wüthend brach er mit seinem speeretragenden Fußvolk aus dem Paß. Und schrecklich war der Zusammenstoß auf der schmalen Straße zwischen Felsen und Meer.

Die Fackeln erloschen in dem Getümmel und der anbrechende Morgen gab nur ein graues Licht.

Die Hunnen, obwohl an Zahl den kühnen Angreifern überlegen, waren durch den plötzlichen Ausfall völlig überrascht: sie glaubten ein ganzes Heer der Gothen sei im Anmarsch: sie eilten, ihre Rosse zu gewinnen und zu entfliehen; aber die Gothen erreichten mit ihnen zugleich die Stelle, wo die ledigen Thiere hielten: und in wirrem Knäuel stürzte Mann und Roß die Felsen hinab.

Umsonst hieb Johannes selbst auf seine fliehenden Leute ein: ihr Schwall warf ihn zu Boden, er raffte sich wieder auf und sprang den nächsten Gothen an.

Aber er kam übel an: es war Totila, er erkannte ihn.

„Verfluchter Flachskopf," schrie er, „so bist du nicht ersoffen?"

„Nein, wie du stehst!" rief dieser und schlug ihm das Schwert durch den Helmkamm und noch ein Stück in den Schädel, daß er taumelte.

Da war aller Widerstand zu Ende.

Mit knapper Noth hoben ihn die nächsten seiner Reiter auf ein Pferd und jagten mit ihm davon. Der Kampfplatz war geräumt.

Totila eilte nach dem Hohlweg zurück. Er fand Valerius, bleich, mit geschloßnen Augen, das Haupt auf seinen Schild gelegt. Er warf sich zu ihm nieder und drückte die erstarrende Hand an seine Brust.

„Valerius," rief er, „Vater! scheide nicht! scheide nicht so von uns. Noch ein Wort des Abschieds."

Der Sterbende schlug matt die Augen auf.

„Wo sind sie?" fragte er.

„Geschlagen und geflohn."

„Ah, Sieg!" athmete Valerius auf; „ich darf im Siege sterben. Und Valeria — mein Kind — sie ist gerettet?"

„Sie ist es.

Aus dem Seegefecht, aus dem Meer entkommen, eilte ich hierher, Neapolis zu warnen, euch zu retten.

Nahe der Straße, zwischen deinem Hause und Neapolis, war ich gelandet; dort traf ich sie und erfuhr deine Gefahr; eins meiner Schiffsbote nahm sie auf und führt sie nach Neapolis: mit dem Andern eilte ich hieher dich zu retten — ach nur zu rächen!"

Und er senkte das Haupt auf des Sterbenden Brust.

„Klage nicht um mich, ich sterbe im Sieg! Und dir, mein Sohn, dir, dank' ich es."

Und wohlgefällig streichelte er die langen Locken des Jünglings.

„Und auch Valeria's Rettung. O dir, dir, ich hoffe es, auch Italiens Rettung. Du bist der Held, auch dieses Land zu retten, — trotz Belisar und Narses. Du kannst es, — du wirst es — und dein Lohn sei mein geliebtes Kind."

„Valerius! Mein Vater!"

„Sie sei dein! Aber schwöre mir's," — und er richtete sich empor mit letzter Kraft und sah ihm scharf in's Auge — „schwöre mir's beim Genius Valeria's: nicht eher wird sie dein, als bis Italien frei ist und keine Scholle seines heiligen Bodens mehr einen Byzantiner trägt."

„Ich schwör' es dir," rief Totila, begeistert seine Rechte fassend, „ich schwör's beim Genius Valeria's!"

„Dank, dank, mein Sohn; nun mag ich getrost sterben — grüße sie und sage ihr: dir hab' ich sie empfohlen und anvertraut: sie — und Italien."

Und er legte das Haupt zurück auf seinen Schild und kreuzte die Arme über der Brust — und war todt.

Lange hielt Totila schweigend die Hand auf seiner Brust.

Ein blendendes Licht weckte ihn plötzlich aus seinem Träumen: es war die Morgensonne, deren goldne Scheibe prächtig über den Kamm des Fels-Gebirges emportauchte: er stand auf und sah dem steigenden Gestirn entgegen.

Die Fluthen glitzerten in hellem Widerschein und ein Schimmer flog über alles Land.

„Beim Genius Valeria's!" wiberholte er leise mit innigster Empfindung und hob die Hand zum Schwur dem Morgenlicht entgegen.

Wie der Todte fand er Kraft und Trost und Begeisterung in seinem schweren Gelübde: die hohe Pflicht erhob ihn.

Gekräftigt wandte er sich zurück und befahl, die Leiche auf sein Schiff zu tragen, um sie nach dem Grabmal der Valerier in Neapolis zu führen.

Elftes Capitel.

Während dieser drohenden Ereignisse waren wohl freilich auch die Gothen nicht völlig müssig geblieben. Doch waren alle Maßregeln kraftvoller Abwehr gelähmt, ja absichtlich vereitelt durch den feigen Verrath ihres Königs.

Theodahad hatte sich von seiner Bestürzung über die Kriegserklärung des byzantinischen Gesandten alsbald wieder erholt, da er sich nicht von der Ueberzeugung trennen konnte und wollte, sie sei doch im Grunde nur erfolgt, um den Schein zu wahren und die Ehre des Kaiserhofes zu decken.

Er hatte ja Petros nicht mehr allein gesprochen: und dieser mußte doch vor Gothen und Römern einen plausibeln Grund haben, Belisar in Italien erscheinen zu lassen. Das Auftreten dieses Mannes war ja das längst verabredete Mittel zur Durchführung der geheimen Pläne.

Den Gedanken, Krieg führen zu sollen, — von allen ihm der unerträglichste — mußte er sich dadurch fern zu halten, daß er weislich überlegte, zum Kriegführen gehören Zwei.

„Wenn ich mich nicht vertheidige," dachte er, „ist der Angriff bald vorüber. Belisar mag kommen — ich will nach Kräften dafür sorgen, daß er auf keinen Widerstand stößt, der des Kaisers Stimmung gegen mich nur verschlimmern könnte. Berichtet der Feldherr im Gegentheil nach Byzanz, daß ich seine Erfolge in jeder Weise befördert, so wird Justinian nicht anstehn, den alten Vertrag ganz oder doch zum größten Theil zu erfüllen."

In diesem Sinne handelte er, berief alle Streitkräfte der Gothen zu Land und zur See aus Unteritalien, wo er die Landung Belisars erwartete, hinweg, und schickte sie massenhaft an die Ostgrenze des Reiches nach Liburnien, Dalmatien, Istrien und gen Westen nach Südgallien, indem er, gestützt auf die Thatsache, daß Byzanz eine kleine Truppenabtheilung nach Dalmatien gegen Salona gesendet und mit den Frankenkönigen Gesandte gewechselt hatte, vorgab, der Hauptangriff sei von den Byzantinern zu Lande, in Istrien, und von den mit ihnen verbündeten Franken am Rhodanus und Padus zu befahren.

Die Scheinbewegungen Belisars unterstützten diesen Glauben: und so geschah das Unerhörte, daß die Heerscharen der Gothen, die Schiffe, die Waffen, die Kriegsvorräthe in großen Massen in aller Eile gerade vor dem Angriff hinweggeführt, daß Unteritalien bis Rom, ja alles Land bis Ravenna entblößt und alle Vertheidigungsmaßregeln in den Gegenden vernachläſſigt wurden, auf welche alsbald die erſten Schläge der Feinde fallen ſollten.

An dem Dravus, Rodanus und Padus wimmelte es von gothiſchen Waffen und Segeln, während bei Sicilien, wie wir ſahen, ſogar die nöthigſten Bote zum Wacht-dienſt fehlten.

Auch das ungeſtüme Drängen der gothiſchen Patrioten beſſerte daran nicht viel.

Witichis und Hildebad hatte ſich der König aus der Nähe geſchafft, indem er ſie mit Truppen und Aufträgen nach Iſtrien und nach Gallien entſandte: und dem arg-wöhniſchen Teja leiſtete der alte Hildebrand, der nicht ganz den Glauben an den letzten der Amaler aufgeben wollte, zähen Widerſtand.

Am meiſten aber ward Theodahad gekräftigt, als ihm ſeine entſchloſſene Königin zurückgegeben wurde.

Witichis war alsbald nach der Kriegserklärung der Byzantiner mit einer gothiſchen Schar vor die Burg von Feretri gezogen, wo Gothelindis mit ihren panno-niſchen Söldnern Zuflucht geſucht, und hatte ſie bewogen, ſich freiwillig wieder in Ravenna einzufinden, unter Ver-bürgung für ihre Sicherheit, bis in der bevorſtehenden großen Volks- und Heeresverſammlung bei Rom ihre Sache nach allen Formen des Rechts unterſucht und ent-ſchieden werde.

Dieſe Bedingungen waren beiden Parteien genehm: denn den gothiſchen Patrioten mußte Alles daran gelegen ſein, jetzt, bei dem Ausbruch des ſchweren Krieges, nicht durch Parteiung in der Oberleitung geſpalten zu ſein.

Und wenn der gerade Gerechtigkeitssinn des Grafen Witichis wider jede Anklage das Recht voller Vertheidigung gewahrt wissen wollte, so sah auch Teja ein, daß, nachdem der Feind die schwere Beschuldigung des Königsmordes auf das ganze Volk der Gothen geschleudert, nur ein strenges und feierliches Verfahren in allen Formen, nicht eine tumultuarische Volksjustiz auf blinden Argwohn hin, die nationale Ehre wahren könne.

Gothelindis aber blickte jenem Verfahren mit kühner Stirn entgegen: mochten die Stimmen moralischer Ueberzeugung auch gegen sie sprechen, sie glaubte ganz sicher zu sein, daß sich ein genügender Beweis ihrer That nicht erbringen lasse.

— Hatte doch nur ihr Auge das Ende der Feindin gesehen. —

Und sie wußte wohl, daß man sie ohne volle Ueberführung nicht strafen werde.

So folgte sie willig nach Ravenna, flößte dem zagen Herzen ihres Gatten neuen Muth ein und hoffte, war nur der Gerichtstag überstanden, alsbald im Lager Belisars und am Hofe von Byzanz Ruhe von allen weitern Anfechtungen zu finden.

Die Zuversicht des Königspares über den Ausgang jenes Tages wurde nun noch dadurch erhöht, daß die Rüstungen der Franken ihnen den Vorwand gegeben hatten, außer Witichis und Hildebad auch noch den gefährlichen Grafen Teja mit einer dritten Heerschar in den Nordwesten der Halbinsel zu entsenden: — mit ihm zogen viele Tausende gerade der eifrigsten Anhänger der

Gothenpartei, — so daß an dem Tag bei Rom eine von ihren Gegnern nicht allzuzahlreich besuchte Versammlung sich einfinden würde. — Und unablässig waren sie thätig, sowohl ihre persönlichen Anhänger als alte Gegner Amalaswinthens, die mächtige Sippe der Balthen in ihren weitverbreiteten Zweigen, in möglichst großer Anzahl zur Entscheidung jenes Tages heranzuziehen.

So hatte das Königspar Ruhe und Zuversicht gewonnen. Und Theodahad war von Gothelindis bewogen worden, selbst als Vertreter seiner Gemahlin gegen jede Anklage unter den Gothen zu erscheinen, um durch solchen Muth und den Glanz des königlichen Ansehens vielleicht von vorn herein alle Widersacher einzuschüchtern.

Umgeben von ihren Anhängern und einer kleinen Leibwache verließen Theodahad und Gothelindis Ravenna und eilten nach Rom, wo sie mehrere Tage vor dem für die Versammlung anberaumten Termin eintrafen und in dem alten Kaiserpalast abstiegen.

Nicht unmittelbar vor den Mauern, sondern in der Nähe Roms, auf einem freien offnen Felde, Regeta genannt, zwischen Anagni und Terracina, sollte die Versammlung gehalten werden.

Früh am Morgen des Tages, da sich Theodahad allein auf die Reise dorthin aufmachen wollte und von Gothelindis Abschied nahm, ließ sich ein unerwarteter und unwillkommener Name melden: Cethegus, der während ihres mehrtägigen Aufenthalts in der Stadt nicht erschienen: er war vollauf mit der Vollendung der Befestigungen beschäftigt.

Als er eintrat, rief Gothelindis entsetzt über seinen Ausdruck:

„Um Gott, Cethegus! welch ein Unheil bringst du?"

Aber der Präfect furchte nur einen Augenblick die Stirn bei ihrem Anblick, dann sprach er ruhig:

„Unheil? für den, den's trifft.

Ich komme aus einer Versammlung meiner Freunde, wo ich zuerst erfuhr, was bald ganz Rom wissen wird: Belisar ist gelandet."

„Endlich," rief Theodahad. — Und auch die Königin konnte eine Miene des Triumphs nicht verbergen.

„Frohlockt nicht zu früh!

Es kann euch reuen.

Ich komme nicht, Rechenschaft von euch und eurem Freunde Petros zu verlangen: wer mit Verräthern handelt, muß sich auf Lügen gefaßt machen.

Ich komme nur, um euch zu sagen, daß ihr jetzt ganz gewiß verloren seid."

„Verloren?"

„Gerettet sind wir jetzt!"

„Nein, Königin. Belisar hat bei der Landung ein Manifest erlassen: er sagt, er komme die Mörder Amalaswinthens zu strafen; ein hoher Preis und seine Gnade ist denen zugesichert, die euch lebend oder todt einliefern."

Theodahad erbleichte.

„Unmöglich!" rief Gothelindis.

„Die Gothen aber werden bald erfahren, wessen Verrath den Feind ohne Widerstand ins Land gelassen.

Mehr noch.

Ich habe von der Stadt Rom den Auftrag, in dieser stürmischen Zeit als Präfect ihr Wohl zu wahren.

Ich werde euch im Namen Roms ergreifen und Belisar übergeben lassen."

„Das wagst du nicht!" rief Gothelindis nach dem Dolche greifend.

„Still, Gothelindis, hier gilt es nicht, hülflose Frauen im Bad ermorden.

Ich lasse euch aber entkommen — was liegt mir an eurem Leben oder Sterben! — gegen einen billigen Preis."

„Ich gewähre jeden!" stammelte Theobahad.

„Du lieferst mir die Urkunden aus deiner Verträge mit Silverius — schweig! lüge nicht! ich weiß, ihr habt lang und geheim verhandelt.

Du hast wieder einmal einen hübschen Handel mit Land und Leuten getrieben! Mich lüstet nach dem Kaufbrief."

„Der Kauf ist jetzt eitel! die Urkunden ohne Kraft! Nimm sie! sie liegen deponirt in der Basilika des heiligen Martinus, in dem Sarkophag, links in der Krypta!"

Seine Furcht zeigte, daß er wahr sprach.

„Es ist gut," sagte Cethegus. „Alle Ausgänge des Palastes sind von meinen Legionaren besetzt.

Erst erhebe ich die Urkunden.

Fand ich sie am bezeichneten Ort, so werd' ich Befehl geben, euch zu entlassen. Wollt ihr dann entfliehn, so geht an die Pforte Marc Aurels und nennt meinen

Namen dem Kriegstribun der Wache, Piso. Er wird euch ziehen lassen."

Und er ging, das Par rathlosen Aengsten über-lassend.

„Was thun?" fragte Gothelindis mehr sich selbst als ihren Gemahl. „Weichen oder trotzen?"

„Was thun?!" widerhoite Theodahad unwillig. „Trotzen? das heißt bleiben? Unsinn! fort von hier sobald als möglich; kein Heil als die Flucht!"

„Wohin willst du fliehn?"

„Nach Ravenna zunächst — das ist fest! Dort erheb' ich den Königsschatz. Von da, wenn es sein muß, zu den Franken. Schade, schade, daß ich die hier verborgnen Gelder Preis geben muß. Die vielen Millionen Solidi!"

„Hier? auch hier," fragte Gothelindis aufmerksam, „in Rom hast du Schätze geborgen. Wo? und sicher?"

„Ach, allzusicher! In den Katakomben!

Ich selber würde Stunden brauchen, sie alle aufzu-finden in jenen finstern Labyrinthen. Und die Minuten sind jetzt Leben oder Tod. Und das Leben geht doch noch über die Solidi! Folge mir, Gothelindis. Damit wir keinen Augenblick verlieren; ich eile an die Pforte Marc Aurels."

Und er verließ das Gemach.

Aber Gothelindis blieb überlegend stehn.

Ein Gedanke, ein Plan hatte sie bei seinen Worten erfaßt: sie erwog die Möglichkeit des Widerstands.

Ihr Stolz ertrug es nicht, der Herrschaft zu entsagen.

„Gold ist Macht,' sprach sie zu sich selber, „und nur Macht ist Leben."

Ihr Entschluß stand fest.

Sie gedachte der kappadokischen Söldner, welche des Königs Geiz aus seinem Dienst verscheucht hatte; sie harrten noch herrenlos in Rom, der Einschiffung gewärtig.

Sie hörte Theodahad hastig die Treppe hinunter steigen und nach seiner Sänfte rufen.

„Ja, flüchte nur, du Erbärmlicher! sprach sie, ich bleibe." —

Zwölftes Capitel.

Herrlich tauchte am nächsten Morgen die Sonne aus dem Meer: und ihre Strahlen glitzerten auf den blanken Waffen von vielen tausend Gothenkriegern, welche das weite Blachfeld von Regeta belebten.

Aus allen Provinzen des weiten Reiches waren die Scharen herbei geeilt, gruppenweise, sippenweise, oft mit Weib und Kind, sich bei der großen Musterung, die alljährlich im Herbste gehalten wurde, einzufinden.

Eine solche Volksversammlung war das schönste Fest und der edelste Ernst der Nation zugleich: ursprünglich, in der heidnischen Zeit, war ihr Mittelpunct das große Opferfest gewesen, das alljährlich zweimal, an der Winter- und Sommer-Sonnenwende, alle Geschlechter des Volkes zur Verehrung der gemeinsamen Götter vereinte: daran schlossen sich dann Markt und Tausch-Verkehr, Waffen- spiele und Heeresmusterung: die Versammlung hatte zugleich die höchste Gerichtsgewalt und die letzte politische Entscheidung über Krieg und Frieden und die Ver- hältnisse zu andern Staaten.

Und noch immer, auch in dem christlichen Gothenſtaat, in welchem der König ſo manches Recht, das ſonſt dem Volke zukam, erworben, hatte die Volksverſammlung eine höchſt feierliche Weihe, wenn auch deren alte heidniſche Bedeutung vergeſſen war: und die Reſte der alten Volksfreiheit, welche ſelbſt der gewaltige Theoderich nicht angetaſtet, lebten unter ſeinen ſchwächern Nachfolgern kräftiger wieder auf.

Noch immer hatte die Geſammtheit der freien Gothen das Urtheil zu finden, die Strafe zu verhängen, wenn auch der Graf des Königs in deſſen Namen das Gericht leitete und das Urtheil vollzog.

Und oft ſchon hatten germaniſche Völker ſelbſt ihre Könige wegen Verrathes, Mordes und andrer ſchwerer Frevel vor offner Volksverſammlung angeklagt, gerichtet und getödtet.

In dem ſtolzen Bewußtſein, ſein eigner Herr zu ſein und Niemanden, auch dem König nicht, über das Maß der Freiheit hinaus zu dienen, zog der Germane in allen ſeinen Waffen zu dem „Ting“ wo er ſich im Verband mit ſeinen Genoſſen ſicher und ſtark fühlte und ſeine und ſeines Volkes Freiheit, Kraft und Ehre in lebendigen Bildern und Thaten vor Augen ſah.

Zur diesmaligen Verſammlung aber zog es die Gothen mit beſonders ſtarken Gründen.

Der Krieg mit Byzanz war zu erwarten oder ſchon ausgebrochen, als die Ladung nach Regeta erging: das Volk freute ſich auf den Kampf mit dem verhaßten Feind und freute ſich, zuvor ſeine Heeresmacht zu muſtern:

diesmal ganz besonders sollte die Volksversammlung zugleich Heerschau sein.

Dazu kam, daß wenigstens in den nächsten Landschaften den meisten Gothen bekannt wurde, dort zu Regeta sollte Gericht gehalten werden über die Mörder der Tochter Theoderichs: die große Aufregung, welche diese That erweckt hatte, mußte ebenfalls mächtig nach Regeta ziehn.

Während ein Theil der Herbeigewanderten in den nächsten Dörfern bei Freunden und Verwandten eingesprochen, hatten sich große Scharen schon einige Tage vor der feierlichen Eröffnung auf dem weiten Blachfeld selbst, zweihundertachtzig Stadien von Rom, unter leichten Zelten und Hütten oder auch unter dem milden freien Himmel gelagert.

Diese waren mit den frühsten Stunden des Versammlungstages schon in brausender Bewegung und nützten die geraume Zeit, da sie die alleinigen Herrn des Platzes waren, zu allerlei Spiel und Kurzweil.

Die Einen schwammen und badeten in den klaren Fluthen des raschen Flusses Ufens (oder „Decemnovius," weil er nach neunzehn Milliarien bei Terracina in das Meer mündet), der die weite Ebene durchschnitt.

Andere zeigten ihre Kunst, über ganze Reihen von vorgehaltnen Speeren hinwegzusetzen oder, fast unbekleidet, unter den im Tactschlag geschwungnen Schwertern zu tanzen, indeß die Raschfüßigsten, angeklammert an die Mähnen ihrer Roße, mit deren schnellstem Lauf gleichen

Schritt hielten und, am Ziele angelangt, mit sichrem Sprung sich auf den sattellosen Rücken schwangen.

„Schade," rief der junge Gudila, der bei diesem Wettlauf zuerst an das Ziel gelangt war und sich jetzt die gelben Locken aus der Stirne strich, „schade, daß Totila nicht zugegen! Er ist der beste Reiter im Volk und hat mich noch immer besiegt; aber jetzt, mit dem Rappen, nähm' ich's mit ihm auf."

„Ich bin froh, daß er nicht da ist," lachte Gunthamund, der als der zweite herangesprengt war, „sonst hätte ich gestern schwerlich den ersten Preis im Lanzenwurf davon getragen."

„Ja,' sprach Hilderich, ein stattlicher junger Krieger in klirrendem Ringpanzer, Totila ist gut mit der Lanze. Aber sichrer noch wirft der schwarze Teja: der nennt dir die Rippe vorher, die er treffen wird."

„Bah," brummte Hunibad, ein älterer Mann, der dem Treiben der Jünglinge prüfend zugesehn, „das ist doch all' nur Spielerei.

Im blutigen Ernste frommt dem Mann zuletzt doch nur das Schwert: wenn dir der Tod von allen Seiten so dicht auf den Leib rückt, daß du nicht mehr ausholen kannst zum Wurf.

Und da lob' ich mir den Grafen Witichis von Fäsulä!

Das ist mein Mann! War das ein Schädelspalten, im Gepidenkrieg! Durch Stahl und Leder schlug der Mann als wär' es trocken Stroh. Der kann's noch besser als mein eigner Herzog, Guntharis, der Wölsung, in Florentia. Doch was wißt ihr davon, ihr Knaben.

— Seht, da steigen die frühsten Ankömmlinge von den Hügeln nieder: auf! ihnen entgegen!"

Und auf allen Wegen strömte jetzt das Volk heran: zu Fuß, zu Roß und zu Wagen.

Ein brausendes, wogendes Leben erfüllte mehr und mehr das Blachfeld.

An den Ufern des Flusses, wo die meisten Zelte standen, wurden die Rosse abgezäumt, die Gespanne zu einer Wagenburg zusammen geschoben und durch die Lagergassen hin fluthete nun die stündlich wachsende Menge.

Da suchten und fanden und begrüßten sich Freunde und Waffenbrüder, die sich seit Jahren nicht gesehn.

Es war ein bunt gemischtes Bild: die alte germanische Gleichartigkeit war in diesem Reiche lang geschwunden.

Da stand neben dem vornehmen Edeln, der sich in einer der reichen Städte Italiens niedergelassen, in den Palästen senatorischer Geschlechter wohnte und die feinere und üppigere Sitte der Wälschen angenommen, neben dem Herzog oder Grafen aus Mediolanum oder Ticinum, der über dem reichvergoldeten Panzer das Wehrgehänge von Purpurseide trug, neben einem solchen zieren Herrn ragte wohl ein rauher, riesiger Gothenbauer, der in den tiefen Eichwäldern am Margus in Mösien hauste oder der in dem Tann am rauschenden Denus dem Wolf die zottige Schur abgerungen hatte, die er um die bärenhaften Schultern schlug, und dessen rauher erhaltne Sprache befremdlich an das Ohr der halbromanisirten Genossen schlug.

Da kamen feste, vom Kampf gehärtete Männer aus der fernen Augusta Vindelicorum am Licus, die Tag und Nacht die morschen Wälle dieser alleräußersten Nordschanze des Gothenreichs gegen die wilden Suaven zu schirmen hatten.

Und wieder friedliche Schafhirten aus Dacien, die, ohne Acker und ohne Haus, mit ihren Herden von Weide zu Weide wanderten, ganz in derselben Weise noch, welche die Ahnen vor tausend Jahren aus Asien herübergeführt hatte.

Da war ein reicher Gothe, der in Ravenna oder Rom eines römischen Geldwechslers Kind geheirathet und bald Handel und Verkehr gleich seinem römischen Schwager zu treiben und seinen Gewinn nach Tausenden zu berechnen gelernt hatte.

Und daneben stand ein armer Senne, der an dem brausenden Isarcus die magern Ziegen auf die magre Weide trieb, und dicht neben der Höhle des Bären seine Bretterhütte errichtet hatte.

So verschieden war den Tausenden, die sich hier zusammenfanden, das Los gefallen, seit ihre Väter dem Ruf des großen Theoderich nach Westen gefolgt waren, hinweg von den Thälern des Hämus.

Aber doch fühlten sie sich als Brüder, als Söhne Eines Volkes: dieselbe stolzklingende Sprache redeten sie, dieselben Goldlocken, dieselbe schneeweiße Haut, dieselben hellen blitzenden Augen und — vor allem — das gleiche

Gefühl in jeder Brust: als Sieger stehen wir auf dem Boden, den unsre Väter dem römischen Weltreich abgetrotzt, und den wir decken wollen, lebendig oder todt.

Wie ein ungeheuerer Bienenschwarm wogten und rauschten die Tausende durcheinander, welche sich hier begrüßten, alte Bekanntschaften aufsuchten und neue schlossen und das chaotische Getreibe schien nimmer enden zu wollen und zu können.

Aber plötzlich tönten von dem Kamm der Hügel her eigenthümliche, feierlich gezogene Töne des gothischen Heerhorns: und augenblicklich legte sich das Gesumme der brausenden Stimmen.

Aufmerksam wandten sich Aller Augen nach der Richtung der Hügel, von denen ein geschlossner Zug ehrwürdiger Greise nahte.

Es war ein halbes Hundert von Männern in weißen, wallenden Mänteln, die Häupter eichenbekränzt, weiße Stäbe und alterthümlich geformte Stein-Beile führend: die Sajonen und Fronwärter des Gerichts, welche die feierlichen Formen der Eröffnung, Hegung und Aufhebung des Tings zu vollziehen hatten.

Angelangt in der Ebene begrüßten sie mit dreifachem, langegezogenem Hornruf die Versammlung der freien Heermänner, welche, nach feierlicher Stille, mit klirrenden Waffen lärmend antworteten.

Alsbald begannen die Bannboten ihr Werk.

Sie theilten sich nach rechts und links und umzogen mit Schnüren von rother Wolle, welche alle zwanzig Schritt um einen Haselstab, den sie in die Erde stießen, geschlungen wurden, die ganze weite Ebene, und begleiteten diese Handlung . mit uralten Liedern und Sprüchen.

Genau gegen Aufgang und Mittag wurden die Wollschnüre auf mannshohe Lanzenschäfte gespannt, so daß sie die zwei Thore der nun völlig umfriedeten Tingstätte bildeten, an welchen die Fronboten mit gezückten Beilen Wache hielten, alle Unfreien, alle Volks-Fremden und alle Weiber fern zu halten.

Als diese Arbeit vollendet war, traten die beiden Aeltesten unter die Speer-Thore und riefen mit lauter Stimme:

„Gehegt ist der Hag
Altgothischer Art:
Nun beginnen mit Gott
Mag gerechtes Gericht."

Auf die hienach eingetretne Pause folgte unter der versammelten Menge ein anfangs leises, dann lauter tönendes und endlich fast betäubendes Getöse von fragenden, streitenden, zweifelnden Stimmen.

Es war nämlich schon bei dem Zug der Sajonen aufgefallen, daß er nicht, wie gewöhnlich, von dem Grafen geführt war, welcher im Namen und Bann des Königs das Gericht abzuhalten und zu leiten pflegte.

Doch hatte man erwartet, daß dieser Vertreter des Königs wohl während der Umschnürung des Platzes erscheinen werde.

Als nun aber diese Arbeit geschehen, und der Spruch der Alten, der zum Beginn des Gerichtes aufforderte,

ergangen und doch aber immer noch kein Graf, kein Be-
amter erschienen war, der allein die Eröffnungsworte
sprechen konnte, ward die Merksamkeit Aller auf jene
schwer auszufüllende Lücke gelenkt.

Während man nun überall nach dem Grafen, dem
Vertreter des Königs fragte und suchte, erinnerte man
sich, daß dieser ja verheißen hatte, in Person vor seinem
Volk zu erscheinen, sich und seine Königin gegen die erhobnen schweren Anklagen zu vertheidigen.

Aber da man jetzt bei des Königs Freunden und
Anhängern sich nach ihm erkundigen wollte, ergab sich
die verdächtige Thatsache, welche man bisher, im Gedräng
der allgemeinen Begrüßungen, gar nicht wahrgenommen,
daß nämlich auch nicht Einer der zahlreichen Verwandten,
Freunde, Diener des Königshauses, die zur Unterstützung
der Beschuldigten zu erscheinen Recht, Pflicht und In-
teresse hatten, in der Versammlung zugegen war, wiewohl man sie vor wenigen Tagen zahlreich in den Straßen
und in der Umgegend Roms gesehen hatte.

Das erregte Befremden und Argwohn: und lange
schien es, als ob an dem Tumult über diese Seltsamkeit
und an dem Fehlen des Königsgrafen der formelle
Anfang der ganzen Verhandlung scheitern solle.

Verschiedne Redner hatten bereits vergeblich versucht,
sich Gehör zu verschaffen. —

Da erscholl plötzlich aus der Mitte der Versammlung
ein allesübertönender Klang, dem Kampfruf eines furchtbaren Ungethümes vergleichbar.

Aller Augen folgten dem Schall: und sahen im

Mittelgrund des Platzes, an den Rücken einer hohen Steineiche gelehnt, eine hohe ragende Gestalt, die in den hohlen, vor den Mund gehaltnen Erzschild mit lauter Stimme den gothischen Schlachtruf ertönen ließ.

Als er den Schild senkte, erkannte man das mächtige Antlitz des alten Hildebrand, dessen Augen Feuer zu sprühen schienen.

Begeisterter Jubel begrüßte den greisen Waffenmeister des großen Königs, den, wie seinen Herrn, Lied und Sage schon bei lebendem Leib zu einer mythischen Gestalt unter den Gothen gemacht hatten.

Als sich der Zuruf gelegt, hob der Alte an:

„Gute Gothen, meine wackern Männer. Es sicht euch an und will euch befremden, daß ihr keinen Grafen seht und Vertreter des Mannes, der eure Krone trägt.

Laßt's euch nicht Bedenken machen!

Wenn der König meint, damit das Gericht zu stören, so soll er irren.

Ich denke noch die alten Zeiten und sage euch: das Volk kann Recht finden ohne König, und Gericht halten ohne Königsgrafen.

Ihr seid alle herangewachsen in neuer Uebung und Sitte, aber da steht Haduswinth, der Alte, kaum ein Paar Winter jünger denn ich: der wird's mir bezeugen: bei'm Volk allein ist alle Gewalt: das Gothen-Volk ist frei!"

„Ja, wir sind frei!" rief ein tausendstimmiger Chor.

„Wir wählen uns unsern Tinggrafen selbst, schickt

der König den Seinen nicht," rief der graue Haduswinth, „Recht und Gericht war, eh' König war und Graf.

Und wer kennt besser allen Brauch des Rechts als Hildebrand, Hildungs Sohn?

Hildebrand soll unser Tinggraf sein."

„Ja!" hallte es ringsum wieder, „Hildebrand soll unser Tinggraf sein."

„Ich bin's durch eure Wahl: und achte mich so gut bestellt, als hätte mir König Theodahad Brief und Pergament darüber ausgestellt.

Auch haben meine Ahnen Gericht gehalten den Gothen seit Jahrhunderten.

Kommt, Sajonen, helft mir öffnen das Gericht."

Da eilten zwölf von den Fronbienern herzu.

Vor der Eiche lagen noch die Trümmer eines uralten Fanums des Waldgottes Picus: die Sajonen säuberten die Stelle, hoben die breitesten der Steine zurecht und lehnten links und rechts zwei der viereckigen Platten an den Stamm der Eiche, so daß ein stattlicher Richterstuhl dadurch gebildet ward.

Und so hielt, von dem Altar des altitalischen Wald- und Hirten-Gottes herab, der Gothengraf Gericht.

Andere Sajonen warfen einen blauen weitfaltigen Woll-Mantel mit breitem, weißem Kragen über Hildebrands Schultern, gaben ihm den oben gekrümmten Eschenstab in die Hand und hingen links zu seinen Häupten einen blanken Stahlschild an die Zweige der Eiche.

Dann stellten sie sich in zwei Gruppen zu seiner Rechten und Linken auf: der Alte schlug mit dem Stab auf den Schild, daß er hell erklang, dann setzte er sich, das Antlitz gegen Osten und sprach:

„Ich gebiete Stille, Bann und Frieden!

Ich gebiete Recht und verbiete Unrecht, Haft-Muth und Scheltwort und Waffen-Zücken, und Alles, was den Ting-Frieden kränken mag.

Und ich frage hier: ist es an Jahr und Tag, an Weil und Stunde, an Ort und Stätte zu halten ein frei Gericht gothischer Männer?"

Da traten die nächststehenden Gothen heran und sprachen im Chor:

„Hier ist rechter Ort, unter hohem Himmel, unter rauschender Eiche, hier ist rechte Tageszeit, bei klimmender Sonne, auf schwertgewonnenem gothischem Erdgrund, zu halten ein frei Gericht gothischer Männer."

„Wohlan," fuhr der alte Hildebrand fort, „wir sind versammelt, zu richten zweierlei Klage: Mordklage wider Gothelindis, die Königin, und schwere Rüge wegen Feigheit und Saumsal in dieser Zeit hoher Gefahr wider Theodahad, unsern König. Ich frage —"

Da ward seine Rede unterbrochen durch lauten, schallenden Hornruf, der von Westen her näher und näher drang.

Dreizehntes Capitel.

Erstaunt sahen die Gothen um und erblickten einen Zug von Reitern, welche die Hügel herab gegen die Gerichtsstätte eilten.

Die Sonne fiel grell blendend auf die waffenblitzenden Gestalten, daß sie nicht erkenntlich waren, obwohl sie in Eile nahten.

Da richtete sich der alte Hildebrand hoch auf in seinem erhöhten Sitz, hielt die Hand vor die falkenscharfen Augen und rief sogleich:

„Das sind gothische Waffen! — Die wallende Fahne trägt als Bild die Wage: — das ist das Hauszeichen des Grafen Witichis!

Und dort ist er selbst!

An der Spitze des Zugs.

Und an seiner Linken die hohe Gestalt, das ist der starke Hildebad!

Was führt die Feldherrn zurück? ihre Scharen sollten schon weit auf dem Weg nach Gallien und Dalmatien sein."

Ein Brausen von fragenden, staunenden, grüßenden Stimmen erfolgte.

Indeß waren die Reiter heran und sprangen von den dampfenden Rossen.

Mit Jubel empfangen, schritten die Führer, Witichis und Hildebad, durch die Menge den Hügel heran, bis zu Hildebrands Richterstuhl.

„Wie?" rief Hildebad noch athemlos, „ihr sitzt hier und haltet Gericht, wie im tiefsten Frieden: und der Feind, Belisar, ist gelandet!"

„Wir wissen es," sprach Hildebrand ruhig, „und wollten mit dem König berathen, wie ihm zu wehren sei."

„Mit dem König!" lachte Hildebad bitter.

„Er ist nicht hier," sagte Witichis umblickend, „das verstärkt unsern Verdacht.

Wir kehrten um, weil wir Grund zu schwerem Argwohn erhielten.

Aber davon später! fahrt fort, wo ihr haltet.

Alles nach Recht und Ordnung! still, Freund!"

Und den ungeduldigen Hildebad zurückdrängend, stellte er sich bescheiden zur Linken des Richterstuhles in die Reihe der Andern.

Nachdem es wieder stiller geworden, fuhr der Alte fort:

„Gothelindis, unsre Königin, ist verklagt wegen Mordes an Amalaswintha, der Tochter Theoderichs.

Ich frage: sind wir Gericht zu richten solche Klage?"

Der alte Haduswinth, gestützt auf seine lange Keule, trat vor und sprach:

„Roth sind die Schnüre dieser Malstätte.

Bei'm Volksgericht ist das Recht über rothen Blut-
frevel, über warmes Leben und kalten Tod.

Wenn's anders geübt ward in letzten Zeiten, so war
das Gewalt, nicht Recht.

Wir sind Gericht, zu richten solche Klage."

„In allem Volk," fuhr Hildebrand fort, geht wider
Gothelindis schwerer Vorwurf: im stillen Herzen verklagen wir Alle sie darob.

Wer aber will hier, im offnen Volksgericht, mit lautem Wort, sie dieses Mordes zeihen?"

„Ich!" sprach eine helle Stimme: und ein schöner,
junger Gothe, in glänzenden Waffen, trat von rechts
vor den Richter, die rechte Hand auf die Brust legend.

Ein Murmeln des Wohlgefallens drang durch die
Reihen:

„Er liebt die schöne Mataswintha!"

„Er ist der Bruder des Herzogs Guntharis von
Tuscien, der Florentia besetzt hält." —

„Er freit um sie!"

„Als Rächer ihrer Mutter tritt er auf!"

„Ich, Graf Arahad von Asta, des Aramuth Sohn,
aus der Wölsungen Edel-Geschlecht," fuhr der junge
Gothe, mit einem anmuthigen Erröthen fort.

„Zwar bin ich nicht versippt mit der Getödteten:
allein die Männer ihrer Sippe, Theodahad voran, ihr
Vetter und ihr König, erfüllen nicht die Pflicht der Blut-
rache; ist er doch selbst des Mordes Helfer und Hehler.

So klag' ich denn, ein freier unbescholtner Gothe

edeln Stammes, ein Freund der unseligen Fürstin, an Mataswinthens, ihrer Tochter, statt.

Ich klag' um Mord! Ich klag' auf Blut!"

Und unter lautem Beifall des Volkes zog der stattliche schöne Jüngling das Schwert und streckte es grad vor sich auf den Richterstuhl.

"Und dein Beweis? sag an —"

"Halt, Tinggraf," scholl da eine ernste Stimme.

Witichis trat vor, dem Kläger entgegen.

"Bist du so alt und kennst das Recht so wohl, Meister Hildebrand, und läßt dich fortreißen von der Menge wildem Drang?

Muß ich dich mahnen, ich, der jüngre Mann, an alles Rechtes erstes Gebot?

Den Kläger hör' ich, die Beklagte nicht."

"Kein Weib kann stehen in der Gothen Ting," sprach Hildebrand ruhig.

"Ich weiß, doch wo ist Theodahad, ihr Gemahl und Muntwalt, sie zu vertreten?"

"Er ist nicht erschienen."

"Ist er geladen?"

"Er ist geladen! Auf meinen Eid und den dieser Boten," sprach Arahad: "tretet vor, Sajonen."

Zwei der Frohnwärter traten vor und rührten mit ihren Stäben an den Richterstuhl.

"Nun," sprach Witichis weiter, "man soll nicht sagen, daß im Volk der Gothen ein Weib ungehört, unvertheidigt verurtheilt werde; wie schwer sie auch verhaßt sei, — sie hat ein Recht auf Rechtsgehör und Rechtsschutz. Ich will ihr Muntwalt und ihr Fürsprecher sein."

Und er trat ruhig dem jugendlichen Ankläger entgegen, gleich ihm das Schwert ziehend.

Eine Pause der ehrenden Bewunderung trat ein.

„So läugnest du die That?" fragte der Richter.

„Ich sage: sie ist nicht erwiesen!"

„Erweise sie!" sprach der Richter zu Arahad gewendet.

Dieser, nicht vorbereitet auf ein förmliches Verfahren und nicht gefaßt auf einen Widersacher von Witichis großem Gewicht und kräftiger Ruhe, ward etwas verwirrt.

„Erweisen? rief er ungeduldig.

Was braucht's noch Erweis?

Du, ich, alle Gothen wissen, daß Gothelindis die Fürstin lang und tödtlich haßte.

Die Fürstin verschwindet aus Ravenna: gleichzeitig die Mörderin: ihr Opfer kömmt in einem Hause Gothelindens wieder zum Vorschein — tobt: — die Mörderin aber flieht auf ein festes Schloß. Was braucht's da noch Erweis?"

Und ungeduldig sah er auf die Gothen rings umher.

„Und darauf hin klagst du auf Mord im offnen Ting?" sprach Witichis ruhig.

„Wahrlich der Tag sei fern vom Gothenvolk: da man nach solchem Anschein Urtheil spricht.

Gerechtigkeit, ihr Männer, ist Licht und Luft!

Weh, weh dem Volk, das seinen Haß zu seinem Recht erhebt.

Ich selber hasse dieses Weib und ihren Gatten: aber wo ich hasse, bin ich doppelt streng mit mir."

Und so edel und so schlicht sprach er dies Wort, daß aller Gothen Herzen dem treuen Manne zuschlugen.

„Wo sind die Beweise?" fragte nun Hildebrand. „Hast du handhafte That? hast du blickenden Schein? hast du gichtigen Mund? hast du echten Eid? heischest du der Verklagten Unschulds-Eid?"

„Beweis!" wiederholte Arahad zornig. „Ich habe keinen als meines Herzens festen Glauben."

„Dann," sprach Hildebad —

Doch in diesem Augenblick bahnte sich ein Sajo vom Thore her den Weg zu ihm und sprach:

„Römische Männer stehen am Eingang.

Sie bitten um Gehör: sie wissen, sagen sie, Alles um der Fürstin Tod."

„Ich fordre, daß man sie höre," rief Arahad eifrig, „nicht als Kläger, als Zeugen des Klägers."

Hildebrand winkte und der Sajo eilte, die Gemeldeten durch die neugierige Menge heraufzuführen.

Voran schritt ein von Jahren gebeugter Mann in härener Kutte, den Strick um die Lenden: die Caputze seines Ueberwurfs machte seine Züge unkenntlich: zwei Männer in Sklaventracht folgten.

Fragende Blicke ruhten auf der Gestalt des Greises, dessen Erscheinung bei aller Einfachheit, ja Armuth, von seltner Würde geadelt war.

Als er angelangt war vor dem Richterstuhl Hildebrands, sah ihm Arahad dicht in's Antlitz und trat mit Staunen rasch zurück.

„Wer ist es," fragte der Richter, „den du zum Zeugen stellest deines Wortes? Ein unbekannter Fremdling?"

„Nein," rief Arahad und schlug des Zeugen Mantel zurück, „ein Name, den ihr Alle kennt und ehrt: Marcus Aurelius Cassiodorius."

Ein Ruf allgemeinen Staunens flog über die Tingstätte.

„So hieß ich," sprach der Zeuge, „in den Tagen meines weltlichen Lebens: jetzt nur Bruder Marcus."

Und eine hohe Weihe lag in seinen Zügen — die Weihe der Entsagung.

„Nun, Bruder Marcus," forschte Hildebrand, „was hast du uns zu melden vom Tode Amalaswinthens? Sag' uns die volle Wahrheit und nur die Wahrheit."

„Die werd' ich sagen.

Vor Allem wißt: nicht Streben nach menschlicher Vergeltung führt mich her: nicht den Mord zu rächen bin ich gekommen — die Rache ist mein, ich will vergelten, spricht der Herr! — Nein, den letzten Auftrag der Unseligen, der Tochter meines großen Königs, zu erfüllen, bin ich da."

Und er zog eine Papyrosrolle aus dem Gewande.

„Kurz vor ihrer Flucht aus Ravenna richtete sie diese Zeilen an mich, welche ich, als ihr Vermächtniß an das Volk der Gothen, mitzutheilen habe:

„Den Dank einer zerknirschten Seele für deine Freundschaft.

Mehr noch als die Hoffnung der Rettung labt das
Gefühl unverlorner Treue.

Ja, ich eile auf deine Villa im Bolsenersee: führt
doch der Weg von da nach Rom, nach Regeta, wo ich
vor meinen Gothen all' meine Schuld aufdecken und
auch büßen will.

Ich will sterben, wenn es sein muß: aber nicht durch
die tückische Hand meiner Feinde, nein, durch den Richter-
spruch meines Volkes, das ich Verblendete in's Verderben
geführt.

Ich habe den Tod verdient: nicht nur um des Blutes
willen der drei Herzoge, die, Alle sollen es erfahren,
durch mich starben: mehr noch um des Wahnes willen,
mit dem ich mein Volk zurückgesetzt um Byzanz.

Gelange ich lebend nach Regeta, so will ich warnen
und mahnen mit der letzten Kraft meines Lebens: fürchtet
Byzanz.

Byzanz ist falsch wie die Hölle und ist kein Friede
denkbar zwischen ihm und uns.

Aber warnen will ich auch vor dem Feind im Innern.

König Theodahad spinnt Verrath: er hat an Petros,
den Gesandten von Byzanz, Italien und die Gothenkrone verkauft: er hat gethan, was ich dem Griechen
weigerte.

Seht euch vor, seid stark und einig.

Könnt' ich sterbend sühnen, was ich lebend gefehlt."

In tiefer Stille hatte das Volk die Worte vernommen,

welche Caſſiodor mit zitternder Stimme geſprochen und die jetzt wie aus dem Jenſeits herüberzutönen ſchienen.

Auch als er geendet, wirkte noch der Eindruck des Mitleids und der Trauer fort in feierlichem Schweigen.

Endlich erhob ſich der alte Hildebrand und ſprach: „Sie hat gefehlt: ſie hat gebüßt.

Tochter Theoderichs, das Volk der Gothen verzeiht dir deine Schuld und dankt dir deine Treue.“

„So mög’ ihr Gott vergeben, Amen!“ ſprach Caſſiodor.

„Ich habe niemals die Fürſtin an den Bolſenerſee geladen: ich konnt’ es nicht: vierzehn Tage zuvor hatt’ ich all’ meine Güter verkauft an die Königin Gothelindis.“

„Sie alſo hat ihre Feindin,“ fiel Arahad ein, „ſeinen Namen mißbrauchend, in jenes Haus gelockt. Kannſt du das leugnen, Graf Witichis?“

„Nein,“ ſprach dieſer ruhig. „aber,“ fuhr er zu Caſſiodor gewendet fort, „haſt du auch Beweis, daß die Fürſtin daſelbſt nicht zufälligen Todes geſtorben, daß Gothelindis ihren Tod herbeigeführt?“

„Tritt vor, Syrus, und ſprich!“ ſagte Caſſiodor, „ich bürge für die Treue dieſes Mundes.“

Der Sklave trat vor, neigte ſich und ſprach:

„Ich habe ſeit zwanzig Jahren die Aufſicht über die Schleuſen des Sees und die Waſſerkünſte des Bades der Villa im Bolſenerſee: niemand außer mir kannte deſſen Geheimniſſe.

Als die Königin Gothelindis das Gut erkauft, wurden alle Sklaven Caſſiodors entfernt und einige Diener der Königin eingeſetzt: ich allein ward belaſſen.

Da landete eines frühen Morgens die Fürstin Amalaswintha auf der Insel, bald darauf die Königin.

Diese ließ mich sofort kommen, erklärte, sie wolle ein Bad nehmen, und befahl mir, ihr die Schlüssel zu allen Schleusen des Sees und zu allen Röhren des Bades zu übergeben und ihr den ganzen Plan des Druckwerks zu erklären.

Ich gehorchte, gab ihr die Schlüssel und den auf Pergament gezeichneten Plan, warnte sie aber nachdrücklich, nicht alle Schleusen des Sees zu öffnen und nicht alle Röhren spielen zu lassen: das könne das Leben kosten.

Sie aber wies mich zürnend ab und ich hörte, wie sie ihrer Badsklavin befahl, die Kessel nicht mit warmem, sondern mit heißem Wasser zu füllen.

Ich ging, besorgt um ihre Sicherheit, und hielt mich in der Nähe des Bades.

Nach einiger Zeit hörte ich an dem mächtigen Brausen und Rauschen, daß die Königin dennoch, gegen meinen Rath, die ganze Fluth des Sees hereingelassen: zugleich hörte ich in allen Wänden das dampfende Wasser zischend aufsteigen und da mir obenein dünkte, als vernehme ich, gedämpft durch die Marmormauern, ängstlichen Hülfschrei, eilte ich auf den Außengang des Bades, die Königin zu retten.

Aber wie erstaunte ich, als ich an dem mir wohl bekannten Mittelpunct der Künste, an dem Medusenhaupt, die Königin, die ich im Bad, in Todesgefahr wähnte, völlig angekleidet stehen sah.

Sie drückte an den Federn und wechselte mit Jemanden, der im Bade um Hülfe rief, zornige Worte.

Entsetzt und dunkel ahnend, was da vorging, schlich ich, zum Glück noch unbemerkt, hinweg."

„Wie, Feigling?" sprach Witichis, „du ahntest, was vorging und schlichst hinweg?"

„Ich bin nur ein Sklave, Herr, kein Held: und hätte mich die grimme Königin bemerkt, ich stünde wohl nicht hier, sie anzuklagen.

Gleich darauf erscholl der Ruf, die Fürstin Amalaswintha sei im Bad ertrunken."

Ein Murren und Rufen drang tosend durch das versammelte Volk.

Frohlockend rief Arahad: „Nun, Graf Witichis, willst du sie noch beschützen?"

„Nein," sprach dieser ruhig das Schwert einsteckend, „ich schütze keine Mörderin.

Mein Amt ist aus."

Und mit diesem Wort trat er von der linken auf die rechte Seite zu den Anklägern hinüber.

„Ihr, freie Gothen, habt das Urtheil zu finden und das Recht zu schöpfen," sprach Hildebrand, „ich habe nur zu vollziehen, was ihr gefunden.

So frag' ich euch, ihr Männer des Gerichts, was dünkt euch von dieser Klage, die Graf Arahad, des Aramuth Sohn, der Wölsung, erhoben gegen Gothelindis, die Königin?

Sagt an: ist sie des Mordes schuldig?"

„Schuldig! schuldig!" scholl es mit vielen tausend Stimmen und keine sagte nein.

„Sie ist schuldig," sagte der Alte aufstehend.

„Sprich, Kläger, welche Strafe forderst du um diese Schuld?"

Arahad erhob das Schwert gerade gegen Himmel: „Ich klagte um Mord.

Ich klagte auf Blut.

Sie soll des Todes sterben."

Und ehe Hildebrand seine Frage an das Volk stellen konnte, war die Menge von zorniger Bewegung ergriffen, alle Schwerter flogen aus den Scheiden und blitzten gen Himmel auf und alle Stimmen riefen: „Sie soll des Todes sterben!" —

Wie ein furchtbarer Donner rollte das Wort, die Majestät des Volksgerichts vor sich her tragend, über das weite Gefild, daß bis in weite Ferne die Lüfte widerhallten. —

„Sie stirbt des Todes," sprach Hildebrand aufstehend, „durch das Beil.

Sajonen auf, und sucht, wo ihr sie findet."

„Halt an," sprach der starke Hildebad vortretend, „schwer wird unser Spruch erfüllt werden, so lang dies Weib unsres Königs Gemahlin.

Ich fordre deßhalb, daß die Volksgemeinde auch gleich die Klagen prüfe, die wir gegen Theodahad auf der Seele haben, der ein Volk von Helden so unheldenhaft beherrscht.

Ich will sie aussprechen, diese Klagen.

Merkt wohl, ich zeihe ihn des Verrathes, nicht nur der Unfähigkeit, uns zu retten, uns zu führen.

Schweigen will ich davon, daß wohl schwerlich ohne sein Wissen seine Königin ihren Haß an Amalaswintha kühlen konnte, schweigen davon, daß diese in ihren letzten Worten uns vor Theodahads Verrath gewarnt.

Aber ist es nicht wahr, daß er den ganzen Süden des Reiches von Männern, Waffen, Rossen, Schiffen entblößt, daß er alle Kraft nach den Alpen geworfen hat, bis daß die elenden Griechlein ohne Schwertstreich Sicilien gewinnen, Italien betreten konnten?

Mein armer Bruder Totila mit seiner handvoll Leuten allein steht ihnen entgegen.

Statt ihm den Rücken zu decken, sendet der König auch noch Witichis, Teja, mich nach dem Norden.

Mit schwerem Herzen gehorchten wir: denn wir ahnten, wo Belisar landen werde.

Nur langsam rückten wir vor, jede Stunde den Rück= ruf erwartend. Umsonst.

Schon lief durch die Landschaften, die wir durch= zogen, das dunkle Gerücht, Sicilien sei verloren und die Wälschen, die uns nach Norden ziehen sahen, machten spöttische Gesichter.

So waren wir ein paar Tagemärsche an der Küste in gezogen.

Da traf mich dieser Brief meines Bruders Totilah:

„Hat denn, wie der König, so das ganze Volk der Gothen, so mein Bruder mich aufgegeben und vergessen?

Belisar hat Sicilien überrascht.

Er ist gelandet.

Alles Volk fällt ihm zu.

Unaufhaltsam dringt er gegen Neapolis.

Vier Briefe hab' ich an König Theodahad um Hülfe geschrieben.

Alles umsonst.

Kein Segel erhalten.

Neapolis ist in höchster Gefahr.

Rettet, rettet Neapolis und das Reich."

Ein Ruf grimmigen Schmerzes ging durch die Tausende gothischer Männer.

„Ich wollte," fuhr Hildebad fort, „augenblicklich mit all' unsren Tausendschaften umkehren, aber Graf Witichis, mein Oberfeldherr, litt es nicht.

Nur das setzte ich durch, daß wir die Truppen Halt machen ließen und mit wenigen Reitern hierher flogen zu warnen, zu retten, zu rächen.

Denn Rache, Rache heisch ich an König Theodahad: nicht nur Thorheit und Schwäche, Arglist war es, daß er den Süden den Feinden Preis gegeben.

Hier dieser Brief beweist es.

Viermal hat ihn mein Bruder gemahnt, gebeten.

All' umsonst.

Er gab ihn, er gab das Reich in Feindeshand.

Weh' uns, wenn Neapolis fällt, schon gefallen ist.

Ha, er soll nicht länger herrschen, nicht leben soll er länger, der das verschuldet hat.

Reißt ihm die Krone der Gothen vom Haupt, die er geschändet, nieder mit ihm!

Er sterbe!"

„Nieder mit ihm! Er sterbe!" donnerte das Volk in mächtigem Echo nach.

Unwiderstehlich schien der Strom ihres Grimmes zu wogen und jeden zu zerreißen, der ihm widerstehen wollte.

Nur Einer blieb ruhig und gelassen in Mitte der stürmenden Menge.

Das war Graf Witichis.

Er sprang auf einen der alten Steine unter dem Eichbaum und wartete, bis sich der Lärm etwas gelegt.

Dann erhob er die Stimme und sprach mit jener schlichten Klarheit, die ihm so wohl anstand:

„Landsleute, Volksgenossen! Hört mich an!

Ihr habt Unrecht mit eurem Spruch.

Wehe, wenn im Gothenstamm, deß Ehre und Stolz die Gerechtigkeit gewesen seit der Väter Zeit, Haß und und Gewalt des Rechtes Thron besteigen.

Theodahad ist ein schwacher, schlechter König!

Nicht länger soll er allein des Reiches Zügel lenken!

Gebt ihm einen Vormund wie einem Unmündigen!

Setzt ihn ab meinetwegen.

Aber seinen Tod, sein Blut dürft ihr nicht fordern!

Wo ist der Beweis, daß er verrathen hat? Daß Totila's Botschaft an ihn gelangt?

Seht ihr, ihr schweigt: hütet euch vor Ungerechtigkeit, sie stürzt die Reiche der Völker."

Und groß und edel stand er auf seinem erhöhten

Boden, im vollen Glanz der Sonne, voll Kraft und und edler Würde.

Bewundernd ruhten die Augen der Tausende auf ihm, der ihnen an Hohheit und Maß und klarer Ruhe so überlegen schien.

Eine feierliche Pause erfolgte.

Und ehe noch Hildebad und das Volk Antwort finden konnte gegen den Mann, der die lebendige Gerechtigkeit schien, ward die allgemeine Aufmerksamkeit nach dem dichten Walde gezogen, der im Süden die Aussicht begränzte und der auf einmal lebendig zu werden schien.

Vierzehntes Capitel.

Denn man hörte von dort her den raschen Hufschlag nahender Pferde und das Klirren von Waffen: alsbald bog eine kleine Schaar von Reitern aus dem Wald: aber weit ihnen allen voraus jagte auf kohlschwarzem Roß ein Mann, der wie mit dem Sturmwind um die Wette ritt.

Weit im Winde flatterte seine Helmzier: ein mächtiger, schwarzer Roßschweif, und seine eignen langen, schwarzen Locken: vorwärts gebeugt trieb er das schaumbesprihte Roß zu rasender Eile und sprang am Südeingang des Tings sausend vom Sattel.

Alle wichen links und rechts zurück, die der grimme, tödtlichen Haß sprühende Blick seines Auges aus dem leichenblassen, schönen Antlitz traf.

Wie von Flügeln getragen stürmte er den Hügel hinan, sprang auf einen Stein neben Witichis, hielt eine Rolle hoch empor, rief wie mit letzter Kraft: „Verrath, Verrath!" und stürzte dann wie blitzgetroffen nieder.

Entsetzt sprangen Witichis und Hildebad hinzu: sie

hatten kaum den Freund erkannt: „Teja, Teja!" riefen sie, „was ist geschehen? rede!"

„Rede!" wiederholte Witichis „es gilt das Reich der Gothen!"

Wie mit übermenschlicher Kraft richtete sich der stählerne Mann in diesem Wort wieder empor, sah einen Augenblick um sich und sprach dann mit hohler Stimme:

„Verrathen sind wir.

Gothen, verrathen von unserm König.

Ich erhielt Auftrag vor sechs Tagen, nach Istrien zu ziehen, nicht nach Neapolis, wie ich gebeten.

Ich schöpfe Verdacht, doch ich gehorche und gehe unter Segel mit meinen Tausendschaften.

Ein starker Weststurm bricht herein, verschlägt zahllose kleine Schiffe von Westen her bis zu uns.

Darunter den „Mercurius," den raschen Keles, — das leichte Postschiff Theodahads.

Ich kannte das Fahrzeug wohl: es gehörte einst meinem Vater.

Wie das unserer Schiffe ansichtig wird, will es entfliehen.

Ich, argwöhnisch, jage ihm nach und hole es ein.

Es trug diesen Brief an Belisar von des Königs Hand: „Du wirst zufrieden sein mit mir, großer Feldherr.

Alle Gothenheere stehen in dieser Stunde nordöstlich von Rom, ohne Gefahr könntest du landen.

Vier Briefe des Seegrafen von Neapolis habe ich zerstört, seine Boten in den Thurm geworfen.

Zum Dank erwart' ich, daß du den Vertrag genau erfüllst, und den Kaufpreis in Bälde bezahlst."

Teja ließ den Brief sinken, die Stimme versagte ihm.

Ein Aechzen und Stöhnen der Wuth zog durch die Versammlung.

„Ich ließ umkehren, sogleich landen, ausschiffen und jage hierher seit drei Tagen und drei Nächten unausgesetzt.

Ich kann nicht mehr."

Und taumelnd sank er in Witichis' Arme.

Da sprang der alte Hildebrand empor auf den höchsten Stein seines Stuhles: weit überragte er die ganze Menge: er riß dem Träger, der die Lanze mit des Königs kleiner Marmor-Büste auf der Querstange trug, den Schaft aus rer Hand und hielt ihn vor sich in der Linken: in der Rechten hob er sein Steinbeil:

„Verkauft, verrathen sein Volk für gelbes Gold? Nieder mit ihm, nieder, nieder!"

Und ein Beilschlag zertrümmerte die Büste.

Dieser Act war wie der erste Donnerschlag, der ein lange brütendes Gewitter entfesselt.

Nur dem Wüthen empörter Elemente war das Stürmen vergleichbar, welches nun das in seinen Grundtiefen aufgewühlte Volk durchbrauste.

„Nieder! nieder! nieder mit ihm!" hallte es tausendfach wieder unter betäubendem Klirren der Waffen.

Und darauf erhob abermal der alte Waffenmeister seine eherne Stimme und sprach feierlich:

„Wisset es, Gott im Himmel und Menschen auf

Erden, sehende Sonne, und wehender Wind, wisset es, das Volk der Gothen, frei und alten Ruhmes voll und zu den Waffen geboren, hat abgethan seinen ehemaligen König Theodahad, des Theodis Sohn, weil er Volk und Reich an den Feind verrathen.

Wir sprechen dir ab, Theodahad, die goldne Krone und das Gothenreich, das Gothenrecht und das Leben.

Und solches thun wir nicht nach Unrecht, sondern nach Recht.

Denn frei sind wir gewesen alle Wege unter unsern Königen und wollten eh' der Könige missen als der Freiheit.

Und so hoch steht kein König, daß er nicht um Mord, Verrath und Eidbruch zu Recht stehe vor seinem Volk.

So sprech' ich dir ab Krone und Reich, Recht und Leben.

Landflüchtig sollst du sein, echtlos, ehrlos, rechtlos.

Soweit Christenleute zur Kirche gehen und Heidenleute zum Opferstein.

Soweit Feuer brennt und Erde grünt.

Soweit Schiff schreitet und Schild scheinet.

Soweit Himmel sich höht und Welt sich weitet.

Soweit der Falke fliegt den langen Frühlingstag, wenn ihm der Wind steht unter seinen beiden Flügeln.

Versagt soll dir sein Halle und Haus und guter Leute Gemeinschaft und alle Wohnung, ausgenommen die Hölle.

Dein Erb' und Eigen theil ich zu dem Gothenvolk.

Dein Blut und Fleisch den Raben in den Lüften.

Und wer dich findet, in Halle und Hof, in Haus oder Heerstraße, soll dich erschlagen, ungestraft und soll bedankt sein dazu von Gott und den guten Gothen.

Ich frage euch, soll's so geschehn?"

„So soll's geschehn!" antworteten die Tausende und schlugen Schwert an Schild.

Kaum war Hildebrand herabgestiegen, als der alte Haduswinth seine Stelle einnahm, das zottige Bärenfell zurück warf und sprach:

„Des Neidkönigs wären wir ledig!

Er wird seinen Rächer finden.

Aber jetzt, treue Männer, gilt es, einen neuen König wählen.

Denn ohne König sind wir nie gewesen.

Soweit unsere Sagen und Sprüche zurück denken, haben die Ahnen Einen auf den Schild gehoben, das lebende Bild der Macht, des Glanzes, des Glückes der guten Gothen.

So lang es Gothen giebt, werden sie Könige haben: und so lang sich ein König findet, wird ihr Volk bestehn.

Und jetzt vor Allem gilt's, ein Haupt, einen Führer zu haben.

Das Geschlecht der Amelungen ist glorreich aufgestiegen, wie eine Sonne: lang hat sein hellster Stern, Theoderich, geleuchtet: aber schmälich ist's erloschen in Theodahad.

Auf, Volk der Gothen, du bist frei! frei wähle dir den rechten König, der dich zu Sieg und Ehre führt.

Dein Thron ist leer: mein Volk, ich lade dich zur Königswahl!"

„Zur Königswahl!" sprach diesmal feierlich und machtvoll der Chor der Tausende.

Da trat Witichis auf den Tingstuhl, hob den Helm vom Haupt und die Rechte gen Himmel:

„Du weißt es, Gott, der in den Sternen geht, uns treibt nicht frevler Kitzel des Ungehorsams und des Uebermuths: uns treibt das heilige Recht der Noth.

Wir ehren das Recht des Königthums, den Glanz, der von der Krone strahlt: geschändet aber ist dieser Glanz und in der höchsten Noth des Reiches üben wir des Volkes höchstes Recht.

Herolde sollen ziehen zu allen Völkern der Erde und laut verkünden: nicht aus Verachtung, aus Verehrung der Krone haben wir es gethan.

Wen aber wählen wir?

Viel sind der wackern Männer im Volk, von altem Geschlecht, von tapfrem Arm und klugem Geist.

Wohl mehrere sind der Krone würdig.

Wie leicht kann es kommen, daß Einer diesen, der Andere jenen vorzieht?

Aber um Gott, nur jetzt keinen Zwist, keinen Streit! Jetzt, da der Feind im Lande liegt!

Drum laßt uns schwören vorher feierlich: wer das Stimmenmehr erhält, sei's nur um Eine Stimme, den wollen wir Alle als unsern König achten, unweigerlich, und keinen Andern.

Ich schwöre es — schwört mit mir."

„Wir schwören!" riefen die Gothen.

Aber der junge Arahad stimmte nicht ein.

Ehrgeiz und Liebe loderten in seinem Herzen: er bedachte, daß sein Haus jetzt, nach dem Fall der Balthen und der Amaler, das edelste war im Volk: er hoffte, Mataswinthens Hand zu gewinnen, wenn er ihr eine Krone bieten konnte: und kaum war der Schwur ver» hallt, als er vortrat und rief:

„Wen sollen wir wählen, gothische Männer? bedenkt euch wohl!

Vor Allem, das ist klar, einen Mann jungkräftigen Armes wider den Feind.

Aber das allein genügt nicht.

Weßhalb haben unsere Ahnen die Amaler erhöht?

Weil sie das edelste, das älteste, Götter entstammte Geschlecht waren.

Wohlan, das erste Gestirn ist erloschen, gedenkt des zweiten, gedenkt der Balthen!"

Von den Balthen lebte nur Ein männlicher Sproß, ein noch nicht wehrhafter Enkel des Herzog Pitza — denn Alarich, der Bruder der Herzoge Thulun und Ibba, war seit langen Jahren geächtet und verschollen. — Ara» had rechnete sicher, man werde jenen Balthenknaben nicht wählen und vielmehr des dritten Gestirns gedenken.

Aber er irrte.

Der alte Haduswinth trat zornig vor und schrie:

„Was Adel! was Geschlecht! sind wir Adelsknechte oder freie Männer?

Beim Donner! werden wir Ahnen zählen, wenn Belisar im Lande steht?

Ich will dir sagen, Knabe, was ein König braucht.

Einen tapferern Arm, das ist wahr, aber nicht das allein.

Der König soll ein Hort des Rechts, ein Schirm des Friedens sein, nicht nur der Vorkämpfer im Schwertkampf.

Der König soll haben einen immer ruhigen, immer klaren Sinn, wie der blaue Himmel ist, und wie die lichten Sterne sollen darin auf- und niedergehen gerechte Gedanken.

Der König soll haben eine stäte Kraft, aber noch mehr ein stätes Maß: er soll nie sich selbst verlieren und vergessen in Haß und Liebe, wie wir wohl dürfen, wir unten im Volk.

Er soll nicht nur mild sein den Freunden, er soll gerecht sein dem Verhaßtesten, selbst dem Feind.

In dessen Brust ein klarer Friede wohnt bei kühnem Muth und edles Maß bei treuer Kraft, — der Mann, Arahad, ist königlich geartet und hätt' ihn der letzte Bauer gezeugt."

Lauter Beifall folgte dem Wort des Alten und beschämt trat Arahad zurück.

Aber jener fuhr fort:

„Gute Gothen! ich meine, wir haben einen solchen Mann!

Ich will ihn euch nicht nennen: nennt ihr ihn mir.

Ich kam hieher aus fernem Hochgebirg aus unsrer

Mark gegen die Karanthanen, wo der wilde Turbidus schäumend die Felsen zerstäubt.

Da leb' ich mehr, als sonst ein Menschenalter ist, stolz, frei, einsam.

Wenig erfahr' ich von der Menschen Händeln, selbst von des eignen Volkes Thaten, wenn nicht ein Salzroß des halbverirrten Weges kommt.

Und doch drang mir bis in jene öde Höhe der Waffenruhm Eines vor allen unsern Helden, der nie das Schwert zu ungerechtem Streit erhob und es noch niemals sieglos eingesteckt.

Seinen Namen hört' ich immer wieder, wenn ich fragte: Wer wird uns schirmen, wenn Theoderich schied?"

Seinen Namen hört' ich bei jedem Sieg, den wir erfochten, bei jedem weisen Werke des Friedens, das geschehn.

Ich hatt' ihn nie gesehen.

Ich sehnte mich danach, ihn zu sehen.

Heute hab' ich ihn gesehen und gehört.

Ich habe sein Aug' gesehen, das klar und milde wie die Sonne.

Ich hab' sein Wort gehört; ich hab' gehört, wie er dem Feind selbst, dem verhaßten, zu Recht und zu Gerechtigkeit verhalf.

Ich hab' gehört, wie er allein, da uns alle der blinde Haß fortriß mit dunkler Schwinge, klar blieb und ruhig und gerecht.

Da dacht' ich mir in meinem alten Herzen: „der

Mann ist königlich geartet, stark im Kampf und gerecht im Frieden, hart wie Stahl und klar wie Gold."

Gothen: der Mann soll unser König sein.

Nennt mir den Mann!"

„Graf Witichis, ja Witichis, heil König Witichis!"

Während dieser brausende Jubelruf durch das Ge= filde hallte, hatte ein erschütternder Schreck den bescheidnen Mann ergriffen, der gespannt der Rede des Alten ge= folgt war und erst ganz zu Ende von der Ahnung er= griffen ward, daß er der so Gepriesne sei.

Als er nun aber seinen Namen in diesem tausend= stimmigen Jauchzen erschallen hörte, überkam ihn vor allen andern Gedanken das Gefühl:

„Nein, das kann, das soll nicht sein."

Er riß sich von Teja und Hildebad, die freudig seine Hände drückten, los, und sprang hervor, das Haupt schüttelnd und, wie abwehrend, den Arm aus= streckend.

„Nein! rief er, nein, Freunde! nicht das mir!" Ich bin ein schlichter Kriegsmann, nicht ein König.

Ich bin vielleicht ein gutes Werkzeug, kein Werk= meister!

Wählt einen Andern, einen Würdigern!"

Und wie bittend streckt er beide Hände gegen das Volk.

Aber der donnernde Ruf: „Heil König Witichis!" ward ihm statt aller Antwort.

Und nun trat der alte Hildebrand vor, faßte seine Hand und sprach laut:

„Laß ab, Witichis! wer war es, der zuerst geschworen, unweigerlich den König anzuerkennen, der auch nur eine Stimme mehr hätte?

Siehe, du hast alle Stimmen und willst dich wehren?"

Aber Witichis schüttelte das Haupt und preßte die Hand vor die Stirn.

Da trat der Alte ganz nah zu ihm und flüsterte in sein Ohr:

„Wie? muß ich dich stärker mahnen?

Muß ich dich mahnen jenes nächtigen Eides und Bundes, da du gelobtest: „Alles zu meines Volkes Heil."

Ich weiß, — ich kenne deine klare Seele, —: dir ist die Krone mehr eine Last als eine Zierde: ich ahne, daß dir diese Krone große, bittre Schmerzen bringen wird. Vielleicht mehr als Freuden: deßhalb fordre ich, daß du sie auf dich nimmst."

Witichis schwieg und drückte noch die andre Hand vor die Augen.

Schon viel zu lang währte dem begeisterten Volk dies Zwischenspiel.

Schon rüsteten sie den breiten Schild, ihn darauf zu erheben, schon drängten sie den Hügel hinan, seine Hand zu fassen: und fast ungeduldig scholl auf's neue der Ruf: „Heil König Witichis."

„Ich fordre es bei deinem Blut=Eid! — willst du ihn halten oder brechen?" flüsterte Hildebrand.

„Halten!" sprach Witichis und richtete sich entschlossen auf.

Und nun trat er, ohne falsche Scham und ohne Eitelkeit, einen Schritt vor und sprach:

„Du hast gewählt, mein Volk, wohlan, so nimm mich hin.

Ich will dein König sein!"

Da blitzten alle Schwerter in die Luft und lauter scholl's: „Heil König Witichis."

Jetzt stieg der alte Hildebrand ganz herab von seinen Tingstuhl und sprach:

„Ich weiche nun von diesem hohen Stuhl.

Denn unserm König ziemt jetzt diese Stätte.

Nur einmal noch laß mich des Grafenamtes warten.

Und kann ich dir nicht den Purpur umhängen, den die Amaler getragen und ihr goldenes Scepter reichen, — nimm meinen Richtermantel und den Richterstab als Scepter, zum Zeichen, daß du unser König wardst um deiner Gerechtigkeit willen.

Ich kann sie nicht auf deine Stirne drücken, die alte Gothenkrone, Theoderichs goldnen Reif.

So laß dich krönen mit dem frischen Laub der Eiche, der du an Kraft und Treue gleichst."

Mit diesen Worten brach er ein zartes Gewinde von der Eiche und schlang es um Witichis' Haupt:

„Auf, gothische Heerschar, nun warte deines Schildamts."

Da ergriffen Haduswinth, Teja und Hildebad einen der alterthümlichen breiten Tingschilde der Sajonen, hoben den König, der nun mit Kranz, Stab und

Mantel geschmückt war, darauf, und zeigten ihn auf ihren hohen Schultern allem Volk.

„Sehet, Gothen, den König, den ihr selbst gewählt: so schwört ihm Treue."

Und sie schworen ihm, aufrecht stehend, nicht knieend, die Hände hoch gen Himmel hebend, nun die Waffentreue bis in den Tod.

Da sprang Witichis von dem Schild, bestieg den Tingstuhl und rief:

„Wie ihr mir Treue, so schwör' ich euch Huld.

Ich will ein milder und gerechter König sein: des Rechtes walten und dem Unrecht wehren, gedenken will ich, daß ihr frei seid, gleich mir, nicht meine Knechte: und mein Leben, mein Glück, mein Alles, euch will ich's weihen, dem Volk der guten Gothen.

Das schwöre ich euch bei dem Himmels-Gott und bei meiner Treue."

Und den Tingschild vom Baume hebend rief er: „Das Ting ist aus. Ich löse die Versammlung."

Die Sajonen schlugen sofort die Haselstäbe mit den Schnüren nieder und bunt und ordnungslos wogte nun die Menge durcheinander.

Auch die Römer, welche sich neugierig, aber scheu, aus der Ferne dieses Walten einer Volksfreiheit mit an-gesehen, wie sie Italien seit mehr als fünfhundert Jahren nicht gekannt, durften sich nun frei unter die gothischen Männer mischen, denen sie Wein und Speisen ver-kauften.

Witichis schickte sich an, mit den Freunden und den

Führern des Heeres nach einem der Zelte sich zu begeben, die am Ufer des Flusses aufgeschlagen waren.

Da drängte sich ein römisch gekleideter Mann, wie es schien, ein wohlhabender Bürger, an sein Geleit und forschte eifrig nach Graf Teja, des Tagila Sohn.

„Der bin ich: was willst du mir, Römer?" sprach dieser sich wendend.

„Nichts, Herr, als diese Vase überreichen: seht nach: das Sigel, der Skorpion, ist unversehrt."

„Was soll mir die Vase? ich kaufe nichts dergleichen."

„Die Vase ist euer, Herr.

Sie ist voller Urkunden und Rollen, die euch zugehören.

Und mir ist es vom Gastfreund aufgetragen, sie euch zu geben.

Ich bitt' euch, nehmt."

Und damit drängte er ihm die Vase in die Hand und war im Gedränge verschwunden.

Gleichgültig löste Teja das Sigel und nahm die Urkunden heraus, gleichgültig sah er hinein.

Aber plötzlich schoß ein brennend Roth über seine bleichen Wangen, sein Auge sprühte Blitze und er biß krampfhaft in die Lippe.

Die Vase entfiel ihm, er aber drängte sich in Fieberhaft vor Witichis und sprach mit fast tonloser Stimme: „Mein König! — König Witichis — eine Gnade!"

„Was ist dir, Teja? um Gott? Was willst du?"

„Urlaub!

Urlaub auf sechs — auf drei Tage!

Ich muß fort."

„Fort, wohin?"

„Zur Rache!

Hier ließ — der Teufel, der meine Eltern verklagte, in Verzweiflung, Tod und Wahnsinn trieb, —
er ist es — den ich längst geahnt: hier ist sein
Anzeigebrief an den Bischof von Florentia, mit seiner
eignen Hand — es ist Theodahad! —"

„Er ist's, es ist Theodahad," sagte Witichis, vom
Briefe aufsehend. „Geh denn!

Aber, zweifle nicht: du triffst ihn nicht mehr in
Rom: er ist gewiß längst entflohn.

Er hat starken Vorsprung.

Du wirst ihn nicht einholen."

„Ich hole ihn ein, ob er auf den Flügeln des Sturm-
Adlers säße."

„Du wirst ihn nicht finden."

„Ich finde ihn und müßte ich ihn aus dem tiefsten
Pfuhl der Hölle oder im Schoße des Himmelsgottes
suchen."

„Er wird mit starker Bedeckung geflüchtet sein," warnte
der König.

„Aus tausend Teufeln hol' ich ihn heraus.

Hildebad, dein Pferd!

Leb' wohl, König der Gothen.

Ich vollstrecke die Acht."

Fünftes Buch

Witichis.

„Die Gothen aber wählten zum König Witichis,
einen Mann, zwar nicht von edlem Geschlecht,
aber von hohem Ruhm der Tapferkeit.“

Prokopius, Gothenkrieg I. 11.

Erste Abtheilung.

Erstes Capitel

Langsam sank die Sonne hinter die grünen Hügel von Fäsulä und vergoldete die Säulen vor dem schlichten Landhaus, in welchem Rauthgundis als Herrin schaltete.

Die gothischen Knechte und die römischen Sklaven waren beschäftigt, die Arbeit des Tages zu beschließen.

Der Marskalk brachte die jungen Rosse von der Weide ein.

Zwei andere Knechte leiteten den Zug stattlicher Rinder von dem Anger auf dem Hügel nach den Ställen, indeß der Ziegenbub mit römischen Scheltworten seine Schutzbefohlnen vorwärts trieb, welche genäschig hie und da an dem salzigen Steinbrech nagten, der auf dem zerbröckelten Mauerwerk am Wege grünte.

Andre germanische Knechte räumten das Ackergeräth im Hofraum auf: und ein römischer Freigelassner, gar ein gelehrter und vornehmer Herr, der Ober-Gärtner selbst, verließ mit einem zufriedenen Blick die Stätte seiner blühenden und duftenden Wissenschaft.

Da kam aus dem Roßstall unser kleiner Freund Athalwin im Kranze seiner hellgelben Locken.

„Vergiß mir ja nicht, Kakus, einen rostigen Nagel in den Trinkkübel zu werfen.

Wachis hat's noch besonders aufgetragen!

Daß er dich nicht wieder schlagen muß, wenn er heim kommt."

Und er warf die Thür zu.

„Ewiger Verdruß mit diesen wälschen Knechten!" sprach der kleine Hausherr mit wichtigem Stolz.

„Seit der Vater fort ist und Wachis ihm in's Lager gefolgt, liegt Alles auf mir: denn die Mutter, lieber Gott, ist wohl gut für die Mägde, aber die Knechte brauchen den Mann."

Und mit großem Ernst schritt das Büblein über den Hof.

„Und sie haben vor mir gar nicht den rechten Respect," sprach er und warf die kirschrothen Lippen auf und krauste die weiße Stirn.

„Woher soll er auch kommen?

Mit nächster Sunnwend bin ich volle neun Jahr: und sie lassen mich noch immer herumgehn mit einem Ding wie ein Kochlöffel."

Und verächtlich riß er an dem kleinen Schwert von Holz in seinem Gurt.

„Sie dürften mir keck ein Waidmesser geben, ein rechtes Gewaffen.

So kann ich nichts ausrichten und sehe nichts gleich."

Und doch sah er so lieblich, einem zürnenden Eros gleich, in seinem kniekurzen, ärmellosen Röckchen von feinstem weißem Leinen, das die liebe Hand der Mutter gesponnen und genäht und mit einem zierlichen rothen Streifen durchwirkt hatte.

„Gern lief' ich noch auf den Anger und brächte der Mutter zum Abend die Waldblumen, die sie so liebt, mehr als unsre stolzesten Gartenblumen.

Aber ich muß noch Rundschau halten, ehe sie mir die Thore schließen: denn: „Athalwin, hat der Vater gesagt, wie er ging, halt mir das Erbe recht in Acht und wahre mir die Mutter! Ich verlaß mich auf dich!"

Und ich gab ihm die Hand drauf. So muß ich Wort halten."

Damit schritt er den Hof entlang, an der Vorderseite des Wohnhauses vorüber, durchmusterte die Nebengebäude zur Rechten und wollte sich eben nach der Rückseite des Gevierts wenden, als er durch lautes Bellen der jungen Hunde zur Linken auf ein Geräusch an dem Holzzaun, der das Ganze umfriedete, aufmerksam wurde.

Er schritt nach der bezeichneten Ecke hin und erstaunte: denn auf dem Zaune saß oder über denselben herein stieg eine seltsame Gestalt.

Es war ein großer, alter, hagrer Mann in grobem Wamms von ganz rauhem Loden, wie ihn die Berghirten trugen: als Mantel hing eine mächtige Wolfs-schur unverarbeitet von seinen Schultern nieder, und in der Rechten trug er einen riesigen Bergstock mit scharfer

Stahlspitze, mit welchem er die Hunde abwehrte, die zornig an dem Zaun hinaufsprangen.

Eilend's lief der Knabe hinzu.

„Halt, du landfremder Mann, was thust du auf meinem Zaun? — willst du gleich hinaus und herab?"

Der Alte stutzte und sah forschend auf den schönen Knaben.

„Herunter, sag' ich!" wiederholte dieser.

„Begrüßt man so in diesem Hof den wegmüden Wandrer?"

„Ja, wenn der wegmüde Wandrer über den Hinter-zaun steigt.

Bist du was Rechtes und willst du was Rechtes — da vorn steht das große Hofthor sperrangelweit offen: da komm' herein."

„Das weiß ich selbst, wenn ich das wollte."

Und er machte Anstalt, in den Hof herein zu steigen.

„Halt," rief zornig der Kleine, „da kommst du nicht herab! Faß, Griffo! Faß, Wulfo!

Und wenn du die zwei jungen nicht scheust, so ruf' ich die Alte!

Dann gieb Acht!

He Thursa, Thursa, leid's nicht!"

Auf diesen Ruf schoß um die Ecke des Roßstalles ein riesiger, grau borstiger Wolfshund mit wüthendem Gebell herbei und schien ohne Weiteres dem Eindring-ling an die Gurgel springen zu wollen.

Aber kaum stand das grimmige Thier vor dem Zaun, dem Alten gegenüber, so verwandelte sich seine Wuth plötzlich in Freude: sein Bellen verstummte und wedelnd sprang er an dem Alten hinan, der nun ganz gemüthlich hereinstieg.

„Ja, Thursa, treues Thier, wir halten noch zusammen," sagte er, „nun sage mir, kleiner Mann, wie heißt du?"

„Athalwin heiß' ich," versetzte dieser, scheu zurücktretend, „du aber, — ich glaube, du hast den Hund behext — wie heißt du?"

„Ich heiße wie du," sagte der Alte freundlicher. „Und das ist hübsch von dir, daß du heißest wie ich.

Sei nur ruhig, ich bin kein Räuber! führ' mich zu deiner Mutter, daß ich ihr sage', wie tapfer du deine Hofwehre vertheidigt hast."

Und so schritten die beiden Gegner friedlich in die Halle, Thursa bellte freudig springend voran.

Das korinthische Atrium der Römervilla mit seinen Säulenreihen an den vier Wänden hatte die gothische Hausfrau mit leichter Aenderung in die große Halle des germanischen Hofbaues verwandelt.

In Abwesenheit des Hausherrn war sie zu festlicher Bewirthung nicht bestimmt und Rauthgundis hatte für diese Zeit ihre Mägde aus der Frauenkammer hierher versetzt.

In langer Reihe saßen rechts die gothischen Mägde mit sausender Spule; ihnen gegenüber einige römische Sklavinnen mit feineren Arbeiten beschäftigt.

In der Mitte der Halle schritt Rauthgundis auf und nieder und ließ selbst die flinke Spule auf dem glatten

Mosaik des Estrichs tanzen, aber dabei auch nach rechts und links stets die wachen Blicke gleiten.

Das kornblaue Kleid von selbstgewirktem Stoff war über die Knie heraufgeschürzt und hing gebauscht über den Gurt von stählernen Ringen, welcher, ihr einziger Schmuck, einen Bündel von Schlüsseln trug.

Das dunkelblonde Haar war rings an Stirn und Schläfen zurückgekämmt und am Hinter-Kopf in einen einfachen Knoten geschürzt.

Es lag viel schlichte Würde in der Gestalt, wie sie mit ernst prüfendem Blick auf und nieder schritt.

Sie trat zu der jüngsten der gothischen Mägde, die zu unterst in der Reihe saß und beugte sich zu ihr.

„Brav, Liuta," sprach sie, „dein Faden ist glatt und du hast heut' nicht so oft aufgesehen nach der Thür wie sonst. Freilich," fügte sie lächelnd hinzu — „es ist jetzt kein Verdienst, da doch kein Wachis zur Thür herein kommen kann."

Die junge Magd erröthete.

Rauthgundis legte die Hand auf ihr glattes Haar:

„Ich weiß," sagte sie, „du hast mir im Stillen gegrollt, daß ich dich, die Verlobte, dieses Jahr über täglich Morgens und Abends eine Stunde länger spinnen ließ als die Andern: es war grausam, nicht?

Nun, sieh: es war dein eigner Gewinn.

Alles, was du dies Jahr aus meinem besten Garn gesponnen, ist dein; ich schenk' es dir zur Aussteuer: so brauchst du nächstes Jahr, das erste deiner Ehe, nicht zu spinnen "

Das Mädchen faßte ihre Hand und sah ihr dankbar weinend in's Auge.

„Und dich nennen sie streng und hart!" war alles, was sie sagen konnte.

„Mild mit den Guten, streng mit den Bösen, Liuta. Alles Gut, dessen ich hier walte, ist meines Herrn Eigen und meines Knaben Erbe. Da heißt es streng sein."

Da wurden der Alte und Athalwin in der Thür sichtbar: der Knabe wollte rufen, aber sein Begleiter verhielt ihm den Mund und sah eine Weile unbemerkt dem Schalten und Walten Rauthgundens zu, wie sie der Mägde Arbeit prüfte, lobte und schalt und neue Aufträge gab.

„Ja," sprach der Alte endlich zu sich selbst, „stattlich sieht sie aus, und sie scheint wohl die Herrin im Hause — doch! wer weiß Alles!"

Da war Athalwin nicht mehr zu halten:

„Mutter," rief er, „ein fremder Mann, der Thursa behext und über den Zaun gestiegen und zu dir will. Ich kann's nicht begreifen."

Da wandte sich die stattliche Frauengestalt würdevoll dem Eingang zu, die Hand vor die Augen haltend, die blendende Abendsonne, die in die offne Thüre brach, abzuwehren.

„Was führst du den Gast hierher?

Du weißt, der Vater ist nicht hier.

Führ' ihn in die große Halle.

Sein Platz ist nicht bei mir."

„Doch, Rauthgundis! hier, bei dir, ist mein Platz,“ sprach der Alte vortretend.

„Vater!“ — rief die Frau und lag an der Brust des Fremden.

Verdutzt und nicht ohne Mißbehagen sah Athalwin auf die Gruppe.

„Du bist also der Großvater, der da oben in den Nordbergen haust?

Nun grüß Gott, Großvater!

Aber warum sagst du denn das nicht gleich?

Und warum kommst du nicht durch's Thor wie andre ehrliche Leute?“

Der Alte hielt seine Tochter bei beiden Händen und sah ihr scharf ins Auge.

„Sie sieht glücklich aus und gedeihend,“ brummte er vor sich hin.

Da faßte sich Rauthgundis: rasch warf sie einer Blick durch die Halle.

Alle Spindeln ruhten, — außer Liuta's — Aller Augen ruhten neugierig auf dem Alten.

„Ob ihr wohl spinnen wollt, fürwitzige Elstern?“ rief sie streng.

„Du, Marcia, hast vor lauter Gaffen den Flachs herabfallen lassen, — du kennst den Brauch, du spinnst eine Spule mehr, — ihr Andern macht Feierabend. Komm, Vater!

Liuta, rüst' ein laues Bad und Fleisch und Wein. —“

„Nein!“ sprach der Vater, „der alte Bauer hat am Berg auch nur Bad und Trunk am Wasserfall.

Und was das Essen anlangt — draußen, vor'm Hinterzaun, am Grenzpfahl, liegt mein Ruck-Sack, den holt mir: da hab ich mein Spelt-Brod und meinen Schaf-Käse, den bringt mir. —

Wie viel habt ihr Rinder im Stall und Rosse auf der Weide?"

Es war seine erste Frage.

Eine Stunde darauf — schon war es dunkel geworden und der kleine Athalwin war kopfschüttelnd über den Großvater zu Bett gegangen, — da wandelten Vater und Tochter bei'm Licht des aufgehenden Mondes in's Freie.

„Ich hab' nicht Luft genug da drinnen," hatte der Alte gesagt.

Sie sprachen viel und ernst, wie sie durch den Hof und durch den Garten schritten.

Mitten drein warf der Alte immer wieder Fragen nach ihrer Wirthschaft auf, wie sie ihm Geräth oder Gebäude nahe legten: und in seinem Ton lag keine Zärtlichkeit: nur manchmal in dem Blick, der verstohlen sein Kind musterte.

„Laß doch endlich Roggen und Rosse," lächelte Rauthgundis," und sage mir, wie's dir gegangen ist die langen Jahre?

Und was dich endlich einmal herabgeführt hat von den Bergen zu deinen Kindern?"

„Wie's mir gegangen? Nun: halt einsam, einsam! Und kalte Winter!

Ja, bei uns ist's nicht so hübsch warm, wie hier im Wälschthale."

Und er sagte das wie einen Vorwurf.

„Und warum ich herunter bin?

Ja sieh, letztes Jahr hat sich der Zuchtstier zerfallen auf dem Firn=Joch.

Und da wollt' ich mir einen andern kaufen hier unten."

Da hielt sich Nauthgundis nicht länger: mit warmer Liebe warf sie sich an des Alten Brust und rief:

„Und den Zuchtstier hast du nicht näher gefunden als hier?

Lüge doch nicht, Steinbauer, gegen dein eigen Herz und dein eigen Kind.

Du bist gekommen, weil du gemußt, weil du's doch endlich nicht mehr ausgehalten vor Heimweh nach deinem Kinde."

Der Alte blieb stehen und streichelte ihr Haar:

„Woher du's nur weißt!

Nun ja! ich mußte doch mal selbst sehen, wie's um dich steht und wie er dich hält, der Gothen=Graf."

„Wie seinen Augapfel," sprach das Weib selig.

„So? und warum ist er denn nicht daheim bei Hof und Haus und Weib und Kind?"

„Er steht bei'm Heer in des Königs Dienst."

„Ja, das ist's ja eben.

Was braucht er einen Dienst und einen König?

Doch — sage: warum trägst du keinen goldnen Armreif?

Ein Gothenweib aus dem Wälschthal kam einmal des Wegs bei uns vorbei, vor fünf Jahren, die trug Gold handbreit: da dacht ich: so trägt's deine Tochter, und freute mich, und nun —"

Rauthgundis lächelte: „Soll ich Gold tragen für meiner Mägde Augen? Ich schmücke mich nur, wenn Witichis es sieht."

„So? mög' er's verdienen!

Aber du hast doch Goldspangen und Goldreife wie andre Gothenfrauen hier unten?"

„Mehr als andre, truhenvoll. Witichis brachte große Beute vom Gepidenkrieg."

„So bist du ganz glücklich?"

„Ganz, Vater, aber nicht wegen der Goldspangen."

„Hast du über nichts zu klagen?

Sag's mir nur, Kind!

Was es auch sei, sag's deinem alten Vater und er schafft dir dein Recht."

Da blieb Rauthgundis stehen.

„Vater, sprich nicht so!

Das ist nicht recht von dir zu sprechen, nicht von mir zu hören.

Wirf ihn doch weg, den unglückseligen Irr=Wahn, als müßte ich elend werden, weil ich zu Thal gezogen. Ich glaube fast, nur diese Furcht hat dich hier herab geführt."

„Nur sie!" rief der Alte hastig mit dem Stock auf= stoßend.

„Und du nennst einen Wahn, was deines Vaters tiefstes innres Wesen?

Ein Wahn! Ah, ist's ein Wahn, daß sich's schwer athme hier unten?

Ein Wahn, daß unsre hochgewachsenen, weißen Gothen klein und braun geworden hier unten im Thal?

Ist es ein Wahn, daß alles Unheil von jeher von Süden hergekommen, von diesem weichen, falschen Thal?

Woher kamen die Bergstürze über unsre Hütten? von Süden her.

Von wo kommt der giftige Wind, der Mensch und Vieh verdirbt? Von Süden.

Warum stürzt' mir Kuh und Schaf, wenn sie am Südhang grasen?

Warum starb deine Mutter, wie sie das erste mal von unserm Berge nach Bolsanum herab kam, in der schwülen Stadt?

Ein Bruder von dir stieg auch herab, trat in des Königs Theoderich Waffenschar zu Ravenna: erstochen haben ihn die Wälschen beim Wein.

Warum taugt kein Knecht mehr was, der je hier in den Süden herabstieg, auch nur auf einen Winter?

Wo hat unser großer Held Theoderich das verfluchte Regieren gelernt, mit Steuern und Folter und Kerker und Schreiben?

Was haben unsre Väter von all' dem gewußt?

Von woher kommt aller Trug, alle Unfreiheit, alle Ueppigkeit, alle Unkraft, alle List?

Von hier: aus dem Wälschthal, aus dem Süden.

wo die Menschen zu Tausenden beisammen nisten, wie unsauber Gewürm und Einer dem Andern die Luft vergiftet.

Und da kommt mir so Einer auf meinen Fels und holt mein frisches Kind herab in dieses Land des Unsegens!

Dein Eheherr hat was Gutes und Klares, ich läugn' es nicht; und hätte er sich droben bei mir ein Gehöft gebaut, ich hätte ihm gern mein Kind und das Joch der besten Ochsen dazu gegeben.

Aber nein! Da herunter mußte er sie führen in's heiße Sumpfthal.

Und er selbst bückt den Kopf in goldnen Sälen zu Rom und in der Rabenstadt.

Wohl hab' ich mich lang gewehrt —"

„Aber endlich gabst du nach —"

„Was wollt' ich machen?

War doch mein kern-frisches Mädel ganz herzenssiech geworden nach dem Unglücksmann."

„Und zehn Jahre hat der Unglücksmann dein Kind beglückt."

„Wenn's nur auch wahr ist!"

„Vater!"

„Und wahr bleibt.

Es wäre das erste Mal, daß Glück von Süden käme.

Sieh', mein Abscheu ist so groß vor der Ebne, daß ich die sieben Jahr nicht nieder stieg, gar mein Enkelkind nie gesehn habe

Wenn ich es jetzt doch gethan, hat's schweren Grund."

„Also nicht die Liebe? nicht dein Herz?"

„Freilich! doch mein banges Herz! Ein böses Zeichen ist geschehen.

Du denkst doch noch der lustigen Buche, die am Felsbache stand, rechts vor'm Hause?

Ich pflanzte sie, nach altem Brauch, an dem Tag, da du geboren wardst.

Und prächtig, wie du selbst, gedieh der Baum.

In dem Jahr, da du fortzogst freilich, fand ich, er sehe krank und traurig.

Aber die Andern sahen es nicht und lachten mich aus.

Nun, sie erholte sich wieder und war frisch und grün.

Doch in der letzten Woche kam des Nachts ein Hochgewitter, so wüthig, wie ich's selten gehört da droben in den Felsen, und als wir am Morgen vor das Thor treten — ist der Stamm vom Blitz zerspalten und die Krone hat der Gießbach mit sich fortgerissen — nach Süden.

„Schad um den lieben Baum! Doch kann dich das ängstigen?"

„Es ist nicht Alles.

Traurig grub ich am Abend, nach dem Tagewerk, den armen Stamm aus der Erde und warf ihn in's Herd-feuer, daß er nicht verunehrt und elend am Wege stehe, der meines Kindes ein Bild und Zeichen war.

Und ich nahm mir's sehr zu Herzen und ich sann und sann mit schweren Sorgen über deinen Mann, und meine Zweifel an ihm kamen dicht und dichter.

Und ich sah in's Feuer, drin der Stamm verkohlte.

So schlief ich ein und im Traum sah ich dich und Witichis.

Er tafelte im Goldsal unter stolzen Männern und schönen Frauen, in Glanz und Pracht gekleidet.

Du aber standest vor der Thür, im Bettlerkleid, und weintest bittre Thränen und riefst ihn beim Namen.

Er aber sprach: „wer ist das Weib? ich kenne sie nicht." — Und es ließ mich nicht mehr droben in den Bergen.

Herab zog's mich: ich mußte sehen, wie mein Kind gehalten ist im Thal und überraschen wollt' ich ihn, — deßhalb wollt' ich nicht durch's Thor in's Haus."

„Vater," sprach Rauthgundis zornig, „dergleichen soll man selbst im Traume nicht denken. Dein Mißtrauen —"

„Mißtrauen! ich traue niemand als mir selbst.

Und in dem Blitzschlag und in dem Traumgesicht hat sich's mir deutlich gemeldet: dir droht ein Unglück!

Weich' ihm aus!

Nimm deinen Knaben und geh mit mir in die Berge!

Nur auf kurze Zeit.

Glaub' mir, du wirst es bald wieder schön finden in der freien Luft, wo man über aller Herren Länder hinwegsieht."

„Ich soll meinen Mann verlassen?

Niemals."

„Hat er nicht dich verlassen?

Ihm ist Hof und Königsdienst mehr als Weib und Kind.

So laß ihm seinen Willen."

„Vater," sprach jetzt Rauthgundis, seine Hand heftig fassend, „kein Wort mehr!

Hast du denn meine Mutter nicht geliebt, daß du so reden kannst von Ehegatten?

Mein Witichis ist mir Alles, Luft und Licht des Lebens.

Und er liebt mich mit seiner ganzen treuen Seele.

Und wir sind eins.

Und wenn er für recht hält, fern von mir zu schaffen — zu wirken, so ist es recht.

Er führt seines Volkes Sache.

Und zwischen mich und ihn soll kein Wort, kein Hauch, kein Schatte treten.

Und auch ein Vater nicht."

Der Alte schwieg.

Aber sein Mißtrauen schwieg nicht.

„Warum," hob er nach einer Pause wieder an, „wenn er am Hof so wichtige Geschäfte hat, warum nimmt er dich nicht mit?

Schämt er sich der Bauerntochter?" und zornig stieß er seinen Stock auf die Erde.

„Der Zorn verwirrt dich!

Du grollst, daß er mich vom Berg in's Thal der Wälschen geführt — und grollst ebenso, weil er mich nicht nach Rom mitten unter sie führt!"

„Du sollst's auch nicht thun!

Aber er soll's wollen.

Er soll dich nicht entbehren können.

Aber des Königs Feldherr wird sich des Bauernkindes schämen."

Da, ehe Rauthgundis antworten konnte, sprengte ein Reiter an das jetzt verschloßne Hofthor, vor dem sie eben standen.

„Auf, aufgemacht!" rief er, mit der Keule an die Pfosten schlagend.

„Wer ist da draußen?" fragte der Alte vorsichtig.

„Aufgemacht! so lang läßt man einen Königsboten nicht warten!"

„Es ist Wachis," sprach Rauthgundis, den schweren Riegelbalken im Ring zurückschiebend, „was bringt dich so plötzlich zurück?"

„Du bist es selbst, die mir öffnet!" rief der treue Mann, „o Gruß und Heil, Frau Königin der Gothen!

Der Herr ist zum König des Volks gewählt.

Diese mein Augen sahen ihn hoch auf den Heerschild gehoben: er läßt dich grüßen: und entbietet dich und Athalwin nach Rom.

In zehn Tagen sollst du aufbrechen."

In allem Schrecken und in aller Freude und zwischen allen Fragen durch konnte sich Rauthgundis nicht enthalten eines freudig stolzen Blicks auf ihren Vater: dann warf sie sich an seine Brust und weinte.

„Nun," fragte sie endlich sich losmachend, „Vater, was sagst du nun?"

„Was ich sage?

Jetzt ist das Unglück da, das mir geahnt!

Ich gehe noch heute Nacht zurück auf meinen Berg."

Zweites Capitel.

Während die Gothen bei Regeta tagten, umklammerte in weit geschwungenem Halbkreis das mächtige Heerlager Belisars die hart bedrängte Stadt Neapolis.

Rasch, unaufhaltsam wie ein Brand in getrocknetem Heidegras, hatte sich das Heer der Byzantiner von der äußersten Süd-Ostspitze Italiens bis vor die Mauern der parthenopeischen Stadt gewälzt, ohne Widerstand zu finden.

Denn, Dank den Befehlen Theodahads, waren nicht hundert Gothenkrieger in jenen Gegenden zu finden.

Das kurze Vorpostengefecht am Passe Jugum war der einzige Aufenthalt, auf den die Griechen stießen: die römische Bevölkerung von Bruttien mit den Städten Regium, Vibo und Squyllacium, Tempsa und Croton, Ruscia und Thurii, von Calabrien mit den Städten Gallipolis, Tarentum und Brundusium, von Lucanien mit den Städten Velia und Buxentum, von Apulien mit den Städten Acheruntia und Canusium, Salernum, Nuceria und Campsä, und viele andere Städte nahmen Belisar mit Jubel auf, als er ihnen im Namen des rechtgläubigen Kaisers Justinian die Befreiung von dem Joche der Ketzer und Barbaren verkündete.

Bis an den Aufidus im Osten, bis an den Sarnus im Südwesten war Italien den Gothen entrissen und erst an den Wällen von Neapel brach sich der Ungestüm dieser feindlichen Wogen.

Und wohl ein herrliches Kriegsschauspiel waren diese Heerlager Belisars zu nennen.

Im Norden, vor der Porta Nolana, dehnte sich das Lager Johannes des Blutigen.

Diesem tapfern Führer war die Via Nolana anvertraut und die Aufgabe, die Straße nach Rom zu erzwingen.

Hier in den breiten Wiesenflächen, auf den Satfeldern fleißiger Gothen, tummelten die Massageten und die gelben Hunnen ihre kleinen, häßlichen Gäule.

Daneben lagerten leichte persische Söldner, in Linnenpanzern, mit Pfeil und Bogen; dann schwere armenische Schildträger, Makedonen mit zehn Fuß langen Sarissen (Lanzen) und große Massen thessalischer und thrakischer, aber auch saracenischer Reiter, zu verhaßter Unthätigkeit in diesem Belagerungskampf verurtheilt und ihre Muße nach Kräften ausfüllend mit Streifzügen in's Innere des Landes.

Das mittlere Lager, gerade im Osten der Stadt, war von dem Hauptheer erfüllt: Belisars großes Feldherrnzelt von blauer sidonischer Seide, mit dem Purpurwimpel, ragte in seiner Mitte.

Hier stolzirte die Leibwache, welche Belisar selbst bewaffnete und besoldete und zu der nur die erlesensten Leute, die sich dreimal durch Todesverachtung im Kampf aus= gezeichnet, zugelassen wurden — aus ihr gingen Belisars Schüler und beste Heerführer hervor, — in reichver= goldeten Helmen mit rothen Roßhaarkämmen, den besten Brust= und Beinharnischen, ehernen Schilden, dem breiten Schwert und der partisanen=gleichen Lanze.

Hier bildeten den Kern des Fußvolks achttausend Illyrier, die einzige gute Truppe, welche das Griechen= reich noch selbst stellte: hier aber lagerten auch unter dem Befehl ihrer Stammesfürsten die avarischen, bulgarischen, sarmatischen und auch germanischen Scharen, wie Heruler und Gepiden, welche Byzanz um schweres Geld werben mußte, den Mangel der kriegsfähigen Mannschaft zu decken. Hier auch die ausgewanderten und die vielen Tausend übergegangenen Italier.

Endlich das südwestliche Lager, das sich dem Strand entlang dehnte, befehligte Martinus, der den Belagerungs= werkzeugen vorstand: hier standen die Katapulten und Ballisten, die Mauerbrecher und Wurfmaschinen in Vor= rath: hier wogten die isaurischen Bundesgenossen und die Contingente, welche das neu von den Vandalen zurück= eroberte Afrika stellte: maurische, numidische Reiter, libysche Schleuderer durcheinander.

Aber vereinzelt waren Abenteurer und Söldner fast aus allen Barbarenstämmen der drei Erdtheile vertreten: Bajuvaren von der Donau, Alamannen vom Rhein, Franken von der Maas, Burgunden von der Rhone, dann wieder Anten vom Dniester, Lazier vom Phasis, pfeilkundige Abasgen, Sabiren, Lebanthen und Lykaonen aus Asien und Afrika.

So bunt zusammengesetzt aus barbarischen Haufen war die Kriegsmacht, mit welcher Justinian die gothischen Barbaren vertreiben und Italien befreien wollte.

Den Befehl über die Vorposten hatten immer und überall die Leibwächter Belisars: und diese Kette zog sich um die Stadt her von der Porta Capuana fast bis an die Wogen des Meeres.

Neapolis aber war schlecht befestigt und schwach besetzt.

Nicht tausend Gothen waren es, welche die ausgedehnten Werke gegen ein Heer von vierzigtausend Byzantinern und Italiern vertheidigen sollten.

Graf Uliaris, der Befehlshaber der Stadt, war ein tapfrer Mann und hatte bei seinem Bart geschworen, die Veste nicht zu übergeben. Aber auch er hätte der überlegnen Macht und Feldherrnkunst Belisars wohl nicht lange widerstehen können, wäre nicht ein glücklicher Umstand ihm zu Hülfe gekommen.

Das war die unzeitige Rückkehr der griechischen Flotte nach Byzanz.

Als nämlich Belisar, nachdem er sein gelandetes Heer in Regium eine Nacht geruht und gemustert hatte, den allgemeinen Aufbruch mit der Land- und Seemacht gegen Neapolis befahl, sandte ihm sein Nauarchos Konon einen bisher geheim gehaltnen Auftrag des Kaisers, wonach die Flotte sofort nach der Landung nach Nikopolis an der griechischen Küste zurücksegeln solle, angeblich, neue

Verstärkungen herüberzuholen, in Wahrheit aber nur, den Prinzen Germanus, Justinians Neffen, mit den kaiserlichen Lanzenträgern nach Italien zu führen, der die Siegesschritte Belisars beobachten, überwachen, nöthigenfalls hemmen und, als Oberfeldherr, die Interessen des kaiserlichen Mißtrauens gegen den Unterfeldherrn Belisar wahren sollte.

Zähneknirschend mußte Belisar seine Flotte im Augenblick, da er ihrer am Meisten bedurfte, absegeln sehen: und nur mit vielen Bitten erlangte er, daß ihm der Naucharch vier Kriegs-Triremen, welche noch bei Sicilien kreuzten, zu senden versprach.

So hatte denn Belisar, als er sich anschickte Neapolis zu belagern, die Stadt zwar von Nord-Ost, Ost und Südost mit seiner Landmacht eng einschließen können — den Westen, die Straße nach Rom, durch Castellum Tiberii gedeckt, hielt Graf Uliaris mit höchster Kraft frei — aber den Hafen von Neapolis und seine Verbindung mit der See hatte er nicht zu sperren vermocht.

Anfangs zwar tröstete er sich damit, daß ja auch die Belagerten keine Flotte hätten und also von ihrer Verbindung mit dem Meer nicht eben viel Vortheil würden ziehen können.

Aber hier trat ihm zuerst das Talent und die Kühnheit eines Gegners in den Weg, den er später noch mehr fürchten lernen sollte.

Das war Totila.

Kaum hatte dieser Neapolis erreicht, der Leiche des alten Valerius mit Julius die letzte Ehre erwiesen und

die ersten Thränen Valeria's getrocknet, als er mit rast-
loser Thätigkeit an der Aufgabe arbeitete, eine Flotte
aus dem Nichts zu schaffen.

Er war Befehlshaber des Geschwaders von Neapolis:
aber dieses ganze Geschwader hatte König Theodahad
schon vor Wochen, trotz Totila's Vorstellungen, Belisar
aus dem Wege nach Pisa beordert, wo es die Arnus-
mündung bewachen sollte.

So besaß Totila von Anfang nichts als drei leichte
Wachtschiffe, von denen er zwei bei Sicilien verloren hatte:
und er war nach Neapolis gekommen, an jedem Widerstand zur See verzweifelnd.

Aber da er das Unglaubliche vernahm, daß die byzantinische Flotte nach Hause gegangen sei, belebte sich sofort seine Hoffnung.

Und nun ruhte er nicht, bis er aus großen
Fischerboten, Kaufmannsschiffen, Hafenkähnen und in
der Eile nothdürftig seetüchtig gemachten Wracks der
Werften sich eine kleine Flotille von etwa zwölf Segeln
gebildet, welche freilich weder einem Sturm auf hoher
See noch einem einzigen Kriegschiff Trotz bieten konnte,
aber doch vortreffliche Dienste leistete, die sonst völlig
abgeschnittene Stadt von Bajä, Cumä und anderen
Städten im Nord-Westen her mit Lebensmitteln zu versehen, die Bewegungen der Feinde an den Küsten
zu beobachten und mit unaufhörlichen Angriffen zu quälen,
indem Totila mit einer kleinen Schar oft im Süden,
im Rücken der griechischen Lager, landete, sich in's Land
schlich, bald hie, bald da einen Trupp der Feinde über-

fiel und zersprengte und solche Unsicherheit verbreitete, daß sich die Byzantiner nur in starken Abtheilungen und nie zu weit von ihren Lagern zu entfernen wagten, während diese Erfolge die hart bedrängte, von steten Wachdiensten und Kämpfen angegriffene Mannschaft des Uliaris immer wieder ermuthigten.

Bei alledem konnte sich Totila nicht verhehlen, daß ihre Lage schon jetzt eine höchst bedenkliche und, sowie einige griechische Schiffe vor der Stadt erschienen, eine unhaltbare werde.

Er verwandte daher einen Theil seiner Bote dazu, täglich eine Anzahl von wehrunfähigen Einwohnern aus Neapolis aufwärts nach Bajä und Cumä zu schaffen, wobei er die Anforderung der Reichen, daß diese Rettungsfahrten nur gegen Bezahlung statt finden sollten, streng zurückwies und ohne Unterschied Arme wie Reiche in seine rettenden Schiffe aufnahm.

Vergebens hatte Totila widerholt und immer dringender Valeria gebeten, unter dem Schutz von Julius auf diesen Schiffen zu flüchten: noch wollte sie sich nicht von dem Sarge ihres Vaters, noch von dem Geliebten nicht trennen, dessen Lob als des Schirmers der Stadt sie nur zu gern aus aller Munde einsog.

Und ruhig fuhr sie fort, in ihrem väterlichen Hause ihrer Trauer und ihrer Liebe zu leben.

Drittes Capitel.

In diesen ersten Tagen der Belagerung empfand auch Miriam die höchsten Freuden und die höchsten Schmerzen ihrer Liebe.

Häufiger als je konnte sie sich in des Geliebten Anblick sonnen: denn die Porta Capuana war ein wichtiger Punct der Befestigung, den der See-Graf oft besuchen mußte.

In der Thurmstube des alten Isak hielt er täglich mit Graf Uliaris den traurigen Kriegsrath.

Dann pflegte Miriam, wenn sie die Männer begrüßt und das schlichte Mahl von Früchten und Wein auf den Tisch gestellt, hinunter zu schlüpfen in das enge Gärtlein, das dicht hinter der Thurmmauer lag.

Der Raum war ursprünglich ein kleiner Hof im Tempel der Minerva, der Mauerbeschützerin, gewesen, der man gern an den Hauptthoren der Städte einen Altar errichtete.

Seit Jahrhunderten war der Altar verschwunden: aber noch ragte hier der alte mächtige Olivenstamm, welcher einst die der Göttin geweihte Statue beschattet hatte:

und rings um dufteten die Blumen, welche Miriams liebevolle Hand hier gepflegt und oft für die Braut des Geliebten gebrochen hatte.

Grade gegenüber dem riesigen Oelbaum, dessen knorrige Wurzeln über die Erde hervorstarrten und eine dunkle Oeffnung in den Erdgeschossen des alten Tempels zeigten, war von dem Christenthum ein großes, schwarzes Holzkreuz angebracht über einem kleinem Betschemel, der aus einer Marmorstufe des Minervatempels gebildet war: man liebte, die Stätten des alten Gottesdienstes dem neuen zu unterwerfen und die alten Götter, die jetzt zu Dämonen geworden, durch die Symbole des siegreichen Glaubens zu verscheuchen.

Unter diesem Kreuz saß das schöne Judenmädchen oft Stunden lang mit der alten Arria, der halbblinden Wittwe des Unterpförtners, welche, nach dem frühen Tod von Isaks Weib, wie eine Mutter das Heranblühen der kleinen Miriam mit ihren Blumen in dem öden Gestein der alten Mauern überwacht hatte.

Da hatte sie viele Jahre lang still lauschend zugehört, wie die fromme Alte in fleißigem Gebet zu dem Gott der Christen flehte: und unwillkürlich war so mancher Strahl der milbern, hellern Liebeslehre des Nazareners in das Herz der Heranwachsenden gedrungen.

Jetzt, da Alter und Erblindung die Wittwe hülfsbedürftig gemacht, vergalt Miriam mit liebevoller Treue der Pflegerin ihrer Kindheit.

Mit Rührung nahm Arria diese Treue hin; ihr altes Herz umschloß mit Dank und Liebe und Mitleid das herrliche Geschöpf, dessen mächtige Liebe zu dem schönen Gothen sie längst erkannt und beklagt, aber nie gegenüber der scheuen Jungfrau berührt hatte.

Am Abend des dritten Tages der Belagerung schritt Miriam nachdenklich die breiten Mauerstufen nieder, die von der Thurmpforte in den Garten führten: ihr schönes. seelentiefes Auge glitt, in ernstes Sinnen verloren, über die duftigen Blumen der Beete hin: auf der letzten Stufe blieb sie träumend stehen, die linke Hand auf den Mauerrand lehnend.

Arria kniete auf dem Betschemel, ihr den Rücken wendend, und betete laut.

Sie würde die Nahende nicht bemerkt haben, wenn nicht geflügeltes Leben plötzlich den stillen Hof beseelt hätte: denn in den breiten Zweigen der Olive nisteten die schönsten weißen Tauben, der einsamen Miriam einzige Gespielinnen.

Als diese die vertraute Gestalt auf den Stufen er= scheinen sahen, erhoben sie sich Alle, in schwirrendem Flug ihr schönes Haupt umschwärmend; eine ließ sich auf des Mädchens linke Schulter nieder, die andere auf dem feinen Gelenk der Rechten, welche Miriam aus ihrem Traume geweckt, lächelnd ausstreckte.

„Du bist's, Miriam! deine Tauben verkünden dich!" sprach Arria sich wendend.

Und das schöne Mädchen stieg die letzte Stufe nieder, langsam, die Vögel nicht zu verscheuchen: die Abend= sonne fiel durch die Blätter der Olive auf ihre pfirsich= rothen Wangen: es war ein lieblich Bild.

„Ich bin's, Mutter!" sagte Miriam, sich zu ihr setzend. „Und ich hab' eine Bitte.

Wie lautet," fragte sie leiser, „dein Spruch vom Leben nach dem Tode, dein Glaubensspruch? — „ich glaube an die Gemeinschaft" — —

„An die Gemeinschaft der Heiligen, Auferstehung des Fleisches und ein ewiges Leben."

Wie kömmst du auf diese Gedanken."

„Ei nun," sagte Miriam, „mitten im Leben stehen wir im Tode, sagt der Sänger von Zion.

Und jetzt wir besonders!

Fliegen nicht täglich Pfeile und Steine in die Straßen?

Aber — Ich will noch Blumen pflücken!" sprach sie wieder aufstehend.

Arria schwieg einen Augenblick.

„Aber der Seegraf war heute schon da: mir ist, ich hätte seine helle Stimme gehört."

Miriam erröthete leicht.

„Sie sind nicht für ihn," — sprach sie dann ruhig — „für sie."

„Für sie?"

„Ja, für seine Braut.

Ich habe sie heute zum ersten Male gesehen.

Sie ist sehr schön.

Ich will ihr Rosen schenken."

„Du hast sie gesprochen. Wie ist sie geartet?"

„Nur gesehen, sie bemerkte mich nicht.

Ich schlich schon lange um den Palast der Valerier, seit sie hier ist.

Heute ward sie in die Sänfte gehoben, sie ward in die Basilika getragen.

Ich lehnte hinter der Säule ihres Hauses."

„Nun, ist sie seiner würdig?"

„Sie ist sehr schön.

Und vornehm.

Und klug sieht sie aus: auch gut.

Aber," seufzte Miriam, „nicht glücklich.

Ich will ihr Rosen schenken.

Mutter," sagte sie nach einiger Zeit sich wieder mit ihren duftigen Blumen zu ihr setzend, „was bedeutet das: „die Gemeinschaft der Heiligen".

Sollen nur die Christen dann beisammen leben?

Nein, nein!" fuhr sie fort, ohne die Antwort abzuwarten, „das kann nicht sein.

Entweder Alle, Alle Guten oder" — und sie seufzte. „Mutter, in den Büchern Mosis steht nichts davon, daß die Menschen erwachen aus dem Tode.

O und es wäre auch so schrecklich nicht," sprach sie, die Rosen zusammenfügend, „endlich ausruhn!

Ganz ausruhn!

In süßer, stiller, traumloser Nacht.

Ausruhn vom Leben!

Denn giebt es Leben ohne Schmerz? ohne Sehnen? ohne leisen, niegestillten Wunsch?

Ich kann's nicht denken."

Und sie hielt inne im Flechten ihres Kranzes, und stützte das Haupt auf das Hand-Gelenk.

Die Tauben flogen weg: denn die Herrin achtete ihrer nicht.

„Den Seinen hat der Herr," sprach Arria feierlich, „die selige Stätte bereitet: sie wird nicht mehr hungern noch dürsten.

Es wird auch nicht auf sie fallen die Sonne, oder irgend eine Hitze.

Denn Gott der Herr wird sie leiten zu dem lebendigen Wasserbrunnen und abwischen alle Thränen von ihren Augen."

„Alle Thränen von ihren Augen," sprach Miriam nach.

„Rede weiter. Es klingt so gut."

„Dort werden sie leben, wunschlos, den Engeln gleich: und sie werden Gott schauen und sein Friede wird Palmen-Schatten über sie breiten: sie werden vergessen Haß und Liebe und Schmerz und Alles, was ihre Herzen bewegt auf Erden.

Und ich habe viel gebetet, Miriam, für dich: und auch deiner wird sich der Herr erbarmen und dich versammeln zu den Seinen."

Aber Miriam schüttelte leise das Haupt.

„Nein, Arria, da ist fast beßrer Trost der ewige Schlaf.

Denn wie kann deine Seele lassen von dem, was deiner Seele Leben ist?

Wie kannst du abthun dein tiefstes Sein und doch dieselbe bleiben?

Wie soll ich selig sein und vergessen was ich liebe!

Ach, nur das, daß wir lieben, ist ja des Lebens werth.

Und hätt' ich zu wählen: hier alle Seligkeit des Himmels und sollte abthun meines Herzens einzig Gut: oder behalten meines Herzens Liebe mit all' ihrer ewigen Sehnsucht, — ich neidete den Seligen ihren Himmel nicht. Ich wählte meine Liebe und mein Weh."

„Kind, sprich nicht so! lästre nicht.

Sieh, was geht über Mutterliebe? nichts auf Erden!

Doch wird auch sie im Himmel nicht mehr leben!

Die Liebe, die das Mädchen zieht zum Mann, sie ist ein Traum von Gold.

Mutterliebe ist ein ehern Band, das ewig schmerzend bindet.

O mein Jucundus, mein Jucundus!

Möchtest du bald wieder kommen, daß ich dich noch schauen kann hienieden, eh meine Augen volle Nacht bedeckt.

Denn droben im Himmelreich wird auch die Mutterliebe untergehen in der ewigen Liebe Gottes und der Heiligen.

Und doch möcht' ich ihn noch einmal fassen und umfangen und mit den Händen betasten sein geliebtes Haupt.

Und höre nur, Miriam: ich hoffe und vertraue: bald, bald werd' ich ihn wieder sehen."

„Du darfst mir nicht sterben, Arria."

„Nein, so mein' ich's nicht! hier auf Erden noch muß ich ihn wieder sehen.

Ich muß ihn wieder kommen sehen des Weges, den er gegangen."

„Mutter," sagte Miriam sanft, wie man einem Kinde einen Wahn ausredet, „wie magst du noch immer daran glauben!

Dein Jucundus ist seit dreißig Jahren verschwunden!"

„Und doch kann er wieder kommen!

Es ist nicht möglich, daß der Herr all' meiner Thränen nicht geachtet, all' meiner Gebete.

Was war er für ein braver Sohn!

Mit seiner Hände Arbeit ernährte er mich, bis er erkrankte und Axt und Schaufel nicht mehr führen konnte: und wir litten Noth.

Da sprach er: „Mutter, ich kann's nicht mehr mit ansehen, daß du darbest.

Du weißt, in den Gängen des alten Tempels, dort unter dem Oliven-Stamm, sind Schätze der Heidenpriester vergraben: der Vater drang einmal hinein und brachte eine goldene Spange zurück.

Ich will hinein schlüpfen, so tief ich kann, ob ich von dem verborgnen Gold nichts finde: und Gott wird mich beschützen."

„Und ich sagte Amen.

Denn die Noth war schwer: und ich wußte wohl, der Herr werde den frommen Sohn der Wittwe behüten.

Und wir beteten mit einander eine Stunde, hier vor dem Kreuz.

Und dann erhob sich mein Jucundus und drang in die Höhlung dort unter den Wurzeln der Olive.

Ich horchte dem Schall seiner Bewegungen, bis er verhallte.

Er ist noch immer nicht zurückgekommen.

Aber todt ist er nicht!

O nein! Kein Tag vergeht, daß ich nicht denke: heut' führt ihn Gott zurück.

War nicht auch Joseph fern lange Jahre in Aegyptenland? und doch haben Jacob's Augen ihn wieder gesehen.

Und mir ist, heut' oder morgen sehe ich ihn wieder.

Denn heute Nacht im Traum hab' ich ihn gesehen, wie er im weißem Gewand herauf schwebte aus der Höhlung dort: und beide Arme breitete er aus: und ich rief ihn bei'm Namen und wir waren vereint auf ewig.

Und so wird's werden: denn der Herr erhöret das Flehen der Betrübten und wer ihm traut, wird nicht zu Schanden werden."

Und die Alte erhob sich, drückte Miriams Hand und ging in ihr kleines Häuschen.

Allmählig war der Mond voll aufgegangen und erhellte zaubrisch das enge Gärtchen, in welches des Thurmes schwere Schatten fielen: und stark dufteten die Rosen.

Miriam stand auf und blickte an dem Kreuz empor. „Welch mächtiger Glaube! welch lebendiger Trost! welch milde Lehre!

Ist es so?

Ist der Mann, der dort am Kreuz in Todesweh das Haupt gebeugt, ist er der Messias?

Ist er aufgefahren gen Himmel und sorget für die Seinen, wie ein Hirt, der seine Lämmer weidet? — — — Ich aber zähle nicht zu seiner Herde!

An jenem Trost hat Miriam keinen Theil.

Mein Trost ist meine Liebe mit all' ihrem Weh: sie ist meine Seele selbst geworden.

Und ich sollte einst dort oben über den Sternen hinschweben, ohne diese Liebe?

Dann wär' ich nicht Miriam mehr!

Oder soll ich sie mit hinauf tragen: und wieder zurück stehn? und wieder durch alle Ewigkeit die Römerin an seiner Seite sehn?

Sollen sie dort wohnen und wandeln in der Fülle des Glanzes und ich im trüben Nebel einsam folgen und nur von ferne leuchten sehen den Saum seines weißen Gewandes?

Nein, o nein, viel besser, wie meine Blumen hier, erblühn am Sonnenblick der Liebe, duften und glühen eine kurze Weile, bis sie die Sonne versengt, die sie geweckt und geopfert hat: und verwehen in ewige Ruhe, nachdem der weiche, süße, unselige Drang nach dem Lichte gebüßt" — —

„Gute Nacht, Miriam, lebewohl!" rief eine melodische Stimme.

Und fast erschrocken blickte sie auf: und sah noch des

Gothen weißen Mantel vor der Treppe um die Ecke verschwinden.

Uliaris ging nach der entgegengesetzten Seite.

Rasch sprang sie die Stufen hinan und sah dem weißen Mantel, der silbern im Mondlicht glänzte, nach, lang, lang bis er verschwand in fernen Schatten. —

Viertes Capitel.

Alle Tage zweimal traten so Uliaris und Totila zusammen, berichteten ihre Erfolge, ihre Verluste und prüften ihre Aussichten zur Rettung der Stadt.

Aber am zehnten Tage der Belagerung etwa rasselte Uliaris vor Tagesanbruch auf das Verdeck von Totila's „Admiralschiff", eines morschen Muränenfängers, wo der Seegraf von Neapel, von einem zersetzten Segel gedeckt, schlief.

„Was ist?" rief Totila auffahrend, noch im Traum, „der Feind? wo?" —

„Nein, mein Junge, diesmal ist's noch Uliaris, nicht Belisar, der dich weckt. Aber lange, beim Strahl, wird's nicht mehr dauern."

„Uliaris, du blutest — dein Kopf ist verbunden!"

„Bah, war nur ein Streifpfeil!

Zum Glück kein giftiger.

Ich holt' ihn mir heut' Nacht.

Du mußt wissen: die Dinge stehen schlecht, schlechter als je seit gestern.

Der blutige Johannes, Gott hau' ihn nieder, gräbt

sich wie ein Dachs an unser Castell Tiberii: und hat er das, dann · gute Nacht, Neapolis!

Gestern Abend hat er eine Schanze auf dem Hügel .über uns vollendet und wirft uns Brandpfeile auf die Köpfe.

Ich wollt' ihn heute Nacht aus seinem Bau werfen, ging aber nicht

Sie waren sieben gegen Einen und ich gewann nichts damit als diesen Schuß vor meinen grauen Kopf."

„Die Schanze muß weg," sagte Totila nachsinnend.

„Den Teufel auch, aber sie will nicht!

Aber mehr. Die Bürger, die Einwohner fangen an und werden schwierig.

Täglich schießt Belisar hundert stumpfe Pfeile mit seinem „Aufruf zur Freiheit!" herein.

Die wirken mehr noch als die tausend scharfen.

Schon fliegt hie und da ein Steinwurf von den Dächern auf meine armen Burschen.

Wenn das wächst — —! — Wir können nicht mit tausend Mann vierzig tausend Griechen draußen abhalten und dreißig tausend Neapolitaner drinnen: drum meine ich" — und sein Auge blickte finster —

„Was meinst du?"

„Wir brennen ein Stück der Stadt nieder! Die Vorstadt wenigstens" —

„Damit uns die Leute lieber gewinnen?

Nein, Uliaris, sie sollen uns nicht mit Recht Barbaren schelten.

Ich weiß ein besser Mittel — sie hungern: ich habe

gestern vier Schiffsladungen Oel und Korn und Wein hereingeführt, die will ich vertheilen."

„Oel und Korn, meinethalben! aber den Wein, nein! Den fordre ich für meine Gothen, die trinken schon lang Cisternenwasser, pfui Teufel!"

„Gut, durstiger Held, ihr sollt den Wein für euch haben."

„Nun? Und noch keine Botschaft von Ravenna? von Rom?"

„Keine! Mein fünfter Bote ist gestern fort."

„Gott hau' ihn nieder, unsern König.

Höre Totila, ich glaube nicht, daß wir lebendig aus diesen wurmstichigen Mauern kommen!"

„Ich auch nicht!" sagte Totila ruhig und bot seinem Gast einen Becher Wein.

Uliaris sah ihn an: dann trank er und sagte: „Goldjunge, du bist echt und dein Cäluber auch.

Und muß ich hier umkommen, wie ein alter Bär unter vierzig Hunden, — mich freut's doch, daß ich dich dabei so gut kennen gelernt: dich und deinen Cäluber."

Mit dieser rauhen Freundlichkeit stieg der graue Gothe vom Verdeck.

Totila schickte den Leuten im Castell Wein und Korn und sie labten sich herzlich daran.

Als aber Uliaris am andern Morgen aus dem Thurm des Castells lugte, rieb er sich die Augen.

Denn auf der Hügelschanze wehte die blaue gothische Fahne.

Totila war in der Nacht im Rücken der Feinde ge=

landet und hatte das Werk in kühnem Anlauf genommen.

Aber diese neue Keckheit reizte den ganzen Zorn Belisars.

Er schwur, den verwegnen Planken ein Ende zu machen um jeden Preis.

Höchst erwünscht trafen ihm zur Stunde die vier Kriegsschiffe von Sicilien her auf der Höhe von Neapolis ein.

Belisar befahl, sie sollten sofort in den Hafen von Neapolis dringen und den Seeräubern das Handwerk legen.

Stolz rauschten noch am Abend des gleichen Tages die vier mächtigen Triremen heran und legten sich an der Einfahrt des Hafens vor Anker.

Belisar selbst eilte mit seinem Gefolge an die Küste und freute sich, die Segel von der Abendsonne vergoldet zu sehen:

„Die aufgehende Sonne sieht sie in den Hafen der Stadt fahren trotz jenem Tollkopf," sprach er zu Antonina, die ihn begleitete, und wandte seinen Schecken zurück nach dem Lager.

Noch hatte er am andern Morgen das Feldbett nicht verlassen — Prokopius, sein Rechtsrath, stand vor ihm und las ihm den entworfnen Bericht an Justinian — da erschien in seinem Zelt Chanaranges, der Perser, der Führer der Leibwächter, und rief:

„Die Schiffe, Feldherr, die Schiffe sind genommen."

Wüthend sprang Belisar aus den Decken und rief:

„Der soll sterben, der das sagt."

„Beſſer wäre es" meinte Prokopius, „der ſtürbe, der es gethan."

„Wer war es?"

„Ach Herr, der junge Gothe mit den blitzenden Augen und dem leuchtenden Haar."

„Totila!" ſprach Beliſar, „ſchon wieder Totila."

„Die Bemannung lag zum Theil am Strand, bei meinen Vorpoſten, zum Theil ſchlaftrunken unter Deck. Plötzlich, um Mitternacht, wird's lebendig ringsum, als wären hundert Schiffe aus der Tiefe des Meeres getaucht."

„Hundert Schiffe! Zehn Nußſchalen hat er!"

„Im Augenblick und lang eh' wir vom Strand zu Hülfe kommen können, ſind die Schiffe geentert, die Leute gefangen, Eine der Triremen, deren Ankertau nicht raſch zu kappen war, in Brand geſteckt, die andern drei nach Neapolis geführt."

„Sie ſind noch früher in den Hafen gekommen, als du dachteſt, o Beliſar," ſprach Prokopius.

Aber Beliſar hatte ſich jetzt wieder ganz in der Gewalt.

„Nun hat der kecke Knabe Kriegsſchiffe! nun wird er unerträglich werden.

Jetzt muß ein Ende werden." Er drückte den prächtigen Helm auf das majeſtätiſche Haupt:

„Ich wollte der Stadt, der römiſchen Einwohner ſchonen: es geht nicht länger.

Prokopius, geh und entbiete hierher die Feldherrn Magnus, Demetrius und Conſtantianus, Beſſas und

Ennes, und Martinus, den Geschützmeister; ich will ihnen zu thun geben vollauf.

Sie sollen ihres Sieges nicht froh werden, die Barbaren, sie sollen Belisar kennen lernen."

Alsbald erschien im Zelte des Oberfeldherrn ein Mann, der trotz des Brustpanzers, den er trug, mehr einem Gelehrten als einem Krieger glich.

Martinus, der große Mathematiker, war eine friedliche, sanfte Natur, die lange im stillen Studium des Euklid ihre Seligkeit gefunden.

Er konnte kein Blut sehen und keine Blume knicken.

Aber seine mathematischen und mechanischen Studien hatten ihn eines Tages dahin geführt, eine neue Wurfmaschine von furchtbarer Schleuderkraft, wie im Vorbeigehn, zu erfinden; er legte den Plan Belisar vor und dieser, entzückt, ließ ihn gar nicht mehr in sein Studirzimmer zurück, sondern schleppte ihn sofort zum Kaiser und zwang ihn „Geschützmeister des Magister-Militum per Orientem", d. h. eben Belisars, zu werden; er erhielt einen glänzenden Sold und war nur contractlich verpflichtet, jedes Jahr eine neue Kriegsmaschine herzustellen.

Mit Seufzen ersann nun der sanfte Mathematiker jene gräßlichen Zerstörungswerkzeuge, welche die Wälle der Vesten, die Thore der Burgen niederschmetterten, unlöschbares Feuer in die Städte der Feinde Justinians schleuderten und Menschen zu vielen tausenden niederrafften.

Er hatte wohl jedes Jahr seine Freude an der mathematischen Aufgabe, die er in unermüdlichem Fleiß sich stellte: aber war nun die Aufgabe gelöst, so dachte er mit Schaudern an die Wirkungen seiner Gedanken.

Mit trauriger Miene erschien er deshalb vor Belisar

„Martine, Zirkeldreher," rief dieser ihm zu, „jetzt zeige deine Kunst!

Wie viele Katapulten, Ballisten, Wurf-Maschinen im Ganzen haben wir?"

„Dreihundertfünfzig, Herr!"

„Gut! Vertheile sie um unsere ganze Belagerungslinie!

Oben im Norden, bei der Porta Capuana und bei dem Castell, die Mauerbrecher gegen die Wälle!

Sie müssen nieder und wären sie Diamant.

Vom Mittel-Lager aus richte die Geschosse von oben, im Bogenwurf, in die Straßen der Stadt.

Biete alle Kraft auf, setze keinen Augenblick aus, vierundzwanzig Stunden lang!

Laß die Truppen sich ablösen.

Laß alle Werkzeuge spielen."

„Alle, Herr?" sprach Martinus. „Auch die neuen? Die Pyrobalisten, die Brandgeschosse?"

„Auch die! die zumeist!"

„Herr, sie sind gräßlich! du kennst noch ihre Wirkung nicht." —

„Wohlan! Ich will sie kennen lernen und erproben."

„An dieser herrlichen Stadt?

An des Kaisers Stadt?

Willst du Justinian einen Schutthaufen erobern?"

Die Seele Belisars war edel und groß.

Er war unwillig über sich, über Martinus, über die Gothen.

„Kann ich denn anders?" zürnte er, „diese eisenköpfigen Barbaren, dieser tolldreiste Totila zwingen mich ja.

Fünfmal hab ich ihnen Capitulation angeboten.

Es ist Wahnsinn!

Nicht dreitausend Mann stecken in den Wällen.

Bei'm Haupte Justinians! warum stehen die fünfzigtausend Neapolitaner nicht auf und entwaffnen die Barbaren?"

„Sie fürchten wohl deine Hunnen ärger als ihre Gothen," meinte Prokop.

„Schlechte Patrioten sind sie!

Vorwärts Martinus!

In einer Stunde muß es brennen in Neapolis."

„In kürzerer Zeit," seufzte der Geschützmeister, „wenn es denn doch sein muß.

Ich habe einen kundigen Mann mitgebracht, ter uns viel helfen kann und die Arbeit vereinfachen: er ist ein lebendiger Plan der Stadt.

Darf ich ihn bringen?"

Belisar winkte und die Wache rief einen kleinen, jüdisch aussehenden Mann herein.

„Ah, Jochem, der Baumeister!" sprach Belisar.

„Ich kenne dich wohl, von Byzanz her.

Du wolltest ja die Sophienkirche bauen.

Was ward daraus?"

„Mit eurer Gunst, Herr: nichts."

„Warum nichts?"

„Mein Plan belief sich nur auf eine Million Centenare Goldes: das war der kaiserlichen Heiligkeit zu wenig.

Denn je mehr eine Christenkirche gekostet, desto heiliger und gottgefälliger ist sie.

Ein Christ forderte das Doppelte und erhielt den Auftrag."

„Aber ich sah dich doch bauen in Byzanz?"

„Ja, Herr, mein Plan gefiel dem Kaiser doch!

Ich änderte ein wenig, nahm die Altarstelle heraus und baute ihm danach eine Reitschule."

„Du kennst Neapolis genau? Von Außen und Innen?"

„Von Außen und Innen. Wie meinen Geldsack."

„Gut, du wirst dem Strategen die Geschütze richten gegen die Wälle und in die Stadt.

Die Häuser der Gothenfreunde müssen zuerst nieder.

Vorwärts! mache deine Sache gut! sonst wirst du gepfählt. Fort!"

„Die arme Stadt!" seufzte Martinus.

„Aber du sollst sehen, Jochem, die Pyrobalisten, sie sind höchst genau — und sie gehen so leicht — ein Kind kann sie loslassen! Und sie wirken allerliebst."

Und nun begann entlang dem ganzen Lager eine ungeheure und verderbenschwangere Thätigkeit.

Die Gothenwachen auf den Zinnen sahen herab, wie die schweren Colosse, die Maschinen, mit zwanzig bis dreißig Rossen, Kamelen, Eseln, Rindern bespannt, längs den Mauern hingezogen und auf der ganzen Linie vertheilt wurden.

Besorgt eilten Totila und Uliaris auf die Wälle und suchten, Gegenmaßregeln zu treffen.

Säcke mit Erde wurden an den von den Mauerbrechern bedrohten Stellen herabgelassen: Feuerbrände bereit gehalten, die Maschinen, wenn sie nahten, in Brand zu stecken; siedendes Wasser, Pfeile und Steine gegen die Bespannung und die Bedienung gerichtet: und schon lachten die Gothen der feigen Feinde, als sie bemerkten, wie die Maschinen, weit außer der gewohnten Schußweite und den Belagerten völlig unerreichbar, Halt machten.

Aber Totila lachte nicht.

Er erschrak, wie die Byzantiner ruhig die Bespannung abschirrten und ihre Maschinen spannten.

Noch war kein Geschoß entsandt.

„Nun?“ spottete der junge Agila neben Totila, woller sie uns von da aus beschießen?

Doch lieber gleich von Byzanz her über's Meer!

Es wäre noch sicherer!“

Er hatte noch nicht ausgeredet, als ein vierzigpfündiger Stein ihn und die ganze Zinne, auf der er stand, herunterschmetterte: Martinus hatte die Tragweite der Ballisten verdreifacht.

Totila sah ein, daß sie völlig widerstandslos sich von den Feinden mit Geschossen überhageln lassen mußten.

Entsetzt sprangen die Gothen von den Wällen herab und suchten Schutz in den Straßen, den Häusern, den Kirchen.

Vergebens!

Tausende und Tausende von Pfeilen, Speeren,

schweren Balken, Steinen, Steinkugeln sausten und pfiffen im sichern Bogenschuß auf ihre Köpfe: ganze Felstrümmer kamen geflogen und schlugen krachend durch Holzwerk und Getäfel der festesten Dächer, während im Norden gegen das Castell unaufhörlich der Sturmbock mit seinen zermürbenden Stößen donnerte.

Indeß der dichte Hagel der Geschosse buchstäblich die Luft verfinsterte, betäubte das prasselnde Niederfallen der Steine, das brechende Gebälk, die zerschmetterten Zinnen und der Wehschrei der Getroffenen das Ohr mit furchtbarem Lärm.

Erschrocken flüchtete die zitternde Bevölkerung in die Keller und Gewölbe ihrer Häuser, Belisar und die Gothen um die Wette verfluchend.

Aber noch hatte die bebende Stadt das Aergste nicht erfahren.

Auf dem Marktplatz, dem Forum des Trajan, nahe dem Hafen, stand ein ungedecktes Haus, eine Art Schiffsarsenal, mit altem wohl getrocknetem Holz, Werg, Flachs, Theer ꝛc. vollaufgehäuft.

Da kam zischend und dampfend ein seltsames Geschoß gefahren, traf in das Holzwerk und im Augenblick, da es niederfiel, schlug hellauflodernd die Flamme hervor und verbreitete sich, von dem Schiffsmaterial genährt, mit Windeseile.

Jubelnd begrüßten draußen die Belagrer den hochaufwirbelnden Qualm und richteten eifrig die Geschosse nach der Stelle, das Löschen zu hindern.

Belisar ritt zu Martinus heran.

„Gut," rief er, „Mann der Zirkel, gut!

Wer hat das Geschoß gerichtet?"

„Ich," sprach Jochem, „o ihr sollt zufrieden sein mit mir.

Gebt Acht!

Seht ihr da, rechts von der Brandstätte, das hohe Haus mit den Statuen auf flachem Dach?

Das ist das Haus der Valerier, der größten Freunde des Volkes von Edom.

Gebt Acht!

Es soll brennen."

Und sausend fuhr der Brandpfeil durch die Luft und bald darauf schlug eine zweite Flamme aus der Stadt gen Himmel.

Da sprengte Prokop heran und rief: „Belisarius, dein Feldherr Johannes läßt dich grüßen: das Castell des Tiberius brennt, der erste Wall liegt nieder."

Und so war es und bald standen vier, sechs, zehn Häuser in allen Theilen der Stadt in vollen Flammen.

„Wasser!" rief Totila, durch eine brennende Straße nach dem Hafen sprengend, „heraus, ihr Bürger von Neapolis!

Löscht eure Häuser.

Ich kann keinen Gothen von dem Wall lassen.

Schafft Fässer aus dem Hafen in alle Straßen!

Die Weiber in die Häuser! — was willst du Mädchen? laß mich —

Du bist's, Miriam?

Du hier?

Unter Pfeilen und Flammen?

Fort, was suchst du?"

„Dich," sprach das Mädchen.

„Erschrick nicht.

Ihr Haus brennt.

Aber sie ist gerettet."

„Valeria! um Gott, wo ist sie?"

„Bei mir.

In unserm dichtgewölbten Thurm: dort ist sie sicher.

Ich sah die Flamme aufsteigen.

Ich eilte hin.

Dein Freund mit der sanften Stimme trug sie aus dem Schutt: er wollte mit ihr in die Kirche.

Ich rief ihn an und führte sie unter unser Dach.

Sie blutet.

Ein Stein hat sie verletzt, an der Schulter.

Aber es ist ohne Gefahr.

Sie will dich sehen.

Ich kam, dich zu suchen!"

„Kind, Dank! Aber komm! komm fort von hier!"

Und rasch faßte er sie und schwang sie vor sich auf den Sattel.

Zitternd schlang sie beide Arme um seinen Nacken. Er aber hielt schützend mit der Linken den breiten Schild über ihr Haupt und im Sturm sprengte er mit ihr durch die dampfende Straße nach der Porta Capuana.

„O jetzt — jetzt sterben — sterben an seiner Brust, wenn nicht mit ihm!" betete Miriam.

Im Thurme traf er Valeria, auf Miriams Lager gestreckt, unter Julius' und ihrer Sklavinnen Hut.

Sie war bleich und geschwächt vom Blutverlust, aber gefaßt und ruhig.

· Totila flog an ihre Seite: hochklopfenden Herzens stand Miriam am Fenster und sah schweigend hinaus in die brennende Stadt. — —

Kaum hatte sich Totila überzeugt, daß die Verwundung ganz leicht, als er aufsprang und rief:

„Du mußt fort! sogleich! in dieser Stunde!

In der nächsten vielleicht erstürmt Belisar die Wälle.

Ich habe alle meine Schiffe nochmals mit Flüchtenden gefüllt: sie bringen dich nach Cajeta, von da weiter nach Rom. Eile dann nach Taginä, wo ihr Güter habt.

Du mußt fort! Julius wird dich begleiten."

„Ja," sprach dieser, „denn wir haben Einen Weg."

„Einen Weg? wohin willst du?"

„Nach Gallien, in meine Heimath.

Ich kann den furchtbaren Kampf nicht länger mit ansehn.

Du weißt es selbst: ganz Italien erhebt sich gegen euch, für eure Feinde.

Meine Mitbürger fechten unter Belisar: soll ich gegen sie, soll ich gegen dich meinen Arm erheben? Ich gehe."

Schweigend wandte sich Totila zu Valeria.

„Mein Freund," sagte diese, „mir ist: der Glückstern unsrer Liebe ist erloschen für immer!

Kaum hat mein Vater jenen Eid mit vor Gottes

Thron genommen, so fällt Neapolis, die dritte Stadt des Reichs."

„So traust du unserm Schwerte nicht?"

„Ich traue eurem Schwert. — nicht eurem Glück! Mit den stürzenden Balken meines Vaterhauses sah ich die Pfeiler meiner Hoffnung fallen.

Lebwohl, zu einem Abschied für lange.

Ich gehorche dir.

Ich gehe nach Taginä."

Totila und Julius eilten mit den Sklaven hinaus, Plätze in einer der Triremen zu sichern.

Valeria erhob sich vom Lager: da eilte Miriam herzu, ihr die glänzenden Sandalen unter die Füße zu binden.

„Laß, Mädchen! du sollst mir nicht dienen," sprach Valeria.

„Ich thue es gern," sagte diese flüsternd.

„Aber gönne mir eine Frage."

Und mit Macht traf ihr blitzendes Auge die ruhigen Züge Valeria's.

„Du bist schön und klug und stolz — aber sage mir, liebst du ihn? — du kannst ihn jetzt verlassen — liebst du ihn mit heißer, Alles verzehrender, allgewaltiger Gluth, liebst du ihn mit einer Liebe wie —"

Da drückte Valeria das schöne, glühende Haupt des Mädchens wie verbergend an ihre Brust:

„Mit einer Liebe wie du?

Nein, meine süße Schwester!

Erschrick nicht!

Ich ahnt' es längst nach seinen Berichten über dich.

Und ich sah es klar bei deinem ersten Blick auf ihn. Sorge nicht; dein Geheimniß ist wohl gewahrt bei mir; kein Mann soll darum erfahren.

Weine nicht, bebe nicht, du süßes Kind.

Ich liebe dich sehr um dieser Liebe willen.

Ich fasse sie ganz.

Glücklich, wer, wie du, in seinem Schmerz ganz aufgehen kann im Augenblick.

Mir hat ein feindlicher Gott den vorschauenden Sinn gegeben, der stets von der Stunde nach der Ferne blickt.

Und so seh' ich vor uns dunkeln Schmerz und einen langen, finstern Pfad, der nicht in Licht endet.

Ich kann dir aber den Stolz nicht lassen, daß deine Liebe edler sei als meine, weil sie hoffnungslos.

Auch meine Hoffnung liegt in Schutt.

Vielleicht wäre es sein Glück geworden, die duftige Rose deiner schönen Liebe zu entdecken — denn Valeria, fürcht' ich — wird die Seine nie.

Doch leb wohl, Miriam!

Sie kommen.

Gedenke dieser Stunde.

Gedenke mein als einer Schwester und habe Dank, Dank für deine schöne Liebe."

Wie ein entdecktes Kind hatte Miriam gezittert und vor der Allesdurchschauenden fliehen wollen.

Aber diese edle Sprache überwältigte die Scheu ihres Herzens: und reich flossen die Thränen über die glühendrothen Wangen: und heftig preßte sie, vor Scheu und

Scham und Weinen bebend, das Haupt an der Freundin Brust.

Da hörte man Julius kommen, Valeria abzurufen.

Sie mußten sich trennen: nur einen einzigen raschen Blick aus ihren innigen Augen wagte Miriam auf der Römerin Antlitz.

Dann sank sie rasch vor ihr nieder, umfaßt ihre Knie, drückte einen brennenden Kuß auf Valerias kalte Hand und war im Nebengemach verschwunden.

Valeria erhob sich wie aus einem Traum und sah um sich.

Am Fenster in einer Vase duftete eine dunkelrothe Rose.

Sie küßte sie, barg sie an ihrer Brust, segnete mit rascher Handbewegung die trauliche Stätte, welche ihr ein Asyl geboten, und folgte dann rasch entschlossen Julius in einer gedeckten Sänfte nach dem Hafen, wo sie noch von Totila kurzen Abschied nahm, ehe sie mit Julius das Schiff bestieg.

Alsbald drehte sich dieses mit mächtiger Wendung und rauschte zum Hafen hinaus.

Totila sah ihnen wie träumend nach.

Er sah Valeriens weiße Hand noch Abschied winken: er sah und sah den fliehenden Segeln nach, nicht achtend der Geschosse, die jetzt immer dichter in den Hafen zu rasseln begannen.

Er lehnte an einer Säule und vergaß einen Augenblick die brennende Stadt und sich und Alles.

Da weckte ihn der treue Thorismuth aus seinen Träumen.

„Komm, Feldherr," rief ihm dieser zu, „überall such'
ich dich: Uliaris will dich sprechen. — Komm, was starrst
du hier in die See unter klirrenden Pfeilen?"

Totila raffte sich langsam auf:

„Siehst du," sagte er, „siehst du das Schiff? —
Da fahren sie hin! —"

„Wer?" fragte Thorismuth.

„Mein Glück und meine Jugend," sprach Totila und
wandte sich, Uliaris zu suchen.

Dieser theilte ihm mit, daß er, um Zeit zu gewinnen,
soeben einen Waffenstillstand auf drei Stunden, den
Belisar, um Unterhandlungen zu führen, angetragen, angenommen habe.

„Ich werde nie übergeben!

Aber wir müssen Zeit haben, unsere Wälle zu flicken
und zu stützen.

Kömmt denn nirgends Entsatz? hast du noch keine
Nachricht auf dem Seeweg vom König?

„Keine."

„Verflucht! Ueber sechshundert von meinen Gothen
sind vor den höllischen Geschossen gefallen.

Ich kann gar die wichtigsten Posten nicht mehr be-
setzen! Wenn ich nur wenigstens noch vierhundert Mann
hätte!"

„Nun," sprach Totila nachsinnend, „die kann ich dir
schaffen, denk' ich.

In dem Castellum Aurelians, auf der Straße nach
Rom, liegen vierhundertfünfzig Mann Gothen.

Sie haben bisher erklärt, vom König Theodohad den

unsinnigen, aber strengen Befehl zu haben, nicht Neapolis zu verstärken.

Aber jetzt in dieser höchsten Noth! — ich selbst
will hin, während des Waffenstillstandes, und Alles aufbieten, sie zu holen."

„Geh nicht! du kommst erst nach Ablauf des Still-
standes zurück und die Straße ist dann nicht mehr frei.
Du kommst nicht durch."

„Ich komme durch, mit Gewalt oder mit List: halte
dich nur, bis ich zurück bin! Auf, Thorismuth, zu
Pferd."

Während Totila mit Thorismuth und wenigen Reitern zur Porta Capuana hinaus jagte, war der alte
Isak, der unermüdlich auf den Wällen ausgeharrt hatte,
die Pause des Waffenstillstands benutzend, in seine Thurm-
clause zurückgekehrt, die Tochter wieder zu sehen und sich
an Trank und Speise zu laben.

Als Miriam Wein und Brod gebracht, und ängstlich
dem Bericht Isaks von den Fortschritten der Feinde
lauschte, erscholl ein hastiger, unstäter Schritt auf der
Treppe und Jochem stand vor dem erstaunten Par.

„Sohn Rachels, wo kommst du her zu übler Stunde,
wie der Rabe vor dem Unglück? Wie kommst du herein?
zu welchem Thor?"

„Das laß du meine Sorge sein.

Ich komme, Vater Isak, noch einmal zu fordern
deiner Tochter Hand — zum letzten Mal in diesem
Leben."

„Ist jetzt Zeit zu freien und Hochzeit zu machen?"

fragte Isak unwillig, „die Stadt brennt und die Straßen liegen voll Leichen."

„Warum brennt die Stadt? warum liegen voll Leichen die Straßen?

Weil die Männer von Neapolis halten zu dem Volk von Edom. Ja, jetzt ist Zeit zu freien.

Gieb mir dein Kind, Vater Isak, und ich rette dich und sie.

Ich allein kann's."

Und er griff nach Miriams Arm.

„Du mich retten?" rief diese, mit Ekel zurücktretend. „Lieber sterben!"

„Ha, Stolze!" knirschte der grimmige Freier, „du ließest dich wohl lieber retten von dem blondgelockten Christen?

Laß sehen, ob er dich retten wird, der Verfluchte, vor Belisar und mir.

Ha, bei den langen, gelben Haaren will ich ihn durch die Straßen schleifen und spucken in sein bleich Gesicht."

„Hebe dich hinweg, Sohn Rachels," rief Isak, aufstehend und den Spieß fassend.

„Ich merke, du hältst zu denen, die da draußen liegen!

Aber das Horn ruft, ich muß hinab; das jedoch sag' ich dir: noch mancher unter euch wird rücklings fallen, eh' ihr steigt über diese morschen Mauern."

„Vielleicht," grinste Jochem, „fliegen wir drüber wie die Vögel der Luft.

Zum letztenmal, Miriam, ich frage dich: laß diesen

Alten, laß den verfluchten Christen — ich sage dir, der Schutt dieser Wälle wird sie bedecken.

Ich weiß, du hast ihn getragen im Herzen — ich will dir's verzeihen — nur werde jetzt mein Weib."

Und wieder griff er nach ihrer Hand.

„Du mir meine Liebe verzeihn?

Verzeihn, was so hoch über dir wie die leuchtende Sonne über dem schleichenden Wurm?

Wär ich's werth, daß ihn je mein Auge gesehen, wenn ich dein Weib würde?

Hinweg; hinweg von mir!"

„Ha," rief Jochem, „zu viel, zu viel, mein Weib — du sollst es nimmer werden!

Aber winden sollst du dich in diesen Armen und den Christen will ich dir aus dem blutenden Herzen reißen, daß es zucken soll in Verzweiflung.

Auf Wiedersehen."

Und er war aus dem Hause und alsbald aus der Stadt verschwunden.

Miriam, von bangen Gefühlen bedrängt, eilte in's Freie: es trieb sie zu beten: aber nicht in der dumpfen Synagoge: sie betete ja für ihn: und es drängte sie, zu seinem Gott zu beten.

Sie wagte sich scheuen Fußes in die nahe Basilika Sanctä Mariä, von wo man an Friedenstagen oft die Jüdin mit Flüchen verscheucht hatte.

Aber jetzt hatten die Christen keine Zeit, zu fluchen.

Sie kauerte sich in eine dunkle Ecke des Säulenganges

und vergaß in heißem Gebet bald sich selbst und die Stadt und die Welt: sie war bei ihm und bei Gott.

Inzwischen verlief die letzte Stunde der Waffenruhe; schon neigte sich die Sonne dem Meeresspiegel zu.

Die Gothen flickten und stopften nach Kräften die zertrümmerten Mauerstellen, räumten den Schutt und die Todten aus dem Wege und löschten die Brände.

Da lief die Sanduhr zum dritten Mal ab, während Belisar vor seinem Zelte seine Heerführer versammelt hielt, des Zeichens der Uebergabe auf dem Castell des Tiberius harrend.

„Ich glaub' es nicht!" flüsterte Johannes zu Prokop.

„Wer solche Streiche thut, wie ich von jenem Alten gesehen, giebt die Waffen nicht ab.

Es ist auch besser so: da giebt's einen tüchtigen Sturm und dann eine tüchtige Plünderung."

Und auf der Zinne des Castells erschien Graf Uliaris und schleuderte trotzig seinen Speer unter die harrenden Vorposten.

Belisar sprang auf.

„Sie wollen ihr Verderben, die Trotzigen; wohlan, sie sollen's haben.

Auf, meine Feldherrn, zum Sturm.

Wer mir zuerst uns're Fahne auf den Wall pflanzt, dem geb' ich ein Zehntel der Beute."

Nach allen Seiten eilten die Anführer auseinander: Ehrgeiz und Habsucht spornten sie.

Eben bog Johannes um die zerstörten Bogen des

Aquäducts, welchen Belisar durchbrochen, den Belagerten das Wasser zu entziehen, da rief ihn eine leise Stimme.

Schon dämmerte es so stark, daß er nur mit Mühe den Rufenden erkannte.

„Was willst du, Jude?" rief Johannes eilig.

„Ich habe keine Zeit!

Es gilt harte Arbeit!

Ich muß der erste sein in der Stadt."

„Das sollt ihr, Herr, ohne Arbeit, wenn ihr mir folgt."

„Dir folgen? weißt du einen Weg über die Mauer durch die Luft?"

„Nein! Aber unter der Mauer, durch die Erde.

Und ich will ihn euch zeigen, wenn ihr mir tausend Solidi schenkt und ein Mädchen zur Beute zusprecht, das ich fordre."

Johannes blieb stehen: „Was du willst, sei dein. Wo ist der Weg?"

„Hier!" sagte Jochem und schlug mit der Hand auf die Steine.

„Wie? die Wasserleitung? woher weißt du?" —
„Ich habe sie gebaut.

Ein Mann kann gebückt durchschleichen; es ist kein Wasser mehr drin.

Eben komme ich auf diesem Wege aus der Stadt.

Die Leitung mündet in einem alten Tempelhaus an der Porta Capuana; nimm dreißig Mann und folge mir."

Johannes sah ihn scharf an.
„Und wenn du mich verräthst?"
„Ich will zwischen euren Schwertern gehen.
Lüge ich, so stoßt mich nieder."
„Warte!" rief Johannes und eilte hinweg.

Fünftes Capitel.

Bald darauf erschien Johannes wieder mit seinem Bruder Perseus und ungefähr dreißig entschlossnen armenischen Söldnern, welche außer ihren Schwertern kurze Handbeile führten.

„Wenn wir drin sind," sprach Johannes, „reißest du, Perseus, das Ausfallpförtchen auf, rechts von der Porta Capuana, im Augenblick, da die Andern unsre Fahne auf dem Wall entfalten.

Auf dies Zeichen stürzen von Außen meine Hunnen auf die Ausfallpforte.

Aber wer hütet den Thurm an der Porta?

Den müssen wir haben."

„Isal, ein großer Freund der Edomiten, der muß fallen."

„Er fällt," sprach Johannes und zog das Schwert: „Vorwärts!"

Er war der erste, der in den Hohlgang der Wasserleitung stieg.

„Ihr beiden, Paukaris und Gubazes, nehmt den

Juden in die Mitte: beim erſten Verdacht — nieder mit ihm!"

Und ſo, bald auf allen Vieren kriechend, bald gebückt taſtend, bei völliger Dunkelheit, rutſchten und ſchlichen die Armenier ihm nach, ſorgfältig jeden Lärm ihrer Waffen vermeidend: lautlos krochen ſie vorwärts.

Plötzlich rief Johannes mit halber Stimme: „laßt den Juden!

Nieder mit ihm! —

Feinde! Waffen! — —

Nein, laßt!" rief er raſch, „es war nur eine Schlange, die vorüber raſſelte! Vorwärts."

„Jetzt zur Rechten!" ſprach der Jude, „hier mündet die Waſſerleitung in einen Tempelgang."

„Was liegt hier — Knochen — ein Skelett!

Ich halt's nicht länger aus! der Modergeruch erſtickt mich! Hülfe!" ſeufzte einer der Männer.

„Laßt ihn liegen! vorwärts! befahl Johannes.

Ich ſehe einen Stern."

„Das iſt das Tageslicht in Neapolis, ſagte Jochem — nun nur noch wenige Ellen." —

Johannes' Helm ſtieß an die Wurzeln eines hohen Oelbaums, die ſich im Atrium des Tempelhauſes breit über die Mündung des Tempelgangs ſpannten.

Wir kennen den Baum.

Den Wurzeln ausweichend, ſtieß er den Helm hell klirrend an die Seitenwand: erſchrocken hielt er an.

Aber er hörte zunächſt nur den heftigen Flügelſchlag

zahlreicher Tauben, die wild verscheucht aus den Zweigen der Olive flogen.

„Was war das? sagte über ihm eine heisere Stimme. Wie der Wind in dem alten Gestein wühlt!"

Es war die Wittwe Arria.

„Ach Gott," sprach sie, sich wieder vor dem Kreuze niederwerfend: „erlöse uns von dem Uebel und laß die Stadt nicht untergehn, bis daß mein Jucundus wieder kommt!

Wehe, wenn er ihre Spur und seine Mutter nicht mehr findet.

O laß ihn wieder des Weges kommen, den er von mir gegangen: zeig' ihn mir wieder, wie ich ihn diese Nacht gesehen, aufsteigend aus den Wurzeln des Baumes."

Und sie wandte sich nach der Höhlung.

„O! dunkler Gang, darin mein Glück verschwunden, gieb mir's wieder heraus! Gott, führ' ihn mir zurück auf diesem Wege."

Sie stand mit gefalteten Händen grade vor der Höhlung, die Augen fromm gen Himmel gewendet.

Johannes stutzte.

„Sie betet!" sagte er, „soll ich sie im Gebet er= schlagen?" —

Er hielt inne; er hoffte, sie solle sich wenden

„Das dauert zu lange: ich kann unserm Herrgott nicht helfen!"

Und rasch hob er sich aus den Wurzeln heraus.

Da schaute die Betende mit den halberblindeten Augen

nieder; sie sah aus der Erde steigen eine schimmernde Mannesgestalt.

Ein Strahl der Verklärung spielte um ihre Züge.

Selig breitete sie die Arme aus.

„Jucundus!" rief sie.

Es war ihr letzter Hauch.

Schon traf sie des Byzantiners Schwert in's Herz.

Ohne Weheruf, ein Lächeln auf den Lippen, sank sie auf die Blumen — Miriams Blumen.

Johannes aber wandte sich und half rasch seinem Bruder Perseus, dann dem Juden und den ersten dreien seiner Krieger herauf.

„Wo ist das Pförtchen?"

„Hier links, ich gehe zu öffnen!"

Perseus wies die Krieger an.

„Wo ist die Treppe zum Thurm!"

„Hier rechts," sprach Jochem — es war die Treppe, die zu Miriams Gemach führte, wie oft war Totila hier herein geschlüpft! — „still! der Alte läßt sich hören."

Wirklich, Isak war es.

Er hatte von oben Geräusch vernommen: er trat mit Fackel und Speer an die Treppe:

„Wer ist da unten? bist du's Miriam, wer kommt?" fragte er.

„Ich, Vater Isak," antwortete Jochem, „ich wollte euch nochmal fragen" — und er stieg katzenleise eine Stufe höher.

Aber Isak hörte Waffen klirren.

„Wer ist bei dir?" rief er und trat vorleuchtend um die Ecke.

Da sah er die Bewaffneten hinter Jochem kauern. „Verrath, Verrath!" schrie er, „stirb, Schandfleck der Hebräer!"

Und wüthend stieß er Jochem, der nicht zurück konnte, die breite Partisane in die Brust, daß dieser rücklings hinab stürzte.

„Verrath!" schrie er noch einmal.

Aber gleich darauf hieb ihn Johannes nieder, sprang über die Leiche hinweg, eilte auf die Zinne des Thurmes und entfaltete die Fahne von Byzanz.

Da krachten unten Beilschläge: das Pförtchen fiel, von innen eingeschlagen, hinaus und mit gellendem Jauchzen jagten — schon war es ganz dunkel geworden — die Hunnen zu Tausenden in die Stadt.

Da war Alles aus.

Ein Theil stürzte sich mordend in die Straßen, ein Haufe brach die nächsten Thore ein, den Brüdern draußen Eingang schaffend.

Rasch eilte der alte Uliaris mit seinem Häuflein aus dem Castell herbei: er hoffte, die Eingedrungenen noch hinaus zu treiben: umsonst: ein Wurfspeer schlug ihn nieder.

Und um seine Leiche fielen fechtend die zweihundert treuen Gothen, die ihn noch umgaben.

Da, als sie die kaiserliche Fahne auf den Wällen flattern sahen, erhoben sich — unter Führung alter Römerfreunde, wie Stephanos und Antiochos des Syrers,

— ein eifriger Anhänger der Gothen, Kastor, der Rechtsanwalt, ward, da er sie hemmen wollte, erschlagen — auch die Bürger von Neapolis: sie entwaffneten die einzelnen Gothen in den Straßen und schickten, glückwünschend und dankend und ihre Stadt der Gnade empfehlend, eine Gesandtschaft an Belisar, der, von seinem glänzenden Stab umgeben, zur Porta Capuana herein ritt.

Aber finster furchte er die majestätische Stirn und ohne seinen Rothscheck anzuhalten, sprach er:

„Fünfzehn Tage hat mich Neapolis aufgehalten.

Sonst lag ich längst vor Rom, ja vor Ravenna.

Was glaubt ihr, daß das dem Kaiser an Recht und mir an Ruhm entzieht?

Fünfzehn Tage lang hat sich eure Feigheit, eure schlechte Gesinnung von einer Handvoll Barbaren beherrschen lassen.

Die Strafe für diese fünfzehn Tage seien nur fünfzehn Stunden — Plünderung.

Ohne Mord: — die Einwohner sind Kriegsgefangene des Kaisers — ohne Brand: denn die Stadt ist jetzt eine Veste von Byzanz.

Wo ist der Führer der Gothen? Todt?"

„Ja," sprach Johannes, „hier ist sein Schwert, Graf Uliaris fiel."

„Den meine ich nicht!" sprach Belisar.

„Ich meine den jungen, den Totila. Was ward aus ihm?

Ich muß ihn haben."

„Herr," sprach einer der Neapolitaner, der reiche

Kaufherr Asklepiodot, vortretend, „wenn ihr mein Haus und Warenlager von der Plünderung ausnehmt, will ich's euch wohl sagen."

Aber Belisar winkte: zwei maurische Lanzenreiter ergriffen den Zitternden.

„Rebell, willst du mir Bedingungen machen? Sprich, oder die Folter macht dich sprechen."

„Erbarmen! Gnade!" schrie der Geängstigte.

„Der Seegraf eilte mit wenigen Reitern während der Waffenruhe hinaus, Verstärkung zu holen vom Castellum Aurelians: er kann jeden Augenblick zurückkehren."

„Johannes," rief Belisar, „der Mann wiegt so schwer wie ganz Neapolis.

Wir müssen ihn fangen!

Du hast, wie ich befahl, den Weg nach Rom abgesperrt? das Thor besetzt?"

„Es hat Niemand nach dieser Richtung die Stadt verlassen können," sprach Johannes.

„Auf! Bitzesschnell! wir müssen ihn hereinlocken!

Zieh rasch das gothische Banner auf dem Castell des Tiberius wieder auf und auf der Porta Capuana.

Die gefangenen Neapolitaner stelle wieder bewaffnet auf die Wälle: wer ihn warnt, mit einem Augenwinken, ist des Todes. Zieht meinen Leibwächtern gothische Waffen an.

Ich selbst will dabei sein! dreihundert Mann in der Nähe des Thors.

Man lasse ihn ruhig herein.

Sowie er das Fallgitter hinter sich hat, läßt man's nieder

Ich will ihn lebend fangen.

Er soll nicht fehlen beim Triumphzug in Byzanz."

„Gieb mir das Amt, mein Feldherr," bat Johannes. „Ich schuld' ihm noch Vergeltung für einen Kernhieb."

Und er flog zurück zur Porta capuana, ließ die Leichen und alle Spuren des Kampfes wegschaffen und traf sonst seine Maßregeln.

Da drängte sich eine verschleierte Gestalt heran:

„Um der Güte Gottes willen," flehte eine liebliche Stimme, „ihr Männer, laßt mich heran! Ich will ja nur seine Leiche, — o gebt Acht! sein weißer Bart! o mein Vater."

Es war Miriam, welche der Lärm plündernder Hunnen aus der Kirche nach Hause gescheucht hatte.

Und mit der Kraft der Verzweiflung schob sie die Speere zurück und nahm das bleiche Haupt Isaks in ihre Arme.

„Weg, Mädel!" rief der nächste Krieger, ein sehr langer Bajuvare, ein Söldner von Byzanz — Garizo hieß er.

„Halt uns nicht auf! wir müssen den Weg säubern! In den Graben mit dem Juden!"

„Nein, nein!" rief Miriam und stieß den Mann zurück.

„Weib!" schrie dieser zornig und hob das Beil —

Aber die Arme schützend über des Vaters Leiche breitend und mit leuchtenden Augen aufblickend blieb Miriam furchtlos stehen — wie gelähmt hielt der Krieger inne:

„Du hast Muth, Mädel!" sagte er, das Beil senkend.

„Und schön bist du auch, wie die Waldfrau der Liusacha. Was kann ich dir Liebes thun? du bist ganz wundersam anzuschauen."

„Wenn der Gott meiner Väter dein Herz gerührt," bat Miriams herzgewinnende Stimme, „hilf mir die Leiche dort im Garten bergen: — das Grab hat er sich lange selbst geschaufelt, — neben Sarah, meiner Mutter, das Haupt gegen Osten."

„Es sei!" sprach der Bajuvare und folgte ihr.

Sie trug das Haupt, er faßte die Knie der Leiche: wenige Schritte führten sie in den kleinen Garten: da lag ein Stein unter Trauerweiden: der Mann wälzte ihn weg und sie senkten die Leiche hinein, das Antlitz gegen Osten. —

Ohne Worte, ohne Thränen starrte Miriam in die Grube: sie fühlt sich so arm jetzt, so allein; mitleidig, leise schob der Bajuvare die Steinplatte darüber.

„Komm!" sagte er dann.

„Wohin?" fragte Miriam tonlos.

„Ja, wohin willst du?"

„Das weiß ich nicht! — Hab Dank," sprach sie und nahm ein Amulett vom Halse und reichte es ihm: es war von Gold, eine Schaumünze vom Jordan, aus dem Tempel.

„Nein!" sagte der Mann und schüttelte das Haupt.

Er nahm ihre Hand und legte sie über seine Augen.

„So," sagte er, „das wird mir gut thun mein Leben lang.

Jetzt muß ich fort, wir müssen den Grafen fangen, den Totila. Leb wohl."

Dieser Name schlug in Miriams Herz — noch einen Blick warf sie auf das stille Grab und hinaus schlüpfte sie rasch aus dem Gärtchen.

Sie wollte zum Thore hinaus auf die Straße: aber das Fallgitter war gesenkt, an den Thoren standen Männer mit gothischen Helmen und Schilden. Erstaunt sah sie um sich.

„Ist alles vollzogen, Chanaranges?"

„Alles, er ist so gut wie gefangen."

„Horch, vor dem Wall, — Pferdezertrappel — sie sind's! zurück, Weib."

Draußen aber sprengten einige Reiter die Straße heran gegen das Thor.

„Auf! auf, das Thor," rief Totila von weitem.

Da spornte Thorismuth sein Roß heran.

„Ich weiß nicht, ich traue nicht!" rief er, „die Straße war wie ausgestorben und ebenso drüben das Lager der Feinde: kaum ein paar Wachtfeuer brennen."

Da scholl von der Zinne ein Ruf des gothischen Hornes.

„Der Bursch bläst ja gräßlich!" sprach Thorismuth zürnend.

„Es wird ein Wälscher sein," meinte Totila.

„Gebt die Losung." rief's herab auf lateinisch.

„Neapolis, antwortete Totila entgegen.

„Hörst du's? Uliaris hat die Bürger bewaffnen müssen. Auf das Thor! ich bringe frohe Kunde," fuhr er fort zu den oben Aufgestellten, „vierhundert Gothen folgen mir auf dem Fuße: und Italien hat einen neuen König."

„Wer ist's?" fragte es leise drinnen.

„Der auf dem weißen Roß, der Erste."

Da sprangen die Thorflügel auf, gothische Helme füllten den Eingang, Fackeln glänzten, Stimmen flüsterten.

„Auf mit dem Fallgitter," rief Totila, dicht heran-reitend.

Spähend blickte Thorismuth vor, die Hand vor den Augen.

„Sie haben gestern getagt zu Regeta," fuhr er fort, Theodahad ist abgesetzt und Graf Witichis" —

Da hob sich langsam das Gitter und Totila wollte eben dem Roß den Sporn geben, da warf sich vor die Hufen seines Hengstes ein Weib aus der Reihe der Krieger.

„Flieh, rief sie, Feinde über dir! die Stadt ist gefallen!"

Aber sie konnte nicht vollenden: ein Lanzenstoß durch-bohrte ihre Brust.

„Miriam!" schrie Totila entsetzt und riß sein Pferd zurück.

Aber Thorismuth, der längst Argwohn geschöpft, zer-hieb, rasch entschlossen, mit dem Schwert, durch das Gitter hindurch, das haltende Seil, an dem das Thor auf und nieder ging, daß es dröhnend vor Totila niederschlug.

Ein Hagel von Speeren und Pfeilen fuhr durch das Gitter.

„Auf das Gitter! Hinaus auf sie!" rief Johannes von innen: aber Totila wich nicht.

„Miriam, Miriam," rief er im tiefsten Schmerz.

Da schlug sie nochmal die Augen auf, mit einem brechenden, von Liebe und Schmerz verklärten Blick, — dieser Blick sagte Alles: er drang tief in Totila's Herz.

„Für dich!" hauchte sie und fiel zurück —

Da vergaß er Neapolis und die Todesgefahr.

„Miriam," rief er nochmals, beide Hände gegen sie ausbreitend. —

Da streifte ein Pfeil den Bug seines Pferdes, blitz- schnell prallte das edle Thier hochbäumend zurück.

Das Fallgitter fing an sich zu heben: da faßte Thorismuth nach Totila's Zügel, riß das Pferd herum und gab ihm einen Schlag mit der flachen Klinge, das es hinwegschoß.

„Auf und davon, Herr," rief er, „ja, sie müssen flink sein, die uns einholen."

Und brausend sprengten die Reiter auf der Via capuana den Weg zurück, den sie gekommen; nicht weit verfolgte sie Johannes, im Dunkel der Nacht und des Wegs unkundig.

Bald begegnete ihnen die heranziehende Besatzung vom Castell Aurelians: auf einem Hügel machten sie Halt, von wo man die Stadt mit ihren Zinnen, in dem Schein der byzantinischen Wachtfeuer auf den Wällen, liegen sah.

Erst jetzt raffte sich Totila aus seinem Schmerz, aus seiner Betäubung auf.

„Uliaris!" seufzte er, „Miriam!"

„Neapolis, — wir sehen uns wieder."

Und er winkte zum Aufbruch gen Rom.

Aber von Stund an war ein Schatte gefallen in des jungen Gothen Seele: mit dem heiligen Recht des Schmerzes hatte sich Miriam in sein Herz gegraben für immerdar.

Als Johannes mit den Reitern von seiner fruchtlosen Verfolgung heimkehrte, rief er, vom Pferde springend, mit wüthiger Stimme: „Wo ist die Dirne, die ihn gewarnt?

Werft sie vor die Hunde."

Und er eilte zu Belisar, das Mißgeschick zu melden.

Aber Niemand wußte zu sagen, wohin der schöne Leichnam gerathen.

Die Rosse hätten sie zertreten, meinte die Menge.

Aber Einer wußte es besser: Garizo, der Bajuvare.

Der hatte sie im Tumult sachte, wie ein schlafend Kind, auf seinen starken Armen davongetragen in das nahe Gärtchen, hatte die Steinplatte von dem kaum geschloßnen Grabe gewälzt und die Tochter sorglich an des Vaters Seite gelegt: dann hatte er sie still betrachtet.

Aus der Ferne scholl das Getöse der geplünderten Stadt, in welcher die Massageten Belisars, trotz seines Verbots, brannten und mordeten und sogar die Kirchen nicht verschonten, bis der Feldherr selbst, mit dem Schwert unter sie fahrend, Einhalt schuf. —

Es lag ein edler Schimmer auf ihrem Antlitz, daß er nicht wagte, wie er so gern gewollt, sie zu küssen.

So legte er denn ihr Gesicht gegen Osten und brach eine Rose, die neben dem Grabe blühte, und legte sie ihr auf die Brust.

Dann wollte er fort, seinen Theil an der Plünderung zu nehmen.

Aber es ließ ihn nicht fort: er wandte sich wieder um.

Und er hielt die Nacht über, an seinen Speer ge- lehnt, Todtenwacht am Grabe des schönen Mädchens.

Er sah auf zu den Sternen und betete einen ur- alten heidnischen Todtensegen, den ihn die Mutter daheim an der Liusacha gelehrt.

Aber es war ihm nicht genug: andächtig betete er noch dazu ein christlich Vaterunser.

Und als die Sonne empor stieg, schob er sorgfältig den Stein über das Grab und ging.

So war Miriam spurlos verschwunden.

Aber das Volk in Neapolis, das im Stillen warm an Totila hing, erzählte, schönheitstrahlend sei sein Schutz- engel herabgestiegen, ihn zu retten, und wieder aufge- fahren gen Himmel.

Sechstes Capitel.

Der Fall von Neapolis war erfolgt wenige Tage nach der Versammlung zu Regeta.

Und Totila stieß schon bei Formiä auf seinen Bruder Hildebad, welchen König Witichis mit einigen Tausendschaften schleunig abgesandt hatte, die Besatzung der Stadt zu verstärken, bis er selbst mit einem größeren Heere zum Entsatz herbeieilen könne.

Wie jetzt die Dinge standen, konnten die Brüder nichts andres thun, als sich auf die Hauptmacht, nach Regeta, zurückziehen, wo Totila seinen traurigen Bericht von den letzten Stunden von Neapolis erstattete.

Der Verlust der dritten Stadt des Reiches, des dritten Hauptbollwerks Italiens, mußte den ganzen Kriegsplan der Gothen verändern.

Witichis hatte die zu Regeta versammelten Scharen gemustert: es waren gegen zwanzigtausend Mann.

Diese, mit der kleinen Schar, welche Graf Teja eigenmächtig zurückgeführt, waren im Augenblick die ganze verfügbare Macht: bis die starken Heere, welche Theodahad weit weg nach Südgallien und Noricum, nach Istrien und Dalmatien entsendet, wiewohl sofort zur schnellen Rückkehr aufgefordert, einzutreffen vermochten, konnte ganz Italien verloren sein.

Gleichwohl hatte der König beschlossen, sich mit diesen zwanzig Tausendschaften in die Werke von Neapolis zu werfen und hier dem durch den Zufluß der Italier auf mehr als die dreifache Uebermacht angeschwollnen Heere der Feinde bis zum Eintreffen der Verstärkungen Widerstand zu leisten.

Aber jetzt, da jene feste Stadt in Belisars Hand gefallen, gab Witichis den Plan, sich ihm entgegen zu werfen, auf.

Sein ruhiger Muth war ebenso weit von Tollkühnheit wie von Zagheit entfernt.

Ja, der König mußte seiner Seele noch einen andern schmerzlicheren Entschluß abringen.

Während in den Tagen nach dem Eintreffen Totila's in dem Lager vor Rom sich der Schmerz und der Grimm der Gothen in Verwünschungen über den Verräther Theodahad, über Belisar, über die Italier Luft machte, während schon die kecke Jugend hie und da anhob, auf das Zaudern des Königs zu schelten, welcher sie nicht gegen diese Griechlein führen wolle, deren je vier auf einen Gothen gingen, während der Ungestüm des Heeres schon über den Stillstand grollte, gestand sich der König mit schwerem Herzen die Nothwendigkeit, noch weiter zurückzuweichen und selbst Rom vorübergehend Preis zu geben.

Tag für Tag kamen Nachrichten, wie Belisars Heer

anwachse: aus Neapolis allein führte er zehntausend Mann — als Geiseln zugleich und Kampfgenossen, — von allen Seiten strömten die Wälschen zu seinen Fahnen: von Neapolis bis Rom war kein Waffenplatz fest genug, Schutz gegen solche Uebermacht zu gewähren und die kleineren Städte an der Küste öffneten dem Feind mit Jubel die Thore.

Die gothischen Familien aus diesen Gegenden flüchteten in das Lager des Königs und berichteten, wie gleich am Tage nach dem Falle von Neapolis Cumä und Atella sich ergeben, darauf folgten Capua, Cajeta und selbst das starke Benevent.

Schon standen die Vorposten Belisars, hunnische, saracenische und maurische Reiter, bei Formiä.

Das Gothen-Heer erwartete und verlangte eine Schlacht vor den Thoren Roms.

Aber längst hatte Witichis die Unmöglichkeit erkannt, mit zwanzigtausend Mann einem Belisar, der bis dahin hunderttausend zählen konnte, im offnen Feld entgegen zu treten.

Eine Zeit lang hegte er die Hoffnung, die mächtigen Befestigungen Roms, das stolze Werk des Cethegus, gegen die byzantinische Ueberfluthung halten zu können: aber bald mußte er auch diesen Gedanken aufgeben.

Die Bevölkerung Roms zählte, dank dem Präfecten, mehr waffenfähige und waffengeübte Männer denn seit manchem Jahrhundert: und stündlich überzeugte sich der König, von welcher Gesinnung diese beseelt waren.

Schon jetzt hielten die Römer kaum noch ihren

Haß wider die Barbaren zurück: es blieb nicht bei feindlichen und höhnischen Blicken: schon konnten sich Gothen in den Straßen nur in guter Bewaffnung und großen Scharen blicken lassen: und täglich fand man vereinzelte gothische Wachen von hinten erdolcht.

Und Witichis konnte sich nicht verhehlen, daß diese Elemente des Volksgeistes organisirt und geleitet waren von schlauen und mächtigen Häuptern: den Spitzen des römischen Arels und des römischen Klerus.

Er mußte sich sagen, daß, sowie Belisar vor den Mauern erscheinen werde, das Volk von Rom sich erheben und mit dem Belagerer vereint die kleine gothische Besatzung erdrücken würde.

So hatte Witichis den schweren Entschluß gefaßt, Rom, ja ganz Mittelitalien aufzugeben, sich nach dem festen und verlässigen Ravenna zu werfen, hier die mangelhaften Rüstungen zu vollenden, alle gothischen Streitkräfte an sich zu ziehen und dann mit einem gleich starken Heere den Feind aufzusuchen.

Er war ein Opfer, dieser Entschluß.

Denn auch Witichis hatte sein redlich Theil der germanischen Rauflust und es war seinem Muth eine herbe Zumuthung, anstatt frisch drauf los zu schlagen, zurückweichend seine Vertheidigung zu suchen.

Aber noch mehr.

Nicht rühmlich war es für den König, der um seiner Tapferkeit willen auf den Thron des feigen Theodahad gehoben worden, wenn er sein Regiment mit schimpflicher Flucht begann: er hatte Neapolis verloren in den erſten Tagen ſeiner Herrſchaft: ſollte er jetzt freiwillig Rom, die Stadt der Herrlichkeiten, ſollte er mehr als die Hälfte von Italien Preis geben?

Und wenn er ſeinen Stolz bezwang um des Volkes willen, — wie mußte das Volk von ihm denken?

Dieſe Gothen mit ihrem Ungeſtüm, ihrer Verachtung der Feinde!

Konnte er nur daran denken, ihren Gehorſam zu erzwingen?

Denn ein germaniſcher König hatte mehr zu rathen, vorzuſchlagen, denn zu befehlen und zu gebieten.

Schon mancher germaniſche König war von ſeinem Volksheer wider ſeinen Willen zu Kampf und Niederlage gezwungen worden.

Er fürchtete ein Gleiches: und ſchweren Herzens wandelte er einſt des Nachts im Lager zu Regeta in ſeinem Zelte auf und ab.

Da nahten haſtige Schritte und der Vorhang des Zeltes ward aufgeriſſen: „Auf, König der Gothen,“ rief eine leidenſchaftliche Stimme, „jetzt iſt nicht Zeit, zu ſchlafen!“

„Ich ſchlafe nicht, Teja,“ ſprach Witichis, „ſeit wann biſt du zurück? Was bringſt du?“

„Eben ſchritt ich in’s Lager, der Thau der Nacht iſt noch auf mir.

Wiſſe zuerſt: ſie ſind todt.“

„Wer?“

„Der Verräther und die Mörderin!“

„Wie? du haſt ſie beide erſchlagen?“

„Ich schlage keine Weiber. Theodahad, dem Schand-könig, folgte ich zwei Tage und zwei Nächte.

Er war auf dem Weg nach Ravenna, er hatte starken Vorsprung.

Aber mein Haß war noch rascher als seine Todes-angst.

Schon bei Narnia holte ich ihn ein: zwölf Sklaven begleiteten seine Sänfte: sie hatten nicht Lust, für den Elenden zu sterben: sie warfen die Fackeln weg und flohn.

Ich riß ihn aus der Sänfte und drückte ihm sein eigenes Schwert in die Faust: er aber fiel nieder, bat um sein Leben und führte zugleich einen heimtückischen Stoß nach mir.

Da schlug ich ihn, wie ein Opferthier: mit drei Streichen.

Einen für das Reich: und zwei für meine Eltern.

Und ich hing ihn an seinem goldenen Gürtel auf, an der offnen Heerstraße, an einem dürren Eibenbaum: da mag er hangen, ein Fraß für die Vögel des Him-mels, eine Warnung für die Könige der Erde.“

„Und was ward aus ihr?“

„Sie fand ein schrecklich Ende!“ sprach Teja schaudernd.

„Als ich von hier nach Rom kam, wußte man nur, daß sie verschmäht, den Feigling zu begleiten:. er floh allein.

Gothelindis aber rief seine kappadokische Leibwache zusammen und verhieß den Männern goldne Berge, wenn sie sich zu ihr halten und mit ihr nach Dalmatien und in das feste Salona sich werfen wollten.

Die Söldner schwankten und wollten erst das verheißne Gold sehen.

Da verhieß Gothelindis, es zu bringen und ging. Seitdem war sie verschwunden.

Wie ich wieder durch Rom kam, war sie freilich gefunden."

„Nun?"

„Sie hatte sich in die Katakomben gewagt, allein, ohne Führer, einen dort vergrabnen Schatz zu holen.

Sie muß sich in diesem Labyrinth verirrt haben, sie fand den Ausgang nicht mehr.

Suchende Söldner fanden sie lebend: ihre Fackel war nicht herabgebrannt, sondern fast völlig erhalten: sie mußte alsbald erloschen sein, nachdem sie die Höhlung beschritten.

Wahnsinn sprach aus ihrem Blick: lange Todesangst, Verzweiflung haben dieses böse Weib zermürbt: sie starb, sowie sie an Tageslicht gebracht war."

„Schrecklich!" rief Witichis.

„Gerecht!" sagte Teja. „Aber höre weiter."

Eh' er beginnen konnte, eilten Totila, Hildebad, Hildebrand und andre gothische Führer in's Zelt: „Weiß er's?" fragte Totila.

„Noch nicht," sagte Teja.

„Rebellion!" rief Hildebad! „Rebellion! Auf. König Witichis, wehre dich deiner Krone! Lege dem Knaben das Haupt vor die Füße."

„Was ist geschehn?" fragte Witichis ruhig.

„Graf Arahad von Asta, der eitle Laffe, hat sich empört.

Er ist gleich nach deiner Wahl davon geritten gegen Florentia, wo sein älterer Bruder, der stolze Herzog von Tuscien, Guntharis, haust und herrscht.

Da haben die Wölsungen viel Anhang gefunden, haben die Gothen überall aufgerufen gegen dich zum Schutz der „Königslilie", wie sie sie nennen: Mataswintha sei die Erbin der Krone.

Sie haben sie als Königin ausgerufen.

Sie weilte in Florentia, fiel also gleich in ihre Gewalt.

Man weiß nicht, ist sie Guntharis Gefangene oder Arahads Weib.

Nur das weiß man, daß sie avarische und gepidische Söldner geworben, den ganzen Anhang der Amaler und ihre ganze Sippe und Gefolgschaft, zu all' dem großen Anhang der Wölsungen, bewaffnet haben.

Dich schelten sie den Bauernkönig: sie wollen Ravenna gewinnen!"

„O schicke mich nach Florentia mit nur drei Tausendschaften!" rief Hildebad zornig.

„Ich will dir diese Königin der Gothen sammt ihrem adeligen Buhlen in einem Vogelkäfig gefangen bringen."

Aber die Andern machten besorgte Gesichter.

„Es sieht finster her!" sprach Hildebrand.

„Belisar mit seinen Hunderttausenden vor uns: — im Rücken das schlangenhafte Rom, — all' unsre Macht noch fünfzig Meilen fern — und jetzt noch Bruderkrieg und Aufruhr im Herzen des Reiches! der Donner schlag' in dieses Land."

Aber Witichis blieb ruhig und gefaßt wie immer.

Er strich mit der Hand über die Stirn.

„Es ist vielleicht gut so," sagte er dann.

„Jetzt bleibt uns keine Wahl.

Jetzt müssen wir zurück."

„Zurück?" fragte Hildebad zürnend.

„Ja! Wir dürfen keinen Feind im Rücken lassen. Morgen brechen wir das Lager ab und gehn" —

„Gegen Neapolis vor?" sagte Hildebad.

„Nein! Zurück nach Rom!

Und weiter, nach Florentia, nach Ravenna!

Der Brand der Empörung muß zertreten sein, eh' er noch recht entglommen."

„Wie? du weichst vor Belisar zurück?"

„Ja um, desto stärker vorzugehen, Hildebad!

Auch die Bogensehne spannt die Kraft zurück, den tödtlichen Pfeil zu schnellen."

„Nimmermehr!" sprach Hildebad, „das kannst — das darfst du nicht."

Aber ruhig trat Witichis auf ihn zu und legte ihm die Hand auf die Schulter: „Ich bin dein König.

Du hast mich selbst gewählt.

Hell klang vor Andern dein Ruf: „Heil König Witichis!"

Du weißt es, Gott weiß es: nicht ich habe die Hand ausgestreckt nach dieser Krone!

Ihr habt sie mir auf das Haupt gedrückt: nehmt sie herunter, wenn ihr sie mir nicht mehr anvertraut.

Aber so lang ich sie trage, traut mir und gehorcht: sonst seid ihr mit mir verloren."

„Du hast recht," sagte der lange Hildebad und senkte das Haupt. „Vergieb mir! Ich mach' es gut im nächsten Gesecht."

„Auf, meine Feldherrn," schloß Witichis den Helm aufsetzend, „du, Totila, eilst mir in wicht'ger Sendung zu den Franken-Königen nach Gallien: ihr Andern eilt zu euren Scharen, brecht das Lager ab: mit Sonnenaufgang geht's nach Rom."

Siebentes Capitel.

———

Wenige Tage darauf, am Abend des Einzugs der Gothen in Rom, finden wir die jungen „Ritter": Lucius und Marcus Licinius, Piso, den Dichter, Balbus, den Feisten, Julianus, den jungen Juristen, bei Cethegus dem Präfecten in vertrautem Gespräch.

„Das also ist die Liste der blinden Anhänger des künftigen Papstes Silverius, meiner schlimmsten Argwöhner?

Ist sie vollständig?"

„Sie ist es.

Es ist ein hartes Opfer," rief Lucius Licinius, „das ich dir bringe, Feldherr.

Hätt' ich gleich, wie das Herz mich antrieb, Belisar aufgesucht, ich hätte jetzt schon Neapolis mit belagert und bestürmt, statt daß ich hier die Katzentritte der Priester belausche und die Plebejer marschiren und in Manipeln schwenken lehre."

„Sie lernen's doch nie wieder," meinte Marcus.

„Geduldet euch," sagte Cethegus ruhig, ohne von

einer Papyrosrolle aufzublicken, die er in der Hand hielt.

„Ihr werdet euch bald genug und lang genug mit diesen gothischen Bären balgen dürfen.

Vergeßt nicht, daß das Raufen doch nur Mittel ist, nicht Zweck."

„Weiß nicht." zweifelte Lucius.

„Die Freiheit ist der Zweck und Freiheit fordert Macht," sprach Cethegus, „wir müssen diese Römer wieder an Schild und Schwert gewöhnen, sonst —" der Ostiarius meldete einen gothischen Krieger.

Unwillige Blicke tauschten die jungen Römer.

„Laß ihn ein!" sprach Cethegus, seine Schreibereien in einer Capsel bergend.

Da eilte ein junger Mann im braunen Mantel der gothischen Krieger, einen gothischen Helm auf dem Haupt, herein und warf sich an des Präfecten Brust.

„Julius!" sprach dieser kalt zurücktretend.

„Wie sehn wir uns wieder!

Bist du denn ganz ein Barbar geworden. Wie kamst du nach Rom?"

„Mein Vater, ich geleite Valeria unter gothischem Schutz: ich komme aus dem rauchenden Neapolis."

„Ei," sagte Cethegus, „hast du mit deinem blonden Freund gegen Italien gestritten? Das steht einem Römer gut! Nicht wahr, Lucius?"

„Ich habe nicht gefochten und werde nicht fechten in diesem Krieg, dem unseligen. Weh denen, die ihn entzündet."

Cethegus maß ihn mit kalten Blicken.

„Es ist unter meiner Würde und über meiner Geduld, einem Römer die Schande solcher Gesinnung vorzuhalten.

Wehe, daß ein solcher Abtrünniger mein Julius. Schäme dich vor diesen deinen Altersgenossen. Seht, römische Ritter, hier ist ein Römer ohne Freiheitsdurst, ohne Zorn auf die Barbaren!"

Aber ruhig schüttelte Julius das Haupt.

„Du hast sie noch nicht gesehen, die Hunnen und Massageten Belisars, die euch die Freiheit bringen sollen.

Wo sind denn die Römer, von denen du sprichst? Hat sich Italien erhoben, seine Fesseln abzuwerfen? Kann es sich noch erheben?

Justinian kämpft mit den Gothen, nicht wir.

Wehe dem Volk, das ein Tyrann befreit."

Cethegus gab ihm im Geheimen recht, aber er wollte solche Worte nicht billigen vor Fremden: „Ich muß allein mit diesem Philosophen disputiren.

Berichtet mir, wenn bei den Frommen etwas geschieht."

Und die Kriegstribunen gingen, mit verächtlichen Blicken auf Julius.

„Ich möchte nicht hören, was die von dir reden!" sagte Cethegus ihnen nachsehend.

„Das gilt mir gleich. Ich folge meinen eignen und nicht fremden Gedanken."

„Er ist Mann geworden," sagte Cethegus zu sich selbst.

"Und meine tiefsten und besten Gedanken, die diesen Krieg verfluchen, führen mich hierher.

Ich komme, dich zu retten und zu entführen aus dieser schwülen Luft, aus dieser Welt von Falschheit und Lüge. Ich bitte dich, mein Freund, mein Vater: folge mir nach Gallien."

"Nicht übel," lächelte Cethegus. "Ich soll Italien aufgeben im Augenblick, da die Befreier nahen! Wisse: ich war es, der sie herbeigerufen, ich habe diesen Kampf entfacht, den du verfluchst."

"Ich dacht' es wohl," sprach Julius schmerzlich. "Aber wer befreit uns von den Befreiern? wer endet diesen Kampf?"

"Ich," sprach Cethegus ruhig und groß. "Und du, mein Sohn, sollst mir dabei helfen.

Ja, Julius, dein väterlicher Freund, den du so kalt und nüchtern schiltst, hat auch eine begeisterte Schwärmerei, wenn auch nicht für Mädchenaugen und gothische Freund-schaften.

Laß diese Knabenspiele jetzt, du bist ein Mann.

Gieb mir die letzte Freude meines öden Lebens und sei der Genosse meiner Kämpfe und der Erbe meiner Siege!

Es gilt Rom, Freiheit, Macht!

Jüngling, können dich diese Worte nicht rühren? Denk' dir," fuhr er, wärmer werdend fort, "diese Gothen, diese Byzantiner — ich hasse sie wie du — die Einen durch die Andern erschöpft, aufgerieben, und über den Trümmern ihrer Macht erhebt sich Italien, Rom in alter Herrlichkeit!

Auf dem capitolinischen Hügel thront wieder der Herrscher über Morgen- und Abendland: eine neue römische Weltherrschaft, stolzer als sie dein cäsarischer Namensvetter geträumt, verbreitet Zucht, Segen und Furcht über die Erde" —

„Und der Herrscher dieses Weltreichs heißt — Cethegus Cäsarius!"

„Ja — und nach ihm: Julius Montanus! Auf, Julius, du bist kein Mann, wenn dich dies Ziel nicht lockt!"

Julius sprach bewundernd: „Mir schwindelt! Das Ziel ist sternenhoch: aber deine Wege — sie sind nicht gerade.

Ja, wären sie gerade, bei Gott, ich theilte deinen Gang.

Ja, rufe die römische Jugend zu den Waffen, herrsche beiden Barbarenheeren zu: „Räumt das heilige Latium!" führe einen offnen Krieg gegen die Barbaren und gegen die Thrannen: und an deiner Seite will ich stehen und fallen!"

„Du weißt recht gut, daß dieser Weg unmöglich ist."
„Und deßhalb — ist's dein Ziel!"

„Thor, erkennst du nicht, daß es gewöhnlich ist, aus gutem Stoff ein Gebilde fertigen, daß es aber göttlich ist, aus dem Nichts nur mit eigner schöpferischer Kraft eine neue Welt schaffen."

„Göttlich? durch List und Lüge? Nein."
„Julius!"
„Laß mich offen sprechen, deßhalb bin ich gekommen.
O könnt ich dich zurückrufen von dem dämonischen Pfade, der dich sicher in Nacht und Verderben führt.

Du weißt, — wie ich dein Bild verehre und liebe.

Es will mir nicht stimmen zu dieser Verehrung, was Griechen, Gothen, Römer von dir flüstern."

„Was flüstern sie?" fragte Cethegus stolz.

„Ich mag's nicht denken: aber Alles, was in diesen Zeiten Furchtbares geschehen: Athalarichs, Camilla's, Amalaswinthens Untergang, der Byzantiner Landung, — du wirst dabei genannt, wie der Dämon, der alles Böse schafft. Sage mir, schlicht und treu, daß du frei bist von dunkeln" —

„Knabe!" fuhr Cethegus auf, „willst du mir zur Beichte sitzen und zu Gericht?

Lerne erst das Ziel begreifen, eh du die Mittel schiltst.

Meinst du, man baut die Weltgeschichte aus Rosen und Lilien?

Wer das Große will, muß das Große thun, nennen's die Kleinen gut oder schlecht."

„Nein und dreimal nein! ruft dir mein ganzes Herz entgegen.

Fluch dem Ziel, zu dem nur Frevel führen.

Hier scheiden sich unsre Pfade."

„Julius, geh nicht! Du verschmähst, was noch nie einem Sterblichen geboten ward.

Laß mich einen Sohn haben, für den ich ringe, dem ich die Erbschaft meines Lebens hinterlassen kann."

„Fluch und Lüge und Blut kleben daran. Und sollt ich sie schon jetzt antreten — ich will sie nie!

Ich gehe, daß sich dein Bild nicht noch mehr vor mir verdunkle.

Aber ich flehe dich um Eins: wenn der Tag kommt (und er wird kommen), da dich ekelt all des Blutes und des frevlen Trachtens und des Zieles selbst, das solche Thaten fordert — — dann rufe mir: ich will herbeieilen, wo immer ich sei, und will dich losringen und loskaufen von den dämonischen Mächten und sei's um den Preis meines Lebens."

Leichter Spott zuckte zuerst um des Präfecten Lippe aber er dachte ·

„Er liebt mich noch immer. — Gut, ich werde ihn rufen, wenn das Werk vollendet: laß sehen, ob er ihm dann widerstehen kann, ob er den Thron des Erdkreises ausschlägt."

„Wohl," sagte er, „ich werde dich rufen, wenn ich dein bedarf. Leb wohl."

Und mit kalter Handbewegung entließ er den Heißbewegten.

Aber als die Thüre hinter ihm zugefallen, nahm der eisige Präfect ein kleines Relief von getriebener Bronce aus einer Kapsel und betrachtete es lang.

Dann wollte er es küssen.

Aber plötzlich flog der höhnische Zug wieder um seine Lippen.

„Schäme dich vor Cäsar, Cethegus," sagte er, und legte das Medaillon wieder in die Capsel.

Es war ein Frauenkopf und Julius sehr ähnlich.

Achtes Capitel.

Inzwischen war es dunkler Abend geworden.

Der Sklave brachte die zierliche Broncelampe, korinthische Arbeit: ein Adler, der im Schnabel den Sonnen-
ball trägt, mit persischem Duftöl.

„Ein gothischer Krieger steht draußen, Herr, er will
dich allein sprechen. Er sieht sehr unscheinbar aus.
Soll er die Waffen ablegen?"

„Nein," sagte Cethegus, „wir fürchten die Barbaren
nicht. Laß ihn kommen."

Der Sklave ging und Cethegus legte die Rechte an
den Dolch im Busen seiner Tunica.

Ein stattlicher Gothe trat ein, die Mantelcapuze
über den Kopf geschlagen: er warf sie jetzt zurück.

Cethegus trat erstaunt einen Schritt näher.

„Was führt den König der Gothen zu mir?"

„Leise!" sprach Witichis. „Es braucht Niemand zu
wissen, was wir beide verhandeln.

Du weißt: seit gestern und heute ist mein Heer von
Regeta in Rom eingezogen.

Du weißt noch nicht, daß wir Rom morgen wieder räumen werden."

Cethegus horchte hoch auf.

„Das befremdet dich?"

„Die Stadt ist fest," sagte Cethegus ruhig.

„Ja, aber nicht die Treue der Römer. Benevent ist schon abgefallen zu Belisar.

Ich habe nicht Lust, mich zwischen Belisar und euch erdrücken zu lassen."

Vorsichtig schwieg Cethegus, er wußte nicht, wo das hinaus sollte.

„Weßhalb bist du gekommen, König der Gothen?"

„Nicht um dich zu fragen, wie weit man den Römern trauen kann.

Auch nicht, um zu klagen, daß wir ihnen so wenig trauen können, die doch Theoderich und seine Tochter mit Wohlthaten überhäuft; — sondern um grad und ehrlich ein Par Dinge mit dir zu schlichten, zu eurem wie zu unsrem Frommen."

Cethegus staunte.

In der stolzen Offenheit dieses Mannes lag Etwas, das er beneidete.

Er hätte es gern verachtet.

„Wir werden Rom verlassen: und alsbald werden die Römer Belisar aufnehmen.

Das wird so kommen.

Ich kann's nicht hindern.

Man hat mir gerathen, die Häupter des Adels als Geiseln mit hinwegzuführen."

Cethegus erschrak und hatte Mühe, das zu verbergen.

„Dich vor Allen, den Princeps Senatus."

„Mich!" lächelte Cethegus.

„Ich werde dich hier lassen.

Ich weiß es wohl: Du bist die Seele von Rom."

Cethegus schlug die Augen nieder.

„Ich nehme das Orakel an," dachte er.

„Aber eben deßhalb laß' ich dich hier.

„Hunderte, die sich Römer nennen, wollen die Byzantiner zu ihren Herrn, — du, du willst das nicht."

Cethegus sah ihn fragend an.

„Täusche mich nicht!

Wolle mich nicht täuschen.

Ich bin der Mann verschlagner Künste nicht.

Aber mein Auge sieht der Menschen Art.

Du bist zu stolz, um Justinian zu dienen.

Ich weiß, du hassest uns.

Aber du liebst auch diese Griechen nicht und wirst sie nicht länger hier dulden als du mußt.

„Deßhalb laß ich dich hier: vertritt du Rom gegen die Tyrannen: ich weiß, du liebst die Stadt."

Es war etwas an diesem Mann, das Cethegus zum Staunen zwang.

„König der Gothen," sagte er, „du sprichst klar und groß wie ein König: ich danke dir.

Man soll nicht sagen von Cethegus, daß er die Sprache der Größe nicht versteht.

Es ist, wie du sagst: ich werde mein Rom nach Kräften römisch erhalten."

„Gut," sagte Witichis, „sieh, man hat mich gewarnt vor deiner Tücke: ich weiß viel von deinen schlauen Plänen: ich ahne noch mehr: und ich weiß, daß ich gegen Falschheit keine Waffe habe.

Aber du bist kein Lügner.

Ich wußte, ein männlich Wort ist unwiderstehlich bei dir: und Vertrauen entwaffnet einen Feind, der ein Mann."

„Du ehrst mich, König der Gothen.

Um es zu verdienen, laß dich warnen: weißt du, wer die wärmsten Freunde Belisars?"

„Ich weiß es: Silverius und die Priester."

„Richtig. Und weißt du, daß Silverius, sowie der alte Pabst Agapetus gestorben, den Bischofsstuhl von Rom besteigen wird?"

„So hör' ich.

Man rieth mir, auch ihn als Geisel fortzuführen.

Ich werd' es nicht thun.

Die Italier hassen uns genug.

Ich will nicht noch in das Wespennest der Pfaffen stoßen.

Ich fürchte die Märtyrer."

Aber Cethegus wäre den Priester gern los geworden.

. „Er wird gefährlich auf dem Stuhl Petri," warnte er.

„Laß ihn nur! Der Besitz dieses Landes wird nicht durch Priesterkunst entschieden."

„Wohlan," sprach Cethegus, die Papyrosrolle vorzeigend, ich habe hier die Namen seiner wärmsten Freunde zufällig beisammen. Es sind wichtige Männer."

Er wollte ihm die Liste' aufdringen und hoffte, die Gothen sollten so seine gefährlichsten Feinde als Geiseln mitführen.

Aber Witichis wies ihn ab.

„Laß das! Ich werde gar keine Geiseln nehmen.

Was nützt es, ihnen die Köpfe abzuschlagen? Du, dein Wort soll mir für Rom bürgen."

„Wie meinst du das? ich kann Belisar nicht abhalten."

„Du sollst es nicht: Belisar wird kommen: aber verlaß' dich drauf: er wird auch wieder gehn.

Wir Gothen werden diesen Feind bezwingen: vielleicht erst nach hartem Kampf: aber gewiß.

Dann aber gilt es den zweiten Kampf um Rom."

„Einen zweiten? fragte Cethegus ruhig, „mit wem?"

Aber Witiches legte ihm die Hand auf die Schulter und sah ihm in's Antlitz mit einem Auge wie die Sonne: „Mit dir, Präfect von Rom!"

„Mit mir!"

Und er wollte lächeln, aber er konnte nicht.

„Verleugne nicht dein Liebstes, Mann: es ist deiner nicht würdig.

Ich weiß es, für wen du die Thore und Schanzen um diese Stadt erbaut: nicht für uns und nicht für die Griechen! für dich! Ruhig! Ich weiß, was du sinnest, oder ich ahn' es: kein Wort!

Es sei! Sollen Griechen und Gothen um Rom kämpfen und kein Römer? Aber höre:

Laß nicht einen zweiten jahrelangen Krieg unsre Völker hinraffen.

Wenn wir die Byzantiner niedergekämpft, hinausgeworfen aus unserm Italien — dann, Cethegus, will ich dich erwarten vor den Mauern Roms; nicht zur Schlacht unsrer Völker, zum Zweikampf: Mann gegen Mann, du und ich, wir wollen's um Rom entscheiden."

Und in des Königs Blick und Ton lag eine Größe, eine Würde und Hohheit, die den Präfecten verwirrte.

Er wollte heimlich spotten der einfältigen Schlichtheit des Barbaren.

Aber es war ihm, als könne er sich selbst nie mehr achten, wenn er diese Größe nicht zu achten, nicht zu ehren, nicht zu erwidern fähig sei.

So sprach er ohne Spott:

„Du träumst, Witichis, wie ein gothischer Knabe."

„Nein, ich denke und handle wie ein gothischer Mann.

Cethegus, du bist der einzige Römer, den ich würdige, so mit ihm zu reden.

Ich habe dich fechten sehen im Gepidenkrieg: du bist meines Schwertes würdig.

Du bist älter als ich, wohlan: ich gebe dir den Schild voraus!"

„Seltsam seid ihr Germanen," sagte Cethegus unwillkürlich: „was für Phantasien!"

Aber jetzt furchte Witichis die offne Stirn:

„Phantasien? Wehe dir, wenn du nicht fähig bist, zu fühlen, was aus mir spricht.

Wehe dir, wenn Teja Recht behält!

Er lachte zu meinem Plan und sprach: „das faßt der Römer nicht!"

Und Er rieth mir, dich gefangen mitzuführen.

Ich dachte größer von dir und Rom.

Aber wisse: Teja hat dein Haus umstellt: und bist du so klein oder so feig, mich nicht zu fassen, — in Ketten führen wir dich aus deinem Rom.

Schmach dir, daß man dich zwingen muß zur Ehre und zur Größe."

Da ergrimmte Cethegus.

Er fühlte sich beschämt.

Jenes Ritterliche war ihm fremd und es ärgerte ihn, daß er es nicht verhöhnen konnte.

Es ärgerte ihn, daß man ihn mit Gewalt nöthigte, daß man seiner freien Wahl mißtraut habe. Wüthender Haß gegen Teja's Mißachtung wie gegen des Königs brutale Offenheit loderte in ihm auf.

All diese Eindrücke rangen in ihm, er hätte gern den Dolch in des Germanen breite Brust gestoßen.

Fast hätte er so eben aus soldatischem Ehrgefühl im vollen Ernst sein Wort gegeben.

Jetzt durchzuckte ihn ein davon sehr verschiedenes, unschönes Gefühl der Schadenfreude.

Sie hatten ihm nicht getraut, die Barbaren: sie hatten ihn gering erachtet: nun sollten sie gewiß betrogen sein!

Und mit scharfem Blick vortretend faßte er des Königs Hand.

„Es gilt," rief er.

„Es gilt," sprach Witichis, fest seine Hand drückend.

„Mich freut es, daß ich Recht behielt und nicht Teja.

Leb wohl! hüte mir unser Rom.

Von dir fordre ich es wieder in ehrlichem Kampf."

Und er ging.

„Nun," sprach Teja draußen mit den andern Gothen rasch vortretend, „soll ich das Haus stürmen?"

„Nein," sagte Witichis, „er gab mir sein Wort."

„Wenn er's nur hält!"

Da trat Witichis heftig zurück.

„Teja! dich macht dein finstrer Sinn zu ungerecht!

Du hast kein Recht, an eines Helden Ehre zu zweifeln.

Cethegus ist ein Held."

„Er ist ein Römer. Gute Nacht!" sagte Teja, das Schwert einsteckend.

Und er ging mit seinen Gothen andren Weges.

Cethegus aber warf sich diese Nacht unwillig auf's Lager.

Er war uneins in sich.

Er grollte mit Julius.

Er grollte bitter mit Witichis, bittrer noch mit Teja.

Am bittersten mit sich selbst.

Am folgenden Tage versammelte Witichis noch einmal Volk, Senat und Klerus der Stadt bei den Thermen des Titus.

Von der höchsten Stufe der Marmortreppe des stolzen Gebäudes herab, welches von den Großen des Heeres erfüllt war, hielt der König eine schlichte Ansprache an die Römer.

Er erklärte, daß er auf kurze Zeit die Stadt räumen und zurückweichen werde.

Bald aber werde er wiederkehren.

Er erinnerte sie der Milde der gothischen Herrschaft, der Wohlthaten Theoderichs und Amalaswinthens, und forderte sie auf, Belisar, falls er heranrücke, muthig zu widerstehen, bis die Gothen zum Entsatz wieder heranrückten: der Römer wieder an die Waffen gewöhnte Legionare und ihre starken Mauern machten langen Widerstand möglich.

Zuletzt forderte er den Eid der Treue und ließ sie nochmals feierlich schwören, daß sie ihre Stadt auf Leben und Tod gegen Belisar vertheidigen wollten.

Die Römer zögerten: denn ihre Gedanken waren jetzt schon im Lager Belisars und sie scheuten den Meineid.

Da scholl dumpfer feierlicher Gesang von der sacra Via her: und an dem flavischen Amphitheater vorbei zog eine große Procession von Priestern mit Psalmengesang und Weihrauch-Schwang heran.

In der Nacht war Pabst Agapet gestorben und in aller Eile hatte man Silverius, den Archidiakon, zu seinem Nachfolger gewählt.

Langsam und feierlich wogte das Heer von Priestern heran: die Insignien der Bischofswürde von Rom wurden vorausgetragen: silberstimmige Knaben sangen in süßen und doch weihevollen Weisen.

Endlich nahte die Sänfte des Pabstes: offen, breit, reichvergoldet, einem Schiffe nachgebildet.

Die Träger gingen langsam, Schritt für Schritt, nach dem Tact der Musik, von ringsum drängendem Volk umwogt, das nach dem Segen seines neuen Bischofs verlangte.

Silverius spendete unablässig denselben, mit seinem klugen Haupte rechts und links hin nickend.

Eine große Zahl von Priestern und ein Zug von speertragenden Söldnern schloß die Procession.

Sie hielt inne, als sie in die Mitte des Platzes gelangt war.

Schweigend, mit trotzigen Augen, sahen die arianischen, gothischen Krieger, welche alle Mündungen des Platzes besetzt hielten, den stolzen, prachtentfaltenden Aufzug der ihnen feindlichen Kirche, indeß die Römer die Ankunft ihres Seelenhirten um so freudiger begrüßten, als seine Stimme ihre Gewissenszweifel wegen des zu leistenden Eides lösen sollte.

Eben wollte Silverius seine Ansprache an das versammelte Volk beginnen, als der Arm eines thurmlangen Gothen, über die Brüstung der Sänfte herein langend, ihn an dem goldbrokatnen Mantel zog.

Unwillig ob der wenig ehrerbietigen Störung wandte

Silverius das strenge Gesicht, aber uneingeschüchtert sprach
der Gothe, den Ruck wiederholend:

„Komm, Priester, du sollst hinauf zum König."

Silverius hätte es angemessener gefunden, wenn der
König zu ihm heruntergekommen wäre, und Hildebad
schien etwas dergleichen in seinen Mienen zu lesen.

Denn er rief: „'s ist nicht anders! duck' dich, Pfäff-
lein!"

Und damit drückte er einen der die Sänfte tragen-
den Priester an der Schulter nieder: die Träger ließen
sich nun auf die Kniee herab und seufzend stieg Silverius
heraus, Hildebad auf die Treppe folgend.

Als er vor Witichis angelangt war, ergriff dieser
seine Hand, trat mit ihm vor, an den Rand der Treppe,
und sprach:

„Ihr Männer von Rom, diesen hier haben eure
Priester zu eurem Bischof bezeichnet.

Ich genehmige die Wahl: er sei Pabst, so wie er
mir Gehorsam geschworen und euch den Eid der Treue
für mich abgenommen hat. Schwöre, Priester!"

Nur einen Augenblick war Silverius betroffen.

Aber sogleich wieder gefaßt, wandte er sich mit
salbungsvollem Lächeln zu dem Volk:

„Du befiehlst?" sprach er.

„Schwöre," rief Witichis, „daß du in unsrer Abwesenheit Alles aufbieten wirst, diese Stadt Rom in Treue
zu den Gothen zu erhalten, denen sie soviel verdankt; in
allen Stücken uns zu fördern, unsre Feinde aber zu
schädigen. Schwöre Treue den Gothen."

„Ich schwöre, sagte Silverius sich zu dem Volke wendend.

Und so fordre ich, der ich die Macht habe, die Seelen zu binden, euch, ihr Römer, umstarret rings von gothischen Waffen, auf, im gleichen Sinne zu schwören, wie ich geschworen habe."

Die Priester und Einige der Vornehmen schienen verstanden zu haben und erhoben unbedenklich die Finger zum Schwur.

Da besann sich auch die Menge nicht länger und der Platz erscholl von dem lauten Ruf: „Wir schwören Treue den Gothen."

„Es ist gut, Bischof von Rom," sprach der König. Wir bauen auf euren Schwur. Lebt wohl, ihr Römer! Bald werden wir uns wieder sehen."

Und er schritt die breiten Stufen nieder.

Teja und Hildebad folgten ihm.

„Jetzt bin ich nur begierig," — sagte Graf Teja.

„Ob sie es halten?" meinte Hildebad.

„Nein. Gar nicht. Aber wie sie's brechen. Nun, der Priester wird's schon finden."

Und mit fliegenden Fahnen zogen die Gothen ab zur Porta Flaminia hinaus, die Stadt ihrem Pabst und dem Präfecten überlassend, während Belisar in Eilmärschen auf der Via Latina nahte.

Nenntes Capitel.

In der Stadt Florentia waltete eifriges kriegerisches Leben.

Die Thore waren geschlossen: auf den Zinnen und Mauerkronen schritten zahlreiche Wachen, in den Straßen klirrte es von Zügen reisiger Gothen und bewaffneter Söldner: denn die Wölfungen Guntharis und Arahad hatten sich in diese Stadt geworfen und sie einstweilen zum Hauptwaffenplatz des Aufstandes gegen Witichis gemacht.

In der schönen Villa, welche sich Theoderich in einer Vorstadt am Ufer des Arnus, aber noch in den Ring- mauern der Stadt, gebaut, hausten die beiden Brüder.

Herzog Guntharis von Tuscien, der Aeltere, war ein gefürchteter Kriegsmann und seit Jahren Graf der Stadt Florentia: rings in ihrem Weichbild lagen die Güter des mächtigen Adelsgeschlechts, von tausenden von Colonen und Hinterfassen bebaut: ihre Macht in dieser Stadt und Landschaft war ohne Schranken und Herzog Gun- tharis war entschlossen, sie völlig zu gebrauchen.

In voller Rüstung, den Helm auf dem Haupt,

schritt der stattliche Mann unwillig durch das marmor-
getäfelte Zimmer, indeß der jüngere Bruder in schmucker
Feiertracht, ohne Waffen, schweigend und sinnend an dem
Citrustisch lehnte, der von Briefen und Pergamenten
bedeckt war.

„Entschließe dich, mach' vorwärts, mein Junge!" sprach
Guntharis: „es ist mein letztes Wort.

Noch heute bringst du mir das Ja des störrigen
Kindes oder ich — hörst du? — ich selbst gehe, es zu
holen.

Aber dann, wehe ihr.

Ich weiß besser als du umzuspringen mit einem
launischen Mädchenkopf."

„Bruder, das wirst du nicht."

„Beim Donner, das werd' ich.

Meinst du, ich wage meinen Kopf, ich versäume das
Glück unsres Hauses um deine schmachtende Zartheit?

Jetzt oder nie ist der Augenblick, den Wölsungen
endlich die erste Stelle im Volk zu schaffen, die ihnen
gebührt und von der Amaler und Balthen sie seit Jahrhunderten ausgeschlossen.

Wird die letzte Amelungentochter dein Weib, kann
Niemand dir die Krone bestreiten: und mein Schwert soll
sie schon schützen auf deinem Haupt gegen diesen Bauernkönig Witichis.

Aber nicht zu lange mehr darf's währen.

Ich habe noch keine Nachricht von Ravenna: aber
ich fürchte, die Stadt wird nur Mataswintha, nicht uns,
zufallen, das heißt, nicht uns allein; wer sie hat, hat

aber Italien, nachdem Neapolis und Rom verloren: die mächtige Festung müssen wir haben.

Deßhalb muß sie dein Weib sein, eh' wir vor die Raben-Mauern ziehen: sonst wird ruchtbar, daß sie mehr unsre Gefangene als unsre Königin."

„Wer wünscht das mehr, heißer als ich? aber ich kann sie doch nicht zwingen!"

„Nicht? warum nicht?

Suche sie auf und gewinne sie im Guten oder Bösen.

Ich gehe, die Wachen auf den Wällen zu verstärken. Bis ich zurück bin, will ich Antwort!"

Herzog Guntharis ging: und seufzend machte sich sein Bruder nach dem Garten auf, Mataswintha zu suchen.

Der Garten war von einem kunstverständigen Freigelassnen aus Kleinasien angelegt.

Er hatte im abschließenden Hintergrund eine waldähnliche Partie, welche, frei von Beten und Terrassen, das wunderbar reiche Wiesengrün erhalten hatte.

Diese blumigen Wiesenufer und dichte Oleanderbüsche durchrieselte ein klarer Bach, mit anmuthigem Gewoge.

Dicht an dem Rande des Baches, im weichen Grase hingegossen, lag eine jugendliche Frauengestalt.

Sie hatte von dem rechten Arm das Gewand zurückgeschlagen und schien bald mit den murmelnden Wellen, bald mit den nickenden Blumen am Rande zu spielen.

Sinnend sah sie vor sich hin und warf wie träumend hie und da ein Veilchen oder einen Krokus in die Wellen, mit leise geöffneten Lippen der Blüthe nachsehend, welche rasch die klaren Wellen entführten.

Dicht hinter ihren Schultern kniete ein junges Mädchen in maurischer Sklaventracht, eifrig beschäftigt, einen Kranz fertig zu flechten, an welchem nur die letzten Verbindungen fehlten: sorgsam spähte die graziöse Kleine manchmal, ob die Träumende ihre heimliche Arbeit nicht gewahre.

Aber diese schien ganz in ihre Phantasien verloren.

Endlich war der zierliche Kranz vollendet: mit lachenden Augen drückte sie ihn auf das prachtvolle feuerfarbne Haar der Herrin und bog sich um ihre Schulter, deren Blick zu suchen.

Aber diese hatte gar nicht bemerkt, wie die Blumen ihr Haupt berührten.

Da ward die Kleine unwillig und rief mit schmollend aufgeworfnen Lippen.

„Aber Herrin, bei den Palmenwipfeln des Auras, was denkest du wieder? Bei wem bist du?"

Mataswintha schlug die leuchtenden Augen auf; „Bei ihm!" flüsterte sie.

„Weiße Göttin, das trag' ich nicht mehr!" rief die Kleine aufspringend, „es ist zu arg, die Eifersucht bringt mich um!

Nicht mich, deine Gazelle nur, auch die eigne Schönheit vergißt du. — über dem unsichtbaren Mann: schau' doch nur einmal in die Wellen und sieh, wie reizend dein Haar von den dunkeln Veilchen und weißen Anemonen sich hebt.

„Dein Kranz ist schön!" sagte Mataswintha, ihn herunterlangend und dann leicht in die Wellen werfend, „welch' süße Blumen! Grüßt ihn von mir."

„Ach, meine armen Blumen!" rief die Sklavin, ihnen nachblickend: aber sie wagte nicht, weiter zu schelten.

„Sag' mir nur," rief sie, sich wieder nieder lassend, „wie all' dies enden soll?

Da sind wir jetzt schon viele Tage, wir wissen nicht recht, Königin oder Gefangne?

Jedesfalls in fremder Gewalt: haben den Fuß nicht aus deinem Gemach oder diesem hochummauerten Garten gesetzt und wissen nichts von der ganzen Welt.

Du aber bist immer still und selig, als müßte das Alles so sein."

„Es muß auch Alles so sein."

„So? und wie wird es enden?"

„Er wird kommen und wird mich befreien."

„Nun, Weißlilie! du hast einen starken Glauben.

Wären wir daheim im Mauretanierland und sähe ich dich Nachts zu den Sternen blicken, so sagte ich wohl: du habest das Alles „in den Sternen gelesen. Aber so! Ich begreife das nicht — und sie schüttelte die schwarzen Locken — „ich werde dich nie begreifen."

„Doch, Aspa! du wirst und sollst," sprach Mataswintha sich aufraffend, und zärtlich den weißen Arm um den braunen Nacken schlingend, „deine treue Liebe verdient längst diesen Lohn, den besten, den ich zu spenden habe."

In der Sklavin dunkles Auge trat eine Thräne.

„Lohn?" sprach sie.

„Aspa ward geraubt von wilden Männern mit rothen, fliegenden Locken.

Aspa ist eine Sklavin.

Alle haben sie gescholten und geschlagen.

Du hast mich gekauft wie man eine Blume kauft.

Und du streichelst mir Wange und Haar.

Und bist so schön wie die Göttin der Sonne und sprichst von Lohn?"

Und sie schmiegte das Köpfchen an der Herrin Busen.

„Du bist meine Gazelle!" sagte diese „und hast ein Herz wie Gold.

Du sollst alles wissen, was Niemand weiß, außer mir. Höre also.

Ich hatte eine Kindheit ohne Freude, ohne Liebe: und doch verlangte meine junge Seele nach Weichheit, nach Liebe.

Meine arme Mutter hatte einen Knaben, einen Thronerben heiß gewünscht und sicher erwartet: — und mit Widerwillen, mit Kälte und Härte behandelte sie das Mädchen.

Als Athalarich geboren war, nahm die Härte ab, aber die Kälte nahm zu: dem Erben der Krone allein ward alle Liebe und Sorge.

Ich hätte es nicht empfunden, hätte ich nicht in meinem weichen Vater den Gegensatz gesehen: ich fühlte, wie auch er litt unter der kalten Härte seiner Gattin: und oft drückte mich der kranke Mann mit Seufzen, mit Thränen an die Brust.

Und als er gestorben und begraben war, da war mir alle Liebe in der Welt erstorben.

Wenig sah ich Athalarich, der von andern Lehrern und im andern Theil des Palastes erzogen ward: weniger noch die Mutter: fast nur, wenn sie mich zu strafen hatte.

Und doch liebte ich sie so sehr: und doch sah ich, wie meine Wärterinnen und Lehrerinnen ihre eignen Kinder liebten, herzten und küßten: und nach gleicher Wärme verlangte mit aller Macht mein Herz.

So wuchs ich heran, wie eine bleiche Blume ohne Sonnenlicht!

Da war denn mein liebster Ort in der Welt das Grab meines Vaters Eutharich im stillen Königsgarten zu Ravenna.

Da suchte ich bei dem Todten die Liebe, die ich bei den Lebenden nicht fand: und so wie ich meinen Wärtern entrinnen konnte, eilte ich dorthin, zu sehnen und zu weinen.

Und dies Sehnen wuchs, je älter ich ward: in Gegenwart der Mutter mußte ich all meine Gefühle zusammenpressen: sie verachtete es, wenn ich sie zeigte.

Und wie ich vom Kind zum Mädchen heranwuchs, merkte ich wohl, daß die Augen der Menschen oft wie bewundernd auf mir ruhten: aber ich dachte, sie bedauerten mich: und das that mir weh.

Und öfter und öfter flüchtete ich zum Grabe des Vaters, bis es der Mutter gemeldet ward: und ich ward verklagt, daß ich dort weinte und ganz verstört zurückkäme.

Zornig verbat mir die Mutter, ohne sie das Grab wieder zu besuchen: und sprach von verächtlicher Schwäche.

Aber dawider empörte sich mein Herz und ich besuchte das Grab trotz dem Verbot.

Da überraschte sie mich einst daselbst: und schlug mich: und ich war doch kein Kind mehr: und führte mich in den Palast zurück: und schalt mich schwer: und drohte, mich zu verstoßen für immer: und fragte im Scheiden zürnend den Himmel, warum er sie mit einem solchen Kinde gestraft.

Das war zu viel.

Namenlos elend beschloß ich, dieser Mutter zu entrinnen, der ich zur Strafe leben sollte, und davon zu gehen, wo mich niemand kennte: ich wußte nicht wohin: am liebsten in das Grab zu meinem Vater.

Als es Abend geworden, stahl ich mich aus dem Palast, ich eilte nochmals an das geliebte Grab zu langem thränenreichem Abschied.

Schon gingen die Sterne auf: da huschte ich aus dem Garten, aus dem Palast und eilte durch die dunkeln Straßen der Stadt an das faventinische Thor.

Glücklich schlüpfte ich an der Wache vorbei in's Freie und lief nun eine Strecke auf der Straße fort, gradaus in die Nacht, in's Elend.

Aber auf der Straße kam mir entgegen ein Mann im Kriegsgewand.

Als ich an ihm vorüber wollte, schritt er plötzlich heran, sah mir in's Antlitz und legte die Hand leicht auf meine Schulter: „Wohin, Jungfrau Mataswintha, allein, in so später Nacht?"

Ich erbebte unter seiner Hand, Thränen brachen aus meinen Augen und schluchzend rief ich:

„In die Verzweiflung!"

Da faßte der Mann meine beiden Hände und sah mich an, so freundlich, so mild, so besorgt.

Dann trocknete er meine Thränen mit seinem Mantel und sprach in weichem Ton der tiefsten Güte:

„Und warum, was quält dich so?"

„Mir ward so weh und wohl um's Herz beim Klange dieser Stimme.

Und wie ich in sein mildes Auge sah, war ich meiner selbst nicht mehr mächtig.

„Weil mich die eigne Mutter haßt, weil's keine Liebe für mich giebt auf Erden."

„Kind! Kind! Du bist krank," sagte er, „und redest irr. Komm, komm mit mir zurück! Du? warte nur! du wirst noch eine Königin der Liebe werden."

„Ich verstand ihn nicht. Aber ich liebte ihn unendlich für diese Worte, diese Milde.

Fragend, staunend, hülflos sah ich ihm in's Auge.

Ich bebte und zitterte.

Es mußte ihn rühren; oder er dachte, es sei die Kälte.

Er nahm seinen warmen Mantel ab, schlug ihn um meine Schultern und führte mich langsam zurück durch's Thor, auf unbelebten Straßen, durch die Stadt nach dem Palast.

Willenlos, hülflos, wankend wie ein krankes Kind folgte ich ihm, das Haupt, das er mir sorglich verhüllte, an seine Brust gelehnt.

Er schwieg und trocknete mir nur manchmal die Augen.

Unbemerkt, wie ich glaubte, gelangten wir an die Thüre der Palasttreppe: er öffnete sie, schob mich sanft hinein: dann drückte er mir die Hand. „Gut sein," sagte er, „und ruhig.

Dein Glück wird dir schon kommen. Und Liebe genug." Und er legte leise die Hand auf mein Haupt, schloß die Thüre hinter mir und stieg die Treppe hinab.

Ich aber lehnte an der halbgeschlossnen Thür und konnte nicht fort. Mein Fuß versagte, mein Herz pochte.

Da hört' ich, wie eine rauhe Stimme ihn ansprach:

„Wen schmuggelst du da zur Nachtzeit in das Schloß, mein Freund?"

Er aber antwortete: „Du bist's, Hildebrand?

Du verräthst sie nicht!

Es war das Kind Mataswintha: sie hat sich verirrt in der Nacht, in der Stadt, und fürchtete den Zorn ihrer Mutter."

„Mataswintha!" sprach der Andre, „die wird täglich schöner."

Und mein Beschützer sprach" — und sie stockte und flammend Roth schoß über ihre Wangen —

„Nun," fragte Aspa, sie groß ansehend, „was sagte er?"

Aber Mataswintha drückte Aspa's Köpfchen nieder an ihre Brust.

„Er sagte," flüsterte sie — „er sagte: — die wird das schönste Weib auf Erden!"

„Da er hat recht gesagt," sprach die Kleine, „was brauchst du da roth zu werden? Ist's doch so! Nun aber weiter! Was thatest du?"

„Ich schlich auf mein Lager und weinte, weinte Thränen der Trauer, der Wonne, der Liebe, alles durcheinander.

In jener Nacht stieg eine Welt, ein Himmel in mir auf: er war mir gut, das fühlte ich, und er nannte mich schön.

Ja, jetzt wußt' ich es: ich war schön, und ich war selig darüber: ich wollte schön sein: für ihn!

O wie glücklich war ich! seine Begegnung brachte Glanz in mein Dunkel, Segen in mein Leben.

Ich wußte jetzt, man konnte mir gut sein, man konnte mich lieben!

Sorglich pflegte ich des Leibes, den er gelobt.

Die süße Macht in meinem Herzen breitete eine milde Wärme über mein ganzes Wesen: ich ward weicher und inniger: und selbst der Mutter strenger Sinn ward jetzt liebevoller gegen mich, seit ich nur sanfte Liebe ihrer Härte entgegen gab: und täglich wurden alle Herzen gütiger gegen mich, wie ich weicher gegen Alle.

Und all' das dankte ich ihm: er hatte mir die Flucht in Schmach und Elend erspart und mir eine ganze Welt von Liebe gewonnen.

Seitdem lebte und lebe ich nur für ihn."

Und sie hielt inne und legte die Linke auf die wogende Brust.

„Aber, Herrin, wann hast du ihn wieder gesehen? gesprochen? Lebt deine Liebe von so karger Kost?"

„Gesprochen nie mehr: gesehen nur einmal noch: am Todestage Theoderichs befehligte er die Palastwache, da sagte mir Athalarich seinen Namen: denn nie hätte ich gewagt, nach ihm zu forschen, aus Furcht, meine Flucht, ach, mein Geheimniß zu verrathen. Er war nicht am Hof: und wenn er dort erscheinen mochte, war ich auf den Villen."

„So weißt du weiter gar nichts von ihm, von seinem Leben, von seiner Vergangenheit."

„Wie hätt ich forschen können! glühende Scham hätte mich verrathen!

Lieb' ist des Schweigens Tochter und der Sehnsucht. Aber von seiner, von unsrer Zukunft weiß ich."

„Von seiner Zukunft?" lächelte Aspa.

„An den Hof kam alle Sonnenwende die alte Radrun und erhielt von König Theoderich fremde Kräuter und Wurzeln, die er ihr aus Asien bringen ließ und vom Nil.

Das hatte sie sich ausbedungen zum einzigen Lohn dafür, daß sie ihm als Knaben sein ganzes Schicksal prophezeit hatte: und war alles eingetroffen auf's Haar: sie braute Salben und mischte Tränke: „das Waldweib" nannte man sie laut: aber leise: „die Wala, das Zauber- weib."

Und wir Alle am Hof wußten — außer den Priestern,

die hätten es gewehrt — daß jede Sommer-Sonnenwende, wenn sie kam, der König sich das Jahr vorhersagen ließ.

Und kam sie von ihm heraus, so riefen sie, das wußte ich, meine Mutter und Theodahad und Gothelindis und fragten sie aus: und nie blieb noch aus, was sie verkündet.

Da, in der nächsten Sonnenwende, faßte auch ich mir ein Herz, lauerte der Alten auf und lockte sie, wie ich sie allein fand, in mein Gemach und bot ihr Gold und lichte Steine, wenn sie mir weissagen wollte.

Aber sie lachte und zog ein Fläschchen von Bernstein hervor und sprach:

„Nicht um Gold! Aber um Blut!

Um mächtig Blut von einem reinen Königskind.“

Und sie ritzte mir eine Ader im linken Arm und fing den Strahl in ihrem Bernstein.

Dann sah sie forschend in meine beiden Hände und sang endlich tonlos:

„Den du hältst im Herzen hoch,

Der giebt dir größten Glanz und größtes Glück,

Schafft dir allerschärfsten Schmerz,

Wird dein Gemahl, dein Gatte nicht.“

Und damit war sie hinaus.“

„Das ist wenig tröstlich — so viel ich's fasse.“

„Du kennst der Alten Sprüche nicht: sie sind alle so dämmerdunkel: sie fügt jeder Verheißung eine Drohung bei, für alle Fälle: ich aber halte mich an das Helle, nicht an das Dunkle.

Weissagung erfüllt sich, wie man sie faßt: ich weiß:

er wird mein und bringt mir Glanz und Glück: den Schmerz daneben will ich tragen: Schmerz um ihn ist Wonne."

"Ich bewundre dich, Herrin und deinen Glauben. Und auf den Spruch der Hexe hin hast du ausgeschlagen all die Könige und Fürsten, vom Vandalen- und West-Gothen-, Franken- und Burgunder-Land, die um dich freiten? selbst Germanus, den edeln, den kaiserlichen Prinzen von Byzanz? und harrst auf ihn?"

"Und harr' auf ihn! Aber nicht des Spruches allein wegen.

In meinem Herzen lebt ein Vögelein, das singt mir alle Tage: "er wird dein, er muß dein werden."

Ich weiß es sternengewiß," schloß sie, das Auge zum Himmel aufschlagend und in die frühere Träumerei versinkend.

Aber Schritte tönten von der Villa her.

"Ah," rief Aspa, "dein schmucker Freier!

Armer Arahad, du verlierst deine Mühe!"

"Ich will dem Spiel ein Ende machen heut'!" sprach Mataswintha, sich erhebend: und auf ihrer Stirn, in ihren Augen lag jetzt eine zornige Strenge, welche das Blut der Amaler in ihren Adern bekundete: es lebte eine seltsame Mischung von lodernder Leidenschaft und hin-schmelzender Weichheit in dem Mädchen.

Aspa staunte oft über das verhaltne Feuer in ihrer Herrin.

"Du bist wie die Götter-Berge in meiner Heimath, sagte sie: "Schnee auf dem Gipfel: Rosen um den Gürtel:

aber im Innern versengendes Feuer: das oft über Schnee und Rosen strömt."

Indeß bog Graf Arahad aus dem buschigen Wege und neigte sich vor dem schönen Weibe mit einem Erröthen, das ihm wohl anstand.

„Ich komme," sagte er, „Königin" —

Aber herb unterbrach sie ihn.

„Hoffentlich, Graf von Asta, kommst du, endlich diesem schnöden Spiel von Gewalt und Lüge ein Ende zu machen.

Nicht länger will ich's tragen.

Dein lecker Bruder überfällt mich plötzlich, die wehrlose, in die Trauer um ihre Mutter versunkne Waise, in meinen Gemächern, nennt mich in einem Athem seine Königin und seine Gefangne und hält mich wochenlang in unwürdiger Haft.

Er bringt mir den Purpur und nimmt mir die Freiheit.

Darauf kommst du und verfolgst mich mit deiner eiteln Werbung, die dich nie zum Ziele führt.

Ich habe dich verschmäht in der Freiheit: glaubst du, gefangen, in deiner Zwanggewalt, wird dich, du Thor, das Kind der Amaler erhören?

Du schwörst, du liebest mich?

Wohlan, so achte mich.

Ehre meinen Willen, laß mich frei.

Oder zittre, wenn mein Befreier naht."

Und drohend trat sie auf den Bestürzten zu, der keine Worte finden konnte.

Da eilte raschen Schrittes Herzog Guntharis herbei, mit funkelnden Augen.

„Auf, Arahad," rief er, „komm zu Ende.

Wir müssen fort, sogleich. Er naht, er dringt mit Macht heran."

„Wer?" fragte Arahad hastig.

„Er sagt, er kommt sie zu befreien.

Er hat gesiegt, der Bauernkönig, und unsre Vorposten geschlagen bei Castrum Sivium."

„Wer?" fragte jetzt Mataswintha eifrig.

„Nun," antwortete Guntharis zornig, „jetzt magst du's erfahren: es ist doch nicht mehr zu bergen: Graf Witichis von Fäsulä."

„Witichis!" hauchte Mataswintha mit leuchtenden Augen und hochaufathmend.

„Ja! ihn haben die Rebellen von Regeta, das Recht des Adels vergessend, zum König der Gothen erhoben."

„Er! er mein König!" sprach Mataswintha wie im Traume.

„Ich hätte dir's gesagt, schon da ich dich als Königin begrüßte; aber in deinem Gemach stand seine Marmor-büste, bekränzt. Das war mir verdächtig.

Später sah ich's: es war ein Zufall: es ist ein Areskopf."

Mataswintha schwieg und suchte die glühende Röthe zu verbergen, welche ihr Antlitz überflog.

„Nun," rief Arahad, „was ist zu thun?"

„Wir müssen fort.

Wir müssen ihm zuvorkommen in Ravenna.

Florentia, die Feste, hält ihn eine Weile auf: in-dessen gewinnen wir Ravenna und wenn du Beilager gehalten in der Burg Theoderichs mit dessen Enkelin, ist alles Volk der Gothen unser.

Auf, Königin! Ich lasse deinen Wagen schirren: in einer Stunde gehst du nach Ravenna in der Mitte unsrer Scharen."

Und die Brüder eilten hinweg.

Blitzenden Auges sah ihnen Mataswintha nach:

„Ja, führt mich fort, gefangen und gebunden; wie der Adler aus der Höhe wird mein König auf euch nieder stoßen und mich retten aus eurer Gewalt.

Komm, Aspa, der Befreier naht."

Behntes Capitel.

Kaum hatten die Gothen den Mauern Roms den
Rücken gewendet, so berief Pabst Silverius — es war
am Tage nach seinem Eide — die Spitzen der Priester-
schaft, des Adels, der Beamten und der Bürgerschaft der
Stadt in die Thermen des Caracalla zu einer Berathung
über Heil und Gedeihen der Stadt des heiligen Petrus.

Auch Cethegus war geladen und erschienen.

Mit Unbefangenheit stellte er darauf den Antrag,
da endlich die Stunde gekommen sei, das Joch der
Ketzer abzuwerfen, eine Gesandtschaft an Belisarius,
den Feldherrn des rechtgläubigen Kaisers Justinian, des
einzig rechtmäßigen Herrn Italiens, abzuordnen, ihm die
Schlüssel der ewigen Stadt zu überreichen und ihm und
seinem Heere den Schutz der Kirche und der Gläubigen
gegen die Rache der Barbaren zu empfehlen.

Den Gewissenszweifel eines noch sehr jungen Priesters
und eines ehrlichen Schmiedemeisters wegen des gestern
geleisteten Eides beseitigte er lächelnden Mundes mit der
Berufung auf seine apostolische Macht, wie zu binden, so

zu lösen: und auf die offenbare Gewalt gothischer Waffen, unter deren Eindruck sie den Schwur geleistet.

Darauf ging der Antrag einstimmig durch: und der Pabst selbst, Scävola, Albinus und Cethegus wurden als die Gesandten gewählt.

Aber Cethegus widersprach: schweigend hatte er die Verhandlung mit angehört und sich der Abstimmung enthalten: jetzt stand er auf und sprach:

„Ich bin gegen den Beschluß.

Nicht wegen des Eides.

Ich brauche deßhalb apostolische Lösungsgewalt nicht in Anspruch zu nehmen.

Denn ich habe nicht geschworen.

Aber um der Stadt willen.

Das heißt: uns ohne Noth dem gerechten Zorn der Gothen aussetzen, die wohl einmal wieder kommen können und dann solch offnen Abfall nicht mit apostolischer Lösung entschuldigen werden.

Laßt uns gebeten oder gezwungen werden von Belisar: wer sich wegwirft, wird mit Füßen getreten.“

Silverius und Scävola tauschten bedeutsame Blicke.

„Solche Gesinnung,“ sprach der Jurist. „wird dem Feldherrn des Kaisers gewiß sehr gefallen, kann aber an dem Beschluß nichts ändern. Du gehst also nicht mit uns zu Belisar?“

Cethegus stand auf: „Ich gehe zu Belisar.

Aber nicht mit euch,“ sagte er und ging hinaus.

Als die Uebrigen die Thermen verlassen, sprach der Pabst zu Scävola:

„Das giebt ihm den Rest. Er hat sich vor Zeugen gegen die Uebergabe erklärt!"

„Und er geht selbst in die Höhle des Löwen."

„Er soll sie nicht mehr verlassen. Du hast doch die Anklageacte aufgesetzt?"

„Schon längst. Ich fürchtete, er würde die Gewalt in der Stadt an sich reißen: und er geht selbst zu Belisar! Er ist verloren, der Stolze."

„Amen!" sagte Silverius. „Und so mag jeder untergehen, der in weltlichem Trachten dem heiligen Petrus widerstreitet. Uebermorgen um die vierte Stunde machen wir uns auf."

Aber er irrte, der heilige Vater: diesmal sollte der Stolze noch nicht untergehen.

Cethegus war sofort nach seinem Hause geeilt, wo der gallische Reisewagen angeschirrt seiner wartete.

„Gleich brechen wir auf," rief er dem Sklaven zu, der auf dem vorbersten Rosse saß, „ich hole nur mein Schwert.".

Im Vestibulum traf er die Licinier, die ihn ungeduldig erwarteten.

„Heut' kam der Tag," rief ihm Lucius entgegen, „auf den du uns so lang vertröstet!"

„Wo ist die Probe deines Vertrauens in unseren Muth, unser Geschick, unsre Treue?" fragte Marcus.

„Geduld!" sprach Cethegus mit erhobenem Zeigefinger und schritt in sein Gemach.

Alsbald kam er wieder, sein Schwert und mehrere

Pergamente unter'm linken Arm, eine versiegelte Rolle in der Rechten: sein Auge leuchtete:

„Ist das äußerste Eisenthor der Moles Hadriani fertig?" fragte er.

„Fertig," sprach Lucius Licinius.

„Ist das Getreide aus Sicilien in dem Capitol geborgen?"

„Geborgen."

„Sind die Waffen vertheilt und die Schanzen am Capitol vollendet, wie ich befahl?"

„Vollendet," antwortete Marcus.

„Gut. Nehmt diese Rolle.

Entsigelt sie morgen, sowie Silverius die Stadt verlassen, und erfüllt jedes ihrer Worte genau.

Es gilt nicht nur mein Leben und das Eure —: es gilt Rom!

Die Stadt Cäsars wird eure Thaten sehen.

Geht: auf Wiedersehen!"

· Und aus seinen Augen sprühte Feuer in die Herzen der jungen Römer.

„Du sollst zufrieden sein!"

„Du und Cäsar!" riefen sie und eilten hinweg.

Mit einem Lächeln, das selten auf seinem Antlitz mit solcher Freudigkeit spielte, sprang Cethegus in seinen Wagen.

„Heiliger Vater," sagte er zu sich selbst, „ich bin noch in deiner Schuld für die letzte Versammlung in den Katakomben: ich will sie zahlen!"

„Die Via latina hinab!" rief er rasch dem Sklaven zu, „und laß die Rosse jagen, was sie können."

Der Präfect hatte einen Vorsprung von mehr als einem Tag vor der langsamer reisenden Gesandtschaft Und er nutzte ihn wohl.

Er hatte in seinem unermüdlichen Geist einen Plan ersonnen, trotz Belisars Landung in Italien, doch in Rom Herr und Meister zu bleiben.

Und er ging jetzt mit all seiner Umsicht an die Ausführung.

Kaum konnte er erwarten, bis er auf die Vorposten der Byzantiner bei Capua traf, deren Führer, Johannes, ihn durch einige Reiter und seinen eignen jüngeren Bruder, Perseus, nach dem Hauptquartier geleiten ließ.

Im Lager angekommen fragte Cethegus nicht nach dem Feldherrn, sondern ließ sich sofort nach dem Zelt des Rechtsraths Prokopius von Cäsarea führen.

Prokopius war sein Studiengenosse in Berytus auf der Juristenschule gewesen: und die beiden bedeutenden Geister hatten sich mächtig angezogen.

Aber nicht die Wärme der Freundschaft führte den Präfecten vor allem zu diesem Mann: dieser Mann war der beste Kenner von Belisars ganzer politischer Vergangenheit, wohl auch der Vertraute seiner Pläne für die Zukunft.

Mit Freuden empfing den Jugendfreund Prokopius.

Er war ein Mann von frischem, gesundem Menschenverstand, einer von den wenigen Gelehrten jener Zeit, welchen die gekünstelte Bildung in den Rhetoren-

schulen nicht die Fähigkeit, einfach aufzufassen und gesund
zu fühlen, unter den Schnörkeln byzantinischer Gelehrtheit
erstickt hatte.

Heller Verstand lag auf der offnen Stirn und in
dem noch jugendlich leuchtenden Auge glänzte die Freude
an allem Guten.

Nachdem Cethegus Staub und Mühsal der Reise in
einem sorgfältigen Bad abgespült, machte sein Wirth,
ehe er ihn zur Abendtafel in sein Zelt führte, mit ihm die
Runde durch das Lager, ihm die Quartiere der wichtigsten Truppentheile, der bedeutendsten Heerführer weisend
und mit ein Par Worten deren Eigenart, Verdienste
und oft bunt zusammengesetzte Vergangenheit erläuternd.

Da waren die Söhne des rauhen Thrakiens, Constantinus und Bessas, die sich aus rohem Söldnerhand-
werk empor gerungen, tapfre Soldaten, aber ohne Bildung, mit dem ganzen Eigendünkel selbstgemachter Männer:
— sie betrachteten sich als Belisars unentbehrliche Stützen
und ihn vollersetzende Nachfolger.

Daneben der vornehme Iberier Peranius, aus dem
Königsgeschlecht der Iberier, der feindlichen Nachbarn der
Perser, der aus Haß gegen die persischen Ueberwinder
Vaterland und Hoffnung des Thrones aufgegeben und
Dienste in des Kaisers Heer genommen.

Dann Valentinus, Magnus und Innocentius, ver-
wegene Führer der Reiterei, Paulus, Demetrius, Ursi-
cinus, die Führer des Fußvolks, Ennes, der isaurische
Häuptling und Heerführer der Isaurier Belisars, Aigan
und Askan, die Führer der Massageten, Alamundarus

und König Abocharabus, die Saracenen, Ambazuch und Bleda, die Hunnen, Arsakes, Amazaspes und Artabanes, die Armenier — der Arsakide Phaza war mit dem Rest der Armenier in Neapolis zurückgelassen worden — Azarethas und Barasmanes, die Perser, Antallas und Cabaon, die Mauren.

Sie Alle kannte und nannte Prokopius, karg sein Lob, reichlich und mit Behagen spitzen, aber geistvollen Tadel spendend.

Eben wandten sie sich zu dem Quartier des Martinus, des friedlichen Städteverbrenners, zur Rechten, da fragte Cethegus, stehen bleibend:

„Und wessen ist das Seitenzelt dort auf dem Hügel, mit den goldnen Sternen und dem Purpurwimpel? und seine Wachen tragen goldne Schilde?"

„Dort," sprach Prokop, „wohnt seine unüberwindliche Köstlichkeit, des römischen Reiches Oberpurpurschneckenintendant, Prinz Areobindos, den Gott erleuchte."

„Des Kaisers Neffe, nicht?"

„Ja wohl, er hat des Kaisers Nichte, Projecta, geheirathet: sein höchstes und einziges Verdienst.

Er ist hierher gesendet mit der Kaisergarde, uns zu ärgern und dafür zu sorgen, daß wir nicht so leicht siegen.

Er ist Belisarius gleichgestellt, versteht vom Krieg so wenig, wie Belisar von den Purpurschnecken, und soll Statthalter von Italien werden."

„So," sprach Cethegus.

„Er wollte beim Lagerschlagen sein Zelt durchaus zur Rechten Belisars haben.

Wir gaben nicht nach.

Zum Glück hat Gott in seiner Allweisheit jenen Hügel zur Lösung unsres Rangstreits schon vor Jahrtausenden hier aufgeworfen: nun lagert der Prinz zwar links, aber höher als Belisarius."

„Und wessen sind die bunen Zelte dort, hinter Belisars Quartier? Wer wohnt darin?"

„Dort," seufzte Prokop, „ein sehr unglückliches Weib: Antonina. Belisars Gemalin."

„Sie unglücklich? die Gefeierte, die zweite Kaiserin? warum?"

„Davon ist nicht gut reden in offner Lagergasse. Komm mit in's Zelt, der Wein wird genug gekühlt sein."

Elftes Capitel.

Im Zelte fanden sie die zierlichen Polster des Feld-
betts um einen niedern Broncetisch von durchbrochner
Arbeit gelegt, den Cethegus lobte.

„Das ist ein afrikanisches Beutestück aus dem Van-
dalenkrieg: ich nahm es aus Karthago mit.

Und diese weichen Kissen lagen einst auf dem Bett
des Perserkönigs: ich erbeutete sie in der Schlacht von
Dara.“

„Du bist mir ein praktischer Gelehrter!“ lächelte
Cethegus. „Wie bist du so anders geworden seit den
Tagen von Athen.“

„Das will ich hoffen!“ sprach Prokop und zerschnitt
selbst — er hatte die aufwartenden Sklaven entfernt —
die dampfende Hirschkeule vor ihm.

„Du mußt wissen: ich wollte Philosophie zu meinem
Beruf machen, Weltweiser werden.

Drei Jahre hörte ich die Platoniker, die Stoiker,
die Akademiker zu Athen, — und studirte mich krank
und dumm. Auch blieb es nicht bei der Philosophie.

Nach löblicher Sitte unsres frommen Jahrhunderts mußte auch die Theologie beigezogen werden: und ein weiteres Jahr hatte ich darüber nachzudenken, ob Christus, als Gott Vater, zugleich seiner eignen jungfräulichen Mutter Vater, also sein eigner Großvater sei.

Nun, über all' diesen Studien drohte mir mein von Natur gar nicht zu verachtender Verstand abhanden zu kommen.

Zum Glück ward ich sterbenskrank und die Aerzte verboten mir Athen und alle Bücher. Sie schickten mich nach Kleinasien.

Ich rettete nur einen Tukydides in meinen Reiseranzen. Und dieser Tukydides rettete mich.

Ich las und las in der Langeweile der Reise seine herrliche Geschichte von der Hellenen Thaten in Krieg und Frieden: und nun bemerkte ich mit Staunen, daß der Menschen Thun und Treiben, ihre Leidenschaften, ihre Tugenden und Frevel eigentlich doch viel anziehender und denkwürdiger seien als alle Formeln und Figuren heidnischer Logik — von der christlichen Logik vollends zu schweigen.

Und wie ich nach Ephesos gelangte und durch die Straßen schlenderte, kam plötzlich über mich eine wunderbare Erleuchtung.

Denn ich wandelte über einen großen Platz: da stand vor mir die Kirche des heiligen Geistes: und war erbaut auf den Trümmern des alten Dianatempels.

Und zur Linken stand ein zerfallner Altar der Isis und zur rechten ragte das Bethaus der Juden.

Da kam plötzlich über mich der Gedanke: „Die alle glaubten und glauben nun steif und fest, sie allein wüßten das Rechte von dem höchsten Wesen.

Und das ist doch unmöglich: das höchste Wesen hat, wie es scheint, gar kein Bedürfniß, von uns erkannt zu werden — ich hätte es auch nicht, an seiner Statt — und es hat die Menschen geschaffen, daß sie leben, tüchtig handeln und sich wacker umtreiben auf Erden.

Und dies Leben, Handeln, Genießen und Sichumtreiben ist eigentlich Alles, worauf es ankömmt.

Und wenn Einer forschen und denken will, so soll er der Menschen Leben und Treiben erforschen.“

Und wie ich so stand und sann, da schmetterten Trompeten: ein glänzender Reiterzug trabte heran: an seiner Spitze ein herrlicher Mann auf einem Rothscheck, schön und stark wie der Kriegsgott.

Und ihre Waffen blitzten und die Fahnen flogen und die Rößlein sprangen.

Und ich dachte mir: „Die wissen, warum sie leben: und brauchen keinen Philosophen darum zu fragen.“

Und wie ich mit verwunderten Augen den Reitern zusah, schlug mich ein Bürger von Ephesos auf die Schulter und sprach:

„Ihr scheint nicht zu wissen, wer das war, und wohin sie ziehen?

Das ist der Held Belisarius, der zieht in den Perserkrieg.“

„Gut,“ sagte ich, „Freund! Und ich ziehe mit!“ Und so geschah's zur selben Stunde.

Und Belisarius bestellte mich bald zu seinem Rechts-rath und Geheimschreiber.

Und seither habe ich einen doppelten Beruf: bei Tage mach' ich Weltgeschichte oder helfe sie machen: und bei Nacht schreibe ich Weltgeschichte."

„Und welches ist deine beßre Arbeit?"

„Freund, leider das Schreiben!

Und das Schreiben wäre noch besser, wenn die Ge-schichte besser wäre.

Denn ich bin meistens gar nicht einverstanden mit dem was wir thun: und thu's nur mit, weil's doch besser ist, als gar nichts thun oder philosophiren.

Bringe den Tacitus, Sklave!" rief er zur Zeltthür hinaus.

„Den Tacitus?"

„Ja Freund, vom Livius haben wir jetzt genug getrunken.

Du mußt wissen: ich nenne meine Weine je nach ihrem historischen Charakter.

Zum Beispiel dieses lärmende Stück Weltgeschichte, das wir hier aufführen, dieser Gothenkrieg ist ganz gegen meinen Geschmack: Narses hat ganz recht, erst sollten wir die Perser abwehren, eh wir die Gothen angreifen."

„Narses! was treibt mein kluger Freund!"

„Er beneidet Belisar und läßt sich's selbst nicht merken.

Außerdem macht er Kriegs- und Schlachtenpläne. Ich wette, er hatte Italien schon erobert ehe wir landeten."

„Du bist nicht sein Freund. Er ist doch ein hoher Geist. Warum ziehst du Belisar vor?"

„Das will ich dir sagen," sprach Prokop, den Tacitus einschenkend.

„Mein Unglück ist, daß ich nicht Geschichtschreiber Alexanders oder Scipio's geworden.

„Mein ganzes Herz sehnt sich, seit ich der Philosophie und Theologie genesen, nach Menschen, nach dem vollen ganzen Menschen, mit Fleisch und Blut. Da widern mich diese spindeldürren Kaiser und Bischöfe und Feldherrn an, die alles mit dem Verstand erklügeln; wir sind ein verkrüppeltes Geschlecht geworden: die Heroenzeit liegt hinter uns!

Nur Belisarius, der Biedre, ist noch ein Heros, wie aus der alten Zeit.

Er könnte mit Agamemnon vor Troja liegen.

Er ist nicht dumm; er hat Verstand; aber nur den Naturverstand des edeln, wilden Thieres zu seinem Beutefang, zu seinem Handwerk.

Belisars Handwerk nun ist die Heldenschaft!

Und ich habe meine Freude an seiner breiten Brust und seinen blitzenden Augen und den mächtigen Schenkeln, mit denen er die stärksten Hengste zwingt.

Und mich freut's, wenn ihm manchmal die blinde Lust, dreinzuschlagen, durch alle seine Feldherrnpläne braust.

Mich freut's, wenn ich ihn in der Schlacht mitten unter die Feinde jagen sehe und kämpfen, wie ein schäumender Eber.

Freilich, sagen darf ich's ihm nicht, daß mir das

gefällt; denn sonst wär's nicht auszuhalten: in drei Tagen wär' er in Stücke gehauen.

Im Gegentheil; ich halte ihn zurück: ich bin sein Verstand, wie er mich nennt.

Und er läßt sich meine Verständigkeit gefallen, weil er weiß, daß sie nicht Feigheit ist.

Hab' ich ihn doch mehr als einmal mit meiner Laienklugheit aus einer Verlegenheit ziehen müssen, in die ihn der Trotz seines Heldenthums gebracht!

Die lustigste dieser Geschichten ist die von Horn und Tuba."

„Welche von beiden bläsest du, o mein Prokopius?"

„Keine, nur die Posaune des Ruhms und die Pfeife des Spottes!"

„Aber was war's mit Horn und Trompete?"

„Ei, wir lagen vor einem Felsennest in Persien, das wir haben mußten, weil es die Straße beherrscht.

Wir hatten uns aber schon mehrmals unsere heroischen Köpfe übel daran zerstoßen: und mein zorniger Herr schwor „bei dem Schlummer Justinians" —, das ist nämlich sein höchstes Heiligthum — er werde nie vor dieser Burg Anglon zum Rückzug blasen lassen.

Nun wurden aber unsre Vorposten sehr oft aus der Festung überfallen: wir, im hochgelegnen Lager, konnten die Angreifer aus der Burg brechen sehen, nicht aber unsre Vorposten am Fuße des Berges.

Ich rieth nun, daß wir vom Lager aus unsern Leuten das Zeichen zum Rückzug geben lassen sollten, so oft wir die Gefahr ihnen drohen sahen.

Aber da kam ich übel an!

Der Schlummer Justinians sei ein solches Heiligthum, daß man an einem darauf geleisteten Schwur nicht makeln dürfe!

Und so mußten sich denn unsre armen Burschen von den Persern unversehens überrumpeln lassen!

Bis ich auf den scharfsinnigen Ausweg kam, meinem Helden vorzuschlagen, er solle, um die Unsern zum Rückzug zu mahnen, das Angriffszeichen mit dem Horn, statt mit der Tuba, blasen lassen.

Das leuchtete ihm ein, dem biedern Belisarius.

Und wenn wir nun lustig die Hörner zum Angriff schmettern ließen, liefen unsre Leute schleunigst wie geschreckte Hasen davon!

Es war zum Todlachen, jene muthigen Klänge so schnöde wirken zu sehen!

Aber es half: Justinians Schlummer und Belisars Eid blieben ungeschwächt, unsre Vorposten wurden nicht mehr abgeschlachtet und das Felsnest fiel endlich.

Also schelt' ich ihn immer spottend aus für seine Heroenthaten.

Aber im Stillen erwärme und erfreue ich mein tiefstes Herz dran: er ist der letzte Heros!"

„Nun," meinte Cethegus, „bei den Gothen findest du gar manchen solchen Schlagetodt."

Prokop nickte bedächtig: „Kann auch nicht leugnen, daß ich großes Wohlgefallen habe an diesen Gothen. Sind aber doch zu dumm."

„Wie? Warum?"

„Dumm sind sie, daß sie, anstatt hübsch langsam, Schritt für Schritt, im Zusammenhang mit ihren gelb-haarigen Brüdern, sich gegen uns vorzuschieben — sie wären unaufhaltsam! — in dieses Italien sich ohne allen Verstand vereinzelt hereingedrängt haben, wie ein Stück Holz mitten in einen glimmenden Herd.

Daran werden sie untergehen: sie werden verbrennen, du wirst es sehen.“

„Ich hoffe, es zu sehen. Und was dann?“ fragte Cethegus ruhig.

„Ja,“ antwortete Prokop verdrießlich, „was dann! Das ist das Aergerliche!

Dann wird Belisar Statthalter von Italien — denn mit dem Schneckenprinzen dauert es kein Jahr — und er verliegt hier seine schönste Kraft, während es Arbeit voll-auf gäbe bei den Persern.

Und ich werde dann als sein Hofhistoriograph nur zu schreiben haben, wie viele Schläuche Wein wir jährlich vertilgen.“

„Du willst also, wenn die Gothen beseitigt sind, Belisar wieder fort haben aus Italien?“

„Freilich! Im Perserland blühn seine Lorbern und die meinen!

Ich sinne schon lange auf ein Mittel, ihn von hier dann wieder fort zu bringen.“

Cethegus schwieg.

Er freute sich, einen so wichtigen Bundesgenossen für seinen Plan gefunden zu haben.

„Und so beherrscht also sein Verstand Prokopius den Löwen Belisar" sagte er laut.

„Nein!" seufzte Prokop, „vielmehr sein Unverstand, sein Weib."

„Antonina! Sage, weßhalb nanntest du sie unglücklich."

„Weil sie halb ist und ein Widerspruch.

Die Natur hat sie zu einem braven, treuen Weib angelegt: und Belisar liebt sie mit der vollen Kraft seiner Heroenseele.

Da kam sie an den Hof der Kaiserin.

Theodora, diese schöne Teufelin, ist von Natur ebenso zur Buhlschaft angelegt wie Antonina zur Tugend.

Die Circusdirne hat gewiß noch nie einen Stachel des Gewissens empfunden.

Aber ich glaube, sie erträgt es nicht, ein ehrsam Weib in ihrer nächsten Nähe zu haben, das sie verachten müßte.

Sie ruhte nicht, bis es ihr gelungen, durch ihr höllisches Beispiel Antonina's Gefallsucht zu wecken.

Gewissensqual empfindet diese über ihr Spiel mit ihren Verehrern: denn sie liebt ihren Mann, sie betet ihn an."

„Und doch?

Wie mag ihr ein Held, wie Belisar, nicht genügen?" —

„Eben, weil er ein Held ist!

Er schmeichelt ihr nicht, bei all seiner Liebe.

Sie konnt' es nicht tragen, die Buhler der Kaiserin in Versen, Blumen, Geschenken sich erschöpfen zu sehen und selbst solcher Huldigung zu entbehren.

Eitelkeit ward ihr Fallstrick.

Aber es ist ihr gar nicht wohl bei all dem Ge-tändel."

„Und ahnt Belisar?" —

„Keinen Schatten!

Er ist der Einzige im ganzen römischen Kaiserreich, der es nicht weiß, was ihn doch zumeist angeht. Ich glaube, es wäre sein Tod.

Und auch deßhalb schon darf Belisar nicht hier im Frieden Statthalter von Italien werden.

Im Lager, im Getümmel des Krieges, da fehlen dem gefallsüchtigen Weib die Schmeichler und auch die Muße, sie zu hören. Denn, gleichsam zur freiwilligen Buße für jene süßen Verbrechen der heimlichen Gedichte und Blumen — gröberer Schuld ist sie gewiß nicht fähig — Antonina überbietet alle Frauen an Pflichtstrenge; sie ist Belisars Freund, sein Mitfeldherr; sie theilt die Beschwerden und Gefahren des Meeres, der Wüste, des Krieges mit ihm: sie arbeitet mit ihm Tag und Nacht, wenn sie nicht grade Verse Andrer auf ihre schönen Augen liest! — Schon oft hat sie ihn gerettet aus den Schlingen seiner Feinde am Hofe zu Byzanz.

Kurz, nur im Krieg, im Lager thut sie gut, da wo auch seine Größe allein gedeiht."

„Nun," sprach Cethegus, „weiß ich genug, wie die Dinge hier stehen.

Laß mich offen mit dir reden: du willst Belisar nach seinem Sieg aus Italien wieder fort haben; ich auch: du um Belisars, ich um Italiens willen.

Du weißt, ich war von jeher Republicaner." — — —

Da schob Prokop den Becher zur Seite und sah seinen Gast bedeutsam an:

„Das sind alle jungen Leute zwischen vierzehn und einundzwanzig Jahren.

Aber daß du's noch bist — find' ich — sehr — sehr — unhistorisch.

Aus diesem italischen Gesindel, unsern höchst liebwerthen Bundesgenossen gegen die Gothen, willst du Bürger einer Republik machen?

Sie sind zu nichts mehr gut als zur Thrannis!"

„Ich will darüber nicht streiten!" lächelte Cethegus. „Aber vor eurer Thrannis möcht ich mein Vaterland bewahren."

„Kann dir's nicht verdenken!" lächelte Prokop, „die Segnungen unsrer Herrschaft sind — erdrückend!"

„Ein eingeborner Statthalter unter dem Schutz von Byzanz genügt zunächst."

„Ja wohl, und dieser würde Cethegus heißen!"

„Wenn's sein muß, — auch das!"

„Höre," sprach Prokop ernsthaft, „ich warne dich dabei nur vor Einem.

Die Luft von Rom heckt stolze Pläne aus.

Man ist dort, als Herr von Rom, nicht gern der zweite auf Erden.

Und glaube dem Historikus: es ist doch nichts mehr mit der Weltherrschaft Roms."

Cethegus ward unwillig. Er gedachte der Warnung König Theoderichs.

„Historikus von Byzanz, meine römischen Dinge kenne ich besser als du.

Laß dich jetzt einweihen in unsre römischen Geheimnisse; dann verschaffe mir morgen früh, eh' die Gesandtschaft von Rom anlangt, ein Gespräch mit Belisar und — sei eines großen Erfolges gewiß."

Und nun begann er dem staunenden Prokop mit raschen Strichen ein Bild der Geheimgeschichte der jüngsten Vergangenheit und seine Pläne der Zukunft zu entwerfen, sein letztes Ziel wohlweislich verhüllend.

„Bei den Manen des Romulus!" rief Prokop, als er geendet hatte.

„Ihr macht noch immer Weltgeschichte an dem Tiber.

Nun, hier meine Hand.

Meine Hülfe hast du!

Belisar soll siegen, doch nicht herrschen in Italien; darauf laß uns noch einen Krug herben Sallustius leeren!"

Früh am andern Tage vermittelte Prokop seinem Freunde eine Unterredung mit Belisar, von welcher jener sehr befriedigt zurück kam.

„Nun, hast du ihm Alles gesagt?" fragte der Historiker.

„Nicht eben Alles!" sprach Cethegus mit feinem Lächeln: „man muß immer noch etwas zu sagen übrig behalten."

Zwölftes Capitel.

Bald darauf ward das Lager von seltsamer Aufregung erfüllt.

Das Gerücht von der Ankunft des heiligen Vaters, das seiner reich vergoldeten Sänfte voranflog, riß die Tausende von Soldaten mit Kräften der Andacht, der Ehrfurcht, des Aberglaubens, der Neugier aus ihren Zelten, von Schlaf und Schmaus und Spiel hinweg, ihm entgegen.

Kaum, daß die Anführer die Mannschaft im Dienst und auf den Wachen zurückhalten konnten; meilenweit waren ihm die Gläubigen entgegengeeilt und geleiteten jetzt, mit Haufen des Landvolks der Umgegend gemischt, seinen Zug in's Lager.

Längst hatten sich Bauern und Soldaten an der Eselinnen Statt, die seine Sänfte trugen, eingespannt: — vergebens hatte sich die Bescheidenheit des Pabstes dagegen gesträubt — und unter unaufhörlichem Jubelruf: „Heil dem Bischof von Rom, Heil dem heiligen Petrus!" wälzte sich der Strom der Tausende heran, über welche Silverius unermüdlich Segen sprach.

Seiner beiden Mitgesandten, Scävola und Albinus, dachte kein Mensch.

Belisar sah von seinem Zelthügel aus mit ernsten Augen das mächtige Schauspiel.

„Der Präfect hat Recht!" sprach er dann: „dieser Priester ist gefährlicher als die Gothen.

Es ist ein Triumphzug!

Prokop, laß die byzantinische Leibwache an meinem Zelt ablösen, sowie die Unterredung beginnt: sie sind allzugute Christen.

Laß die Hunnen aufziehn und die heidnischen Gepiden."

Damit schritt er in sein Zelt zurück, wo er alsbald, von seinen Heerführern umgeben, die römische Gesandtschaft empfing.

Den Prinzen Areobindos hatte Prokop von der Nothwendigkeit einer Recognoscirung überzeugt, die nur heute und nur von ihm vorgenommen werden konnte.

Umwogt von einem glänzenden geistlichen Gefolge nahte der Pabst dem Feldherrnzelt.

Große Massen Volkes drängten nach, aber sowie der Pabst mit Scävola und Albinus die Mündung der engen Lagergasse hinter sich hatten, sperrten die Wachen mit gefällten Lanzen den Weg und ließen weder Priester noch Soldaten folgen.

Lächelnd wandte sich Silverius zu dem Führer der Schar und hielt ihm eine schöne Rede über den Text: „lasset die Kleinen zu mir kommen und wehret ihnen nicht."

Aber der Germane schüttelt den zottigen Kopf und

wandte ihm den Rücken: der Gepide verstand kein Latein, außer dem Commando.

Da lächelte Silverius wieder, segnete nochmals seine Getreuen und schritt dann ruhig weiter in das Zelt.

Belisar saß auf einem Feldsessel: darüber war eine Löwenhaut gebreitet: ihm zur Linken thronte die schöne Antonina auf einem Parvelfell.

Ihre wunde Seele hatte in dem Nachfolger des heiligen Petrus einen Arzt und Helfer zu finden gehofft.

Aber bei dem Anblick der weltklugen Züge des Silverius zog sich ihr Herz zusammen.

Belisar erhob sich beim Eintritt des Papstes.

Dieser schritt, ohne sich zu neigen, gerade auf ihn zu und legte ihm — er mußte sich mühsam dazu aufrichten — wie segnend beide Hände auf die Schultern.

Er wollte ihn leise niederdrücken auf die Kniee: — aber eichenfest blieb der Feldherr aufrecht stehen: und Silverius mußte dem Stehenden den Segen ertheilen.

„Ihr kommt als Gesandte der Römer?" begann Belisar

„Ich komme," unterbrach Silverius, „im Namen des heiligen Petrus, als Bischof von Rom dir und dem Kaiser Justinian meine Stadt zu übergeben.

Diese guten Leute," fuhr er fort, auf Scävola und Albinus weisend, „haben sich mir angeschlossen wie die Glieder dem Haupt."

Unwillig wollte Scävola einfallen, — so hatte er seinen Bund mit der Kirche nicht verstanden — aber Belisar winkte ihm, zu schweigen.

„Und so heiße ich dich willkommen in Italien und Rom im Namen des Herrn.

Ziehe ein in die Mauern der ewigen Stadt zum Schirme der Kirche und der Gläubigen wider die Ketzer!

Erhöhe dort den Namen des Herrn und das Kreuz Jesu Christi und vergiß nie, daß es die heilige Kirche war, die dir die Wege gebahnt und die Pfade gebaut.

Ich bin es gewesen, den Gott zum Werkzeug gewählt, die Gothen in thörichte Sicherheit zu wiegen und blinden Auges aus der Stadt zu führen: ich bin es gewesen, der die schwankende Stadt, die Bürger für dich gewonnen und die Anschläge deiner Feinde vernichtet.

Der heilige Petrus ist es, der dir mit meiner Hand die Schlüssel seiner Stadt überreicht, auf daß du sie ihm beschirmest und beschützest. Vergiß niemals dieser Worte."

Und er reichte ihm die Schlüssel des asinarischen Thores.

„Ich werde sie nie vergessen!" sprach Belisar und winkte Prokop, der den Schlüssel aus der Hand des Pabstes nahm.

„Du sprachst von Anschlägen meiner Feinde.

Hat der Kaiser Feinde in Rom?"

Da sprach Silverius mit Seufzen:

„Laß ab, Feldherr, zu fragen.

Ihre Netze sind zerrissen: sie sind unschädlich und der Kirche steht nicht an, zu verklagen, sondern zu entschuldigen und Alles zum Besten zu kehren."

„Es ist deine Pflicht, heiliger Vater, dem rechtgläubigen

Kaiser die Verräther zu entdecken, die unter seinen römischen Unterthanen sich bergen und ich fordre dich auf, seinen Feind zu entlarven."

Silverius seufzte: „die Kirche dürstet nicht nach Blut."

„Aber sie darf den Arm der weltlichen Gerechtigkeit nicht hemmen," sprach Scävola.

Und der Jurist trat vor und überreichte Belisar eine Papyrosrolle.

„Ich hebe Klage gegen Cornelius Cethegus Cäsarius, den Präfecten von Rom, wegen Majestätsbeleidigung und Rebellion gegen Kaiser Justinian.

Diese Schrift enthält die Klagepuncte und die Beweise.

Er hat des Kaisers Regierung eine Tyrannei gescholten.

Er hat sich der Landung kaiserlicher Heere nach Kräften widersetzt.

Er hat endlich noch vor wenig Tagen, er allein, dafür gestimmt, die Thore Roms dir nicht zu öffnen."

„Und welche Strafe beantragt ihr?" fragte Belisar, in die Schrift blickend.

„Nach dem Gesetz den Tod," sprach Scävola.

„Und seine Güter verfallen nach dem Gesetz," sprach Albinus, „halb dem Fiscus, halb den Klägern."

„Und seine Seele der Barmherzigkeit Gottes," schloß der Bischof von Rom.

„Wo ist der Angeklagte?" fragte Belisar.

„Er verhieß, dich aufzusuchen; aber ich fürchte, sein böses Gewissen wird ihn nicht haben kommen lassen."

„Du irrst, Bischof von Rom," sprach Belisar, „er ist schon hier."

Bei diesem Wort fiel der Vorhang im Hintergrund des Zeltes und vor den erstaunten Anklägern stand Cethegus der Präfect.

Ueberrascht fuhren die Ankläger auf; schweigend, mit vernichtendem Blick, trat Cethegus einige Schritte vor, bis er zur Rechten Belisars stand.

„Cethegus hat mich früher aufgesucht als du," fuhr der Feldherr nach einer Pause fort: „und er ist dir zuvorgekommen — auch im Anklagen.

Du stehst als schwer Beschuldigter vor mir, Silverius.

Vertheidige dich, ehe du verklagst."

„Ich als Beschuldigter?" lächelte der Pabst.

Wo wäre ein Kläger oder ein Richter für den Nachfolger des heiligen Petrus?"

„Der Richter bin ich: an deines Herrn, des Kaisers Statt."

„Und der Kläger?" fragte Silverius.

Cethegus wandte sich halb gegen Belisar und sprach·

„Der Kläger bin ich!

Ich habe Silverius, den Bischof von Rom, des Verbrechens der verletzten Majestät des Kaisers und des Hochverraths am römischen Reich geziehen.

Ich beweise sofort meine Klage.

Silverius hat die Absicht, die Herrschaft der Stadt Rom und einen großen Theil Italiens dem Kaiser Justinian zu entreißen und — lächerlich zu sagen —

ein Priesterreich zu gründen in dem Vaterlande der Cäsaren.

Und schon hat er den nächsten Versuch gethan zur Ausführung dieses — soll ich sagen: seines Wahnsinns oder seines Verbrechens?

Hier überreiche ich einen Vertrag, hier steht die Unterschrift seiner Hand — den er mit Theodahad, dem letzten Fürsten der Barbaren, geschlossen.

Der König verkauft darin für ewige Zeiten für die Summe von tausend Pfund Gold an den heiligen Petrus und seine Nachfolger, für den Fall, daß Silverius Bischof von Rom werde, die Herrschaft der Stadt und das Weichbild von Rom und dreißig Meilen in der Runde.

Es sind aufgezählt alle Hoheitsrechte: Gerichtsbarkeit, Gesetzgebung, Verwaltung, Steuern, Zölle und selbst Kriegsgewalt.

Dieser Vertrag ist nach seinem Datum drei Monate alt.

Also im selben Augenblick, wo der fromme Archidiakon, hinter Theodahads Rücken, die Waffen des Kaisers herbeirief, schloß er, hinter des Kaisers Rücken, einen Vertrag, der diesem die Früchte seiner Anstrengung rauben und den Pabst für alle Fälle sichern sollte.

Ich überlasse es dem Stellvertreter des Kaisers, wie solche Klugheit zu würdigen sei.

Für die Erwählten des Herrn gilt als besondre Klugheit der Schlangen Moral — unter uns Laien ist solches Thun" —

„Der schändlichste Verrath!" fiel Belisar donnernd

ein, sprang auf und nahm die Urkunde aus des Präfecten Hand.

„Hier sieh, Priester, deinen Namen: kannst du noch
leugnen?"

Der Eindruck dieser Anklage, dieses Beweises auf
alle Anwesenden war ein gewaltiger.

Staunen und Unwillen, gemischt mit Spannung auf
des Pabstes Vertheidigung, lag auf den Zügen aller
Gesichter; am meisten aber war Scävola, der kurzsichtige
Republicaner, überrascht von diesen Herrscherplänen seines
gefährlichen Verbündeten.

Er hoffte, Silverius werde die Verläumdung sieg-
reich niederschlagen.

Die Lage des Pabstes war in der That höchst gefährlich, die Anklage schien unwiderleglich und das zorn-
lohende Antlitz Belisars hätte manch' tapfres Herz erschreckt.

Aber Silverius zeigte in diesem Augenblick, daß er
kein unebenbürtiger Gegner des Präfecten und des
Helden von Byzanz war.

Nicht eine Secunde hatte er die Fassung verloren:
nur als Cethegus die Urkunde aus dem Gewand hervor-
zog, hatte er einen Moment die Augen niedergeschlagen,
wie aus Schmerz.

Aber dem donnernden Ruf wie den blitzenden Augen
Belisars hielt er ein unerschütterlich ruhiges Angesicht entgegen.

Er fühlte, daß er in dieser Stunde den Gedanken

seines Lebens verfechten mußte: dies gab ihm kühne Kraft, keine Wimper zuckte ihm.

„Wie lange wirst du noch schweigen?" fuhr ihn Belisar an.

„Bis du fähig und würdig bist, mich zu hören. Du bist besessen von Urchitophel, dem Dämon des Zornes."

„Sprich! Vertheidige dich!" sagte Belisar, sich setzend.

„Die Klage dieses gottlosen Mannes," hob Silverius an, „bringt nur ein Recht der heiligen Kirche noch früher an's Licht, als sie es in dieser unruhigen Zeit geltend machen wollte.

Es ist wahr, ich habe diesen Vertrag mit dem Barbarenkönig geschlossen."

Eine Bewegung der Entrüstung ging durch die Reihen der Byzantiner.

„Nicht aus weltlicher Herrschsucht, nicht, um neues Recht zu erwerben, habe ich mit dem König der Gothen, als dem damaligen Besitzer der Stadt, verhandelt.

Nein! die Heiligen sind mir Zeugen!

Nur weil es meine Pflicht, ein uraltes Recht des heiligen Petrus nicht fallen zu lassen."

„Ein uraltes Recht?" fragte Belisar unwillig.

„Ein uraltes Recht!" wiederholte Silverius, „welches geltend zu machen die Kirche nur bisher unterlassen hat.

Ihre Feinde nöthigen sie, in diesem Augenblick damit hervorzutreten.

Wisset denn, du Vertreter des Kaisers, höret es, ihr

Kriegsobersten und Schwertgewaltigen, was sich die Kirche von Theodahad hat einräumen lassen, ist schon seit zwei Jahrhunderten ihr Eigenthum: der Gothe hat es nur bestätigt.

An demselben Ort, wo des Präfecten tempelschänderische Hand diese Bestätigung entwendet, hätte er auch die Urkunde finden können, welche ursprünglich unser Recht begründet.

Der fromme Kaiser Constantinus, der sich zuerst von den Vorgängern Justinians der Lehre des Heils zugewandt, hat auf Bitten seiner gottseligen Mutter Helena, nachdem er alle seine Feinde mit sichtbarer Hülfe der Heiligen, besonders des heiligen Petrus, unter seine Füße getreten, zur dankbaren Anerkenntniß solchen Beistandes und um vor aller Welt zu bezeugen, daß Krone und Schwert sich vor dem Kreuz der Kirche zu beugen haben, die Stadt Rom mit ihrem Weichbild und die benachbarten Städte und Marken durch eine feierliche Schenkungsurkunde für ewige Zeiten dem heiligen Petrus zu Eigen übertragen, mit Gericht und Polizei, Steuer und Zoll und allen Kronrechten irdischer Herrschaft, auf daß die Kirche auch einen weltlichen Boden habe zur leichteren Vollführung ihrer weltlichen Aufgaben.

Diese Schenkung ist durch eine rechtsgültige Urkunde in aller Form verbrieft: der Fluch von Gehenna ist jedem gedroht, der sie anstreitet.

Und ich frage, im Namen des dreieinigen Gottes, den Kaiser Justinian, ob er diese Rechtshandlung seines Vorgängers, des in Gott seligen Kaisers Constantinus, anerkennen oder ob er sie, aus weltlicher Habgier, umstoßen und damit den Fluch der Gehenna und die ewige Ver= dammniß auf sein Haupt laden will?"

Diese Rede des Bischofs von Rom, mit aller Kraft geistlicher Würde und aller Kunst weltlicher Rhetorik vorgetragen, war von unwiderstehlicher Wirkung.

Belisar, Prokop und die Feldherrn, welche eben noch über den verrätherischen Priester ein zorniges Gericht hatten halten wollen, fühlten sich jetzt durch den plötzlich ihnen entgegengehaltnen Rechtstitel selbst wie verurtheilt.

Der Kern Italiens schien unwiederbringlich dem Kaiser verloren und der Herrschaft der Kirche anheim= gegeben.

Ein banges Schweigen lagerte über den jüngst noch so herrischen Byzantinern und triumphirend stand der Priester als Sieger in ihrer Mitte.

Endlich sprach Belisar, der die Aufgabe der Be= kämpfung oder die Schmach der Niederlage von sich abwälzen wollte:

„Präfect von Rom, was hast du zu erwidern?"

Mit einem kaum bemerkbaren Zucken des Spottes um die feinen Lippen verneigte sich Cethegus und begann:

„Der Angeklagte beruft sich auf eine Urkunde.

Ich könnte, glaub' ich, ihn in große Verlegenheit versetzen, wenn ich die Existenz derselben bestritte, und die sofortige Vorlage des Originals von ihm ver= langte.

Indessen will ich dem Manne, der sich das Haupt der

Christenheit nennt, nicht wie ein gehässiger Anwalt begegnen.

Ich räume ein, die Urkunde existirt."

Belisar machte eine Bewegung hülflosen Verdrusses.

„Mehr noch!

Ich habe dem heiligen Vater die Mühe der Vorlage derselben, die ihm sonst sehr schwer fallen dürfte, erspart und die Urkunde selbst mitgebracht in meiner tempelschänderischen Hand."

Er zog ein vergilbtes Pergament aus dem Sinus und sah lächelnd bald in dessen Zeilen, bald auf des Pabstes, bald auf Belisars Gesicht, an deren Spannung sich weidend.

„Ja, noch mehr.

Ich habe die Urkunde viele Tage lang mit feindselig forschenden Augen, mit Zuziehung noch schärfrer Juristen als ich es leider nur bin, so meines jungen Freundes Salvius Julianus, bis auf jeden Buchstaben nach ihrer formellen Gültigkeit geprüft.

Vergebens. —

Selbst der Scharfsinn meines verehrten und gelehrten Freundes Scävola könnte keinen Mangel heraus interpretiren.

Alle Formen des Rechts, alle Clauseln höchster unanfechtbarer Sicherheit sind in der Schenkungsacte haarscharf gewahrt; und in der That: ich hätte den Protonotarius des Kaisers Constantin kennen mögen, er muß ein Jurist ersten Ranges gewesen sein."

Er hielte inne — höhnisch ruhte sein Auge auf dem

Antlitz des Silverius, der sich den Schweiß von den Schläfen wischte.

„Also," fragte Belisar in höchster Aufregung: „die Ur- kunde ist formell ganz richtig — daher beweiskräftig?"

„Ja wohl!" seufzte Cethegus, „die Schenkung ist in ganz makelloser Ordnung.

Schade nur, daß —"

„Nun?" unterbrach Belisar.

„Schade nur, daß sie falsch ist."

Da flog ein Schrei von allen Lippen.

Belisar, Antonina sprangen auf, alle Anwesenden traten einen Schritt näher zu dem Präfecten.

Nur Silverius wankte einen Schritt zurück.

„Falsch?" fragte Belisar mit einem Ruf, der wie ein Jubel klang.

„Präfect, — Freund, — kannst du das beweisen?"

„Sonst hätte ich mich gehütet, es zu behaupten.

Das Pergament, auf welches die Schenkung geschrieben ist, zeigt alle Spuren eines hohen Alters: Brüche, Wurm- stiche, Flecken jeder Art, — Alles, was man von Ehr- würdigkeit verlangen kann, — so daß es manchmal sogar schwierig ist, die Buchstaben zu erkennen.

Gleichwohl stellt sich die Urkunde nur so alt; mit so großem Aufwand von Kunst, als manche Frauen sich den Schein der Jugend geben, lügt sie die Heiligkeit des Alters.

Es ist echtes Pergament aus der alten, von Con- stantin begründeten, noch heute bestehenden kaiserlichen Pergamentfabrik zu Byzanz."

„Zur Sache," rief Belisar.

„Aber es ist wohl nicht jedem bekannt — und es scheint auch leider dem heiligen Bischof entgangen zu sein, — daß bei diesen Pergamenten ganz unten links am Rande durch Stempelschlag das Jahr der Fertigung durch Angabe der Jahresconsuln in allerdings kaum wahrnehmbaren Buchstaben bezeichnet wird.

Nun gieb wohl acht, o Feldherr!

Die Urkunde will, wie sie im Texte sagt, gefertigt sein im sechzehnten Jahre von Constantins Regierung, im gleichen Jahre, da er die Heidentempel schließen ließ, wie das fromme Pergament besagt, ein Jahr nach der Erhebung von Constantinopolis zur Hauptstadt, und nennt richtig die richtigen Consuln dieses Jahres, Dalmatius und Xenophilos.

Da ist es nun wirklich nur durch ein Wunder zu erklären, — aber hier hat Gott der Herr ein Wunder gegen seine Kirche gethan, — daß man in jenem Jahre, also im Jahre drei hundert und fünf und dreißig nach der Geburt des Herrn, schon ganz genau wußte, wer im Jahr nach dem Tode des Kaisers Justinus und des Königs Theoderich Consul sein würde; denn seht, hier unten am Rande der Stempel besagt: der Schreiber hatte ihn nicht beachtet — er ist auch wirklich sehr schwer wahrzunehmen, wenn man das Pergament nicht gegen das Licht hält — so etwa, siehst du, Belisar? — und er hatte blindlings drei Kreuze darauf gemalt; ich aber habe diese Kreuze mit meiner — wie hieß es doch? — „tempelschänderischen", aber geschickten Hand weggewischt und siehe, da steht eingestempelt: „VI. Indiction: Justinianus Augustus, allein Consul im ersten Jahre seiner Herrschaft."

Silverius wankte und hielt sich an dem Stuhl, den man für ihn bereit gestellt.

„Das Pergament der Urkunde, auf welches der Protonotar des Kaisers Constantin vor zweihundert Jahren die Schenkung niederschrieb, ist also erst vor einem Jahre zu Byzanz einem Esel von den Rippen gezogen worden.

Gesteh, o Feldherr, daß hier das Gebiet des Begreiflichen endet, und des Uebernatürlichen beginnt; daß hier ein Wunder der Heiligen geschah und verehre das Walten des Himmels."

Er reichte Belisar die Urkunde.

„Das ist auch ein tüchtig Stück Weltgeschichte, heilige und profane, was wir da erleben!" sagte Prokop zu sich selbst.

„Es ist so, beim Schlummer Justinians!" frohlockte Belisar.

„Bischof von Rom, was hast du zu erwidern?"

Mühsam hatte sich Silverius gefaßt; er sah den Bau seines Lebens vor seinen Augen in die Erde versinken.

Mit halb versagender Stimme antwortete er:

„Ich fand die Urkunde im Archiv der Kirche vor wenigen Monden.

Ist dem so, wie ihr sagt, so bin ich getäuscht, wie ihr."

„Wir sind aber nicht getäuscht, lächelte Cethegus.

„Ich wußte nichts von jenem Stempel, ich schwöre es bei den Wunden Christi.“

„Das glaub' ich dir ohne Schwur, heiliger Vater,“ fiel Cethegus ein.

„Du wirst einsehn, Priester,“ sprach Belisar, sich erhebend, „daß über diese Sache die strengste Untersuchung“ —

„Ich verlange sie,“ sprach Silverius, „als mein Recht.“

„Es soll dir werden, zweifle nicht!

Aber nicht ich darf es wagen, hier zu richten: nur die Weisheit des Kaisers selbst kann hier das Recht finden.

Vulkaris, mein getreuer Heruler, dir übergeb' ich die Person des Bischofs.

Du wirst ihn sogleich auf ein Schiff bringen und nach Byzanz führen.“

„Ich lege Verwahrung ein,“ sprach Silverius.

Ueber mich kann niemand richten auf Erden als ein Concil der ganzen rechtgläubigen Kirche.

Ich verlange nach Rom zurückzukehren.“

„Rom siehst du niemals wieder!

Und über deine Rechtsverwahrung wird der Kaiser Justinian, der Kaiser des Rechts, mit Tribonian entscheiden.

Aber auch deine Genossen, Scävola und Albinus, die falschen Mitankläger des Präfecten, der sich als des Kaisers treusten, klügsten Freund erwiesen, sind hoch verdächtig.

Justinian entscheide, wie weit sie unschuldig.

Auch sie führt in Ketten nach Byzanz.

Zu Schiff.

Dort hinaus zur Hinterthür des Zelts, nicht durch's Lager.

Vulkaris, dieser Priester aber ist des Kaisers gefährlichster Feind.

Du bürgst für ihn mit deinem Kopf."

„Ich bürge," sprach der riesige Heruler, vortretend und die gepanzerte Hand auf des Bischofs Schulter legend.

„Fort mit dir, Priester! zu Schiff.

Er stirbt, eh' er mir entrissen wird."

Silverius sah ein, daß weiteres Widerstreben nur seine Würde gefährdende Gewalt hervor rufen werde.

Er fügte sich und schritt neben dem Germanen, der die Hand nicht von seiner Schulter löste, nach der Thür im Hintergrund des Zeltes, welche eine der Wachen aufthat.

Er mußte hart an Cethegus vorbei.

Er beugte das Haupt und sah ihn nicht an: aber er hörte, wie dieser ihm zuflüsterte:

„Silverius, diese Stunde vergilt deinen Sieg in den Katakomben.

Nun sind wir wett!"

Dreizehntes Capitel.

Sowie der Bischof das Zelt verlassen, erhob sich Belisar lebhaft von seinem Sitze, eilte auf den Präfecten zu, umarmte und küßte ihn: „Nimm meinen Dank, Cethegus Cäsarius!

Ich werde dem Kaiser berichten, daß du ihm heute Rom gerettet hast. Dein Lohn wird nicht ausbleiben."

Aber Cethegus lächelte· „Meine Thaten belohnen sich selbst."

Den Helden Belisarius hatte der geistige Kampf dieser Stunde, der rasche Wechsel von Zorn, Furcht, Spannung und Triumph mehr als ein halber Tag des Kampfes unter Helm und Schild angestrengt und erschöpft.

Er verlangte nach Erholung und Labung und entließ seine Heerführer, von denen keiner ohne ein Wort der Anerkennung an den Präfecten das Zelt verließ.

Dieser sah seine Ueberlegenheit von allen, auch von Belisar, anerkannt; es that ihm wohl, in Einer Stunde den schlauen Bischof vernichtet und die stolzen Byzantiner gedemüthigt zu haben.

Aber er wiegte sich nicht müssig in dieser Siegesfreude.

Dieser Geist kannte die Gefährlichkeit des Schlafes auf Lorber: Lorber betäubt.

Er beschloß, sofort den Sieg zu verfolgen, die geistige Uebergewalt, welche er in diesem Augenblick über den Helden von Byzanz unverkennbar besaß, jetzt, unter ihrem ersten frischen Eindruck, mit aller Kraft zu benützen und den lang vorbereiteten Hauptstreich zu führen.

Während er mit solchen Gedanken dem Zug der Heerführer nachsah, welche sich aus dem Zelt entfernten, bemerkte er nicht, daß zwei Augen mit eigenthümlichem Ausdruck auf ihm ruhten.

Es waren Antonina's Augen.

Die Vorgänge, deren Zeugin sie gewesen, hatten einen seltsam gemischten Eindruck auf sie gemacht.

Zum ersten Mal hatte sie den Abgott ihrer Bewunderung, ihren Gatten, ohne alle eigne Kraft sich zu helfen und zu wehren, in den Schlingen des klugen Priesters liegen und nur durch die überlegne Kraft dieses dämonischen Römers gerettet gesehen.

Anfangs hatte ihr in dem Gatten verletzter Stolz diese Demüthigung mit schmerzlichem Haß gegen den Uebermächtigen empfunden.

Aber dieser Haß hielt nicht vor und unwillkürlich trat, wie immer gewaltiger sich die Macht seiner Ueberlegenheit entfaltete, Bewunderung an des Verdrusses Stelle und erschreckte Unterordnung: sie empfand nur noch das Eine:

ihren Belisar hatte die Kirche und Cethegus hatte ihren Belisar und die Kirche verdunkelt.

Und daran knüpfte sich unzertrennlich der ängstliche Wunsch, diesen Mann nie zum Feind, immer zum Verbündeten ihres Gatten zu haben.

Kurz, Cethegus hatte an dem Weibe Belisars eine geistige Eroberung von größter Wichtigkeit gemacht: und er sollte es, noch dazu, sofort merken.

Mit gesenkten Augen trat das schöne, sonst so sichre Weib auf ihn zu; er sah auf: da erröthete sie über und über und reichte ihm eine zitternde Hand.

„Präfect von Rom," sagte sie, „Antonina dankt dir.

Du hast dir ein großes Verdienst erworben um Belisarius und den Kaiser.

Wir wollen gute Freundschaft halten."

Mit Staunen sah Prokop, der im Zelt zurückgeblieben, diesen Vorgang: „Mein Odysseus überzaubert die Zauberin Circe," dachte er.

Cethegus aber erkannte im Augenblick, wie sich diese Seele vor ihm beugte und welche Gewalt er dadurch über Belisar gewonnen.

„Schöne Magistra Militum," sagte er, sich hoch aufrichtend, „deine Freundschaft ist der reichste Lorber meines Sieges.

Ich stelle sie sogleich auf die Probe.

Ich bitte dich und Prokop, meine Zeugen, meine Verbündeten zu sein in der Unterredung, die ich jetzt mit Belisar zu führen habe."

„Jetzt?" sagte Belisar ungeduldig.

„Kommt, laßt uns erst zu Tische und im Cäkuber den Sturz des Priesters feiern."

Und er schritt zur Thüre.

Aber Cethegus blieb ruhig stehen in der Mitte des Zeltes, und Antonina und Prokop lagen so ganz unter dem Bann seines Einflusses, daß sie nicht ihrem Herrn zu folgen wagten.

Ja, Belisar selbst wandte sich und fragte: „Muß es denn jetzt gerade sein?"

„Es muß." sagte Cethegus und er führte Antonina an der Hand nach ihrem Sitz zurück.

Da schritt auch Belisar wieder zurück.

„Nun so sprich," sagte er, „aber kurz."

„So kurz als möglich.

„Ich habe immer gefunden, daß gegenüber großen Freunden oder großen Feinden Aufrichtigkeit das stärkste Band oder die beste Waffe.

Danach werd' ich in dieser Stunde handeln.

Wenn ich sagte: mein Thun lohnt sich selbst, so wollt' ich damit ausdrücken, daß ich dem falschen Priester die Herrschaft über Rom nicht eben um des Kaisers Willen entrissen."

Belisar horchte hoch auf.

Prokop, erschrocken über diese allzu kühne Offenheit seines Freundes, machte ihm ein abmahnendes Zeichen.

Antonina's rasches Auge hatte das bemerkt und stutzte, mißtrauisch über das Einverständniß der Beiden.

Cethegus entging dies nicht.

„Nein, Prokop," sagte er zu Belisars Erstaunen:

„unfre Freunde hier würden doch allzubald erkennen, daß Cethegus nicht der Mann ist, seinen Ehrgeiz in einem Lächeln Justinians befriedigt zu finden.

Ich habe Rom nicht für den Kaiser gerettet."

„Für wen sonst?" fragte Belifar ernst.

„Zunächst für Rom.

Ich bin ein Römer. Ich liebe mein ewiges Rom.

Es sollte nicht dem Priester dienstbar werden.

Aber auch nicht die Sklavin des Kaisers.

Ich bin Republicaner," sprach er, das Haupt trotzig aufwerfend."

Ueber Belifars Antlitz flog ein Lächeln: der Präfect schien ihm nicht mehr so bedeutend.

Prokop sagte achselzuckend: „Unbegreiflich."

Aber Antoninen gefiel dieser Freimuth.

„Zwar sah ich ein, daß wir nur mit dem Schwerte Belifars die Barbaren niederschlagen können.

Leider auch, daß unsere Zeit nicht ganz reif ist, mein Traumbild republicanischer Freiheit zu verwirklichen.

Die Römer müssen erst wieder zu Catonen werden, dies Geschlecht muß aussterben und ich erkenne, daß Rom einstweilen nur unter dem Schilde Justinians Schutz findet gegen die Barbaren.

Drum wollen wir uns diesem Schilde beugen — einstweilen."

„Nicht übel!" dachte Prokop, „der Kaiser soll sie solang schützen, bis sie stark genug sind, ihn zum Dank davon zu jagen."

„Das sind Träume, mein Präfect," sagte Belisar mitleidig, „was haben sie für praktische Folgen?"

„Die, daß Rom nicht mit gebundenen Händen, ohne Bedingung, der Willkür des Kaisers überliefert werden soll.

Justinian hat nicht nur Belisar zum Diener.

Denke, wenn der herzlose Narses dein Nachfolger würde!" — die Stirn des Helden faltete sich — „deßhalb will ich dir die Bedingungen nennen, unter denen die Stadt Cäsars dich und dein Heer in ihre Mauern aufnehmen wird."

Aber das war Belisar zu viel.

Zürnend sprang er auf, sein Antlitz glühte, sein Auge blitzte.

„Präfect von Rom," rief er mit seiner rollenden Löwenstimme, „du vergißt dich und deine Stellung.

Morgen brech' ich auf mit meinem Heer von siebzig tausend Mann nach Rom.

Wer wird mich hindern, einzuziehen in die Stadt, ohne Bedingung?"

„Ich," sagte Cethegus ruhig. „Nein, Belisar, ich rase nicht.

Sieh hier, diesen Plan der Stadt und ihrer Werke.

Dein Feldherrnauge wird rascher, besser als das meine, ihre Stärke erkennen."

Er zog ein Pergament hervor und breitete es auf dem Zelttische aus.

Belisar warf einen gleichgültigen Blick darauf, aber sofort rief er:

„Der Plan ist irrig!

Prokop, reiche mir unsern Plan aus jener Capsula. —

Sieh her, diese Gräben sind ja jetzt ausgefüllt, diese Thürme eingefallen, hier die Mauer niedergerissen, diese Thore wehrlos —

Dein Plan stellt sie alle noch in furchtbarer Stärke dar.

Er ist veraltet, Präfect von Rom."

„Nein, Belisar, der deine ist veraltet: diese Mauern, Gräben, Thore sind hergestellt."

„Seit wann?"

„Seit Jahresfrist."

„Von wem?"

„Von mir."

Betroffen sah Belisar auf den Plan.

Antonina's Blick hing ängstlich an den Zügen ihres Gatten.

„Präfect," sagte dieser endlich, „wenn dem so ist, so verstehst du den Krieg, den Festungskrieg.

Aber zum Krieg gehört ein Heer und deine leeren Wälle werden mich nicht aufhalten."

„Du wirst sie nicht leer finden.

Du wirst einräumen, daß mehr als zwanzig Tausend Mann Rom, nämlich dies mein Rom hier auf dem Plan, über Jahr und Tag selbst gegen Belisar zu halten vermögen.

Gut: so wisse denn, daß jene Werke in diesem Augenblick von fünfunddreißig Tausend Bewaffneten gedeckt sind."

„Sind die Gothen zurück?" rief Belisar.

Prokop trat erstaunt näher.

„Nein, jene fünfunddreißig Tausend stehen unter meinem Befehl.

Ich habe seit Jahren die lang verweichlichten Römer zu den Waffen zurückgerufen und unablässig in den Waffen geübt.

So habe ich zur Zeit dreißig Cohorten, jede fast zu tausend Mann, schlagfertig."

Belisar bekämpfte seinen Unmuth und zuckte verächtlich die Achseln.

„Ich geb' es zu," — fuhr Cethegus fort — „diese Scharen würden in offner Feldschlacht einem Heere Belisars nicht stehen.

Aber ich versichre dich: von diesen Mauern herab werden sie ganz tüchtig fechten.

Außerdem hab' ich aus meinen Privatmitteln sieben Tausend auserlesne isaurische und abasgische Söldner geworben und allmählig in kleinen Abtheilungen ohne Aufsehen nach Ostia, nach Rom und in die Umgegend gebracht.

Du zweifelst? hier sind die Listen der dreißig Cohorten, hier der Vertrag mit den Isauriern.

Du siehst deutlich, wie die Sachen stehen.

Entweder du nimmst meine Bedingung an: — dann sind jene fünfunddreißig Tausend dein, dein ist Rom, mein Rom, dieses Rom auf dem Plan, von dem du sagtest, es sei von furchtbarer Stärke, und dein ist Cethegus.

Oder du verwirfst meine Bedingung: dann ist dein

ganzer Siegeslauf, dessen Gelingen auf der Raschheit deiner Bewegung ruht, gehemmt.

Du mußt Rom belagern, viele Monde lang.

Die Gothen haben alle Zeit, sich zu sammeln.

Wir selber rufen sie zurück: sie ziehen in dreifacher Uebermacht zum Entsatz der Stadt heran, und nichts errettet dich vom Verderben als ein Wunder."

„Oder dein Tod in diesem Augenblick, du Teufel," donnerte Belisar, und riß, seiner nicht mehr mächtig, das Schwert aus der Scheide.

„Auf, Prokop, in des Kaisers Namen! Ergreife den Verräther! Er stirbt in dieser Stunde!"

Entsetzt, unschlüssig trat Prokop zwischen die Beiden, indeß Antonina ihrem Gatten in den Arm fiel und seine rechte Hand zu fassen suchte.

„Seid ihr mit im Bunde?" schrie der Ergrimmte.

„Wachen, Wachen herbei!"

Aus jeder der beiden Thüren traten zwei Lanzenträger in das Zelt: aber noch zuvor hatte sich Belisar von Antonina losgerissen und mit dem linken Arm den starken Prokop, als wär' er ein Kind, zur Seite geschleudert.

Mit dem Schwert zu furchtbarem Stoß ausholend, stürzte er auf den Präfecten los.

Aber plötzlich hielt er inne und senkte die Waffe, die schon des Bedrohten Brust streifte.

Denn unbeweglich, wie eine Statue, ohne eine Miene zu verziehen, den kalten Blick durchbohrend auf den

Wüthenden gerichtet, war Cethegus stehen geblieben, ein Lächeln unsäglicher Verachtung um die Lippen.

„Was soll der Blick und dieses Lachen?" fragte Belisar innehaltend.

Prokop winkte leise den Wachen, abzutreten.

„Mitleid mit deinem Feldherrnruhm, den ein Augenblick des Jähzorns für immer verderben sollte.

Wenn dein Stoß traf, warst du verloren."

„Ich!" lachte Belisar? „Ich sollte meinen du."

„Und du mit mir.

Glaubst du, ich stecke tolldreist den Kopf in den Rachen des Löwen?

Daß einem Helden deiner Art zu allererst der feine Einfall kommen werde, dich mit einem guten Schwert-Streich herauszuhauen, das voraus zu sehen war nicht schwer.

Dagegen hab' ich mich geschützt.

Wisse: seit diesem Morgen ist in Folge eines versigelten Auftrages, den ich zurückließ, Rom in den Händen, in der Gewalt meiner blindergebnen Freunde.

Das Grabmal Hadrians, das Capitol und alle Thore und Thürme der Umwallung sind besetzt von meinen Isauriern und Legionaren.

Meinen Kriegstribunen, todesmuthigen Jünglingen, hab' ich diesen Befehl hinterlassen für den Fall, daß du ohne mich vor Rom eintriffst."

Er reichte Prokop eine Papyrosrolle.

Dieser las:

„An Lucius und Marcus die Licinier Cethegus der Präfect.

Ich bin gefallen, ein Opfer der Tyrannei der Byzantiner.

Rächet mich! Ruft sofort die Gothen zurück.

Ich fordre es bei eurem Eid.

Besser die Barbaren als die Schergen Justinians.

Haltet euch bis auf den letzten Mann.

Uebergebt die Stadt eher den Flammen als dem Heer des Tyrannen."

„Du siehst also," fuhr Cethegus fort, „daß dir mein Tod die Thore Roms nicht öffnet, sondern für immer sperrt.

Du mußt die Stadt belagern: oder mit mir abschließen."

Belisar warf einen Blick des Zornes, aber auch der Bewunderung auf den kühnen Mann, der ihm mitten unter seinen Tausenden Bedingungen vorschrieb.

Dann steckte er das Schwert ein, warf sich unwillig auf seinen Stuhl und fragte:

„Welches sind deine Bedingungen für die Uebergabe?"

„Nur zwei.

Erstens giebst du mir Befehl über einen kleinen Theil deines Heeres.

Ich darf deinen Byzantinern kein Fremder sein."

„Zugestanden. Du erhältst als Archon zwei tausend Mann illyrischen Fußvolks und ein tausend saracenische und maurische Reiter. Genügt das?"

„Vollkommen

Zweitens.

Meine Unabhängigkeit vom Kaiser und von dir ruht einzig auf der Beherrschung Roms.

Diese darf durch deine Anwesenheit nicht aufhören.

Deßhalb bleibt das ganze rechte Tiberufer mit dem Grabmal Hadrians, auf dem linken aber das Capitol, die Umwallung im Süden bis zum Thore Sanct Pauls einschließlich, bis zum Ende des Krieges in der Hand meiner Isaurier und Römer; von dir aber wird der ganze Rest der Stadt auf dem linken Tiberufer besetzt, von dem flaminischen Thor im Norden bis zum appischen Thor im Süden."

Belisar warf einen Blick auf den Plan.

„Nicht übel gedacht! Von jenen Puncten aus kannst du mich jeden Augenblick aus der Stadt drängen oder den Fluß absperren. Das geht nicht an."

„Dann rüste dich zum Kampf mit den Gothen und mit Cethegus zusammen vor den Mauern Roms."

Belisar sprang auf.

„Geht! laßt mich allein mit Prokop!

Cethegus, erwarte meine Entscheidung."

„Bis morgen, sagte dieser.

Bei Sonnenaufgang kehr' ich nach Rom zurück, mit deinem Heer oder — allein."

Wenige Tage darauf zog Belisar mit seinem Heer in der ewigen Stadt ein durch das asinarische Thor.

Endloser Jubel begrüßte den Befreier, Blumenregen überschüttete ihn und seine Gattin, die auf einem zierlichen Zelter an seiner Linken ritt.

Alle Häuser hatten ihren Festschmuck von Teppichen und Kränzen angethan.

Aber der Gefeierte schien nicht froh: verdrossen senkte er das Haupt und warf finstre Blicke nach den Wällen und dem Capitol, von welchen, den alten römischen Adlern nachgebildet, die Banner der städtischen Legionare, nicht die Drachen-Fahnen von Byzanz, hernieder schauten.

Am asinarischen Thor hatte der junge Lucius Licinius den Vortrapp des kaiserlichen Heeres zurück gewiesen: und nicht eher hob sich das wuchtige Fallgitter, bis neben Belisars Rothscheck, getragen von seinem prachtvollen Rappen, Cethegus der Präfect erschienen war.

Lucius staunte über die Verwandlung, die mit seinem bewunderten Freunde vorgegangen.

Die kalte, strenge Verschlossenheit war gewichen: er erschien größer, jugendlicher: ein leuchtender Glanz des Sieges lag auf seinem Antlitz, seiner Haltung und seiner Erscheinung.

Er trug einen hohen, reichvergoldeten Helm, von dem der purpurne Roßschweif niederwallte bis auf den Panzer: dieser aber war ein kostbares Kunstwerk aus Athen und zeigte auf jeder seiner Rundplatten ein fein gearbeitetes Relief von getriebnem Silber, jedes einen Sieg der Römer darstellend.

Der Siegesausdruck seines leuchtenden Gesichts, seine stolze Haltung und sein schimmernder Waffenschmuck über- strahlte, wie Belisar, den kaiserlichen Magister Militum selbst, so das glänzende Gefolge von Heerführern, welches sich, geführt von Johannes und Prokop, hinter den beiden anschloß.

Und dies Ueberstrahlen war so augenfällig, daß sich, sowie der Zug einige Straßen durchmessen hatte, der Eindruck auch der Menge mittheilte und der Ruf „Cethegus!" bald so laut und lauter als der Name „Belisar" ertönte.

Das feine Ohr Antonina's fing an, dies zu bemerken: mit Unruhe lauschte sie bei jeder Stockung des Zugs auf das Rufen und Reden des Volks.

Als sie die Thermen des Titus hinter sich gelassen und bei dem flavischen Amphitheater die sacra Via erreicht hatten, wurden sie durch das Wogen der Menge zum Verweilen gezwungen: ein schmaler Triumphbogen war errichtet, den man nur langsam durchschreiten konnte.

„Sieg dem Kaiser Justinian und Belisarius, seinem Feldherrn," stand darauf geschrieben.

Während Antonina die Aufschrift las, hörte sie einen Alten, der wenig in den Lauf der Dinge eingeweiht schien, an seinen Sohn, einen der jungen Legionare des Cethegus, Fragen um Auskunft stellen.

„Also, mein Gajus, der Finstre mit dem verdrießlichen Gesicht auf dem Roth-Scheck —"

„Ja, das ist Belisarius, wie ich dir sage," antwortete der Sohn.

„So? nun — aber der stattliche Held, ihm zur Linken, mit dem triumphirenden Blick, der auf dem Rappen, das ist gewiß Justinianus selbst, sein Herr, der Imperator?"

„Beileibe, Vater! der sitzt ruhig in seiner goldnen Hofburg zu Byzanz und schreibt Gesetze.

Nein, das ist ja Cethegus, u n s e r Cethegus, mein Cethegus, der Präfect, der mir das Schwert geschenkt.

Ja, das ist ein Mann.

Licinius, mein Tribun, sagte neulich: wenn der nicht wollte, Belisar sähe nie ein römisch Thor von Innen.“

Antonina gab ihrem Apfelschimmel einen heftigen Schlag mit dem Silberstäbchen und sprengte rasch durch den Triumphbogen.

Cethegus geleitete den Feldherrn und dessen Gattin bis an den Palast der Pincier, der prachtvoll zu ihrer Aufnahme in Stand gesetzt war.

Hier verabschiedete er sich, den byzantinischen Heerführern seinen Beistand zu leihen, die Truppen theils in den Häusern der Bürger und den öffentlichen Gebäuden, theils vor den Thoren in Zelten unterzubringen.

„Wenn du dich von den Mühen und Ehren dieses Tages erholt, Belisarius, erwarte ich dich und Antonina und deine ersten Heerführer zum Mahl in meinem Hause.“

Nach einigen Stunden erschienen Marcus Licinius, Piso und Balbus, die Geladenen abzuholen.

Sie begleiteten die Sänfte, in denen Antonina und Belisar getragen wurden, die Heerführer gingen zu Fuß.

„Wo wohnt der Präfect?“ fragte Belisar beim Einsteigen in die Sänfte.

„So lang du hier bist: Tags im Grabmal Hadrians, und Nachts — auf dem Capitol.“

Belisar stutzte.

Der kleine Zug näherte sich dem Capitol.

Mit Staunen sah der Feldherr alle die Werke und Wälle, die seit mehr denn zweihundert Jahren in Schutt gelegen waren, zu gewaltiger Stärke wieder hergestellt.

Nachdem sie durch einen langen, schmalen und dunkeln Zickzackgang, den engen Zugang zu der Veste, sich gewunden, gelangten sie an ein gewaltiges Eisenthor, das fest geschlossen war, wie in Kriegszeit.

Marcus Licinius rief die Wachen an.

„Gieb die Losung!“ sprach eine Stimme von Innen.

„Cäsar und Cethegus!“ antwortete der Kriegstribun.

Da sprangen die Thorflügel auf: ein langes Spalier der römischen Legionare und der isaurischen Söldner ward sichtbar, letztere in Eisen gehüllt bis an die Augen und mit Doppeläxten bewaffnet.

Lucius Licinius stand an der Spitze der Römer, mit gezücktem Schwert in der Hand: Sandil, der isaurische Häuptling, an der Spitze seiner Landsleute.

Einen Augenblick blieben die Byzantiner unentschlossen stehen, von dem Eindruck dieser Machtentfaltung von Granit und Eisen überwältigt.

Da wurde es hell in dem matt erleuchteten Raum: man vernahm Musik aus dem Hintergrund des Ganges: und, von Fackelträgern und Flötenspielern begleitet, nahte Cethegus, ohne Rüstung, einen Kranz auf dem Haupt, wie ihn der Wirth eines Festgelages zu tragen pflegte, im reichen Hausgewand von Pupurseide.

So trat er lächelnd vor und sprach:

„Willkommen! und Flötenspiel und Tubaschall verkünde laut: daß die schönste Stunde meines Lebens kam: Belisar, mein Gast im Capitol."

Und unter schmetterndem Klang der Trompeten führte er den Schweigenden in die Burg.

Vierzehntes Capitel.

Während dieser Vorgänge bei den Römern und Byzantinern bereiteten sich auch auf Seite der Gothen entscheidende Ereignisse vor.

In Eilmärschen waren Herzog Guntharis und Graf Arahad von Florentia, wo sie eine kleine Besatzung zurückließen, mit ihrer gefangenen Königin nach Ravenna aufgebrochen.

Wenn sie diese für uneinnehmbar geltende Veste vor Witichis, der heftig nachdrängte, erreichten und gewannen, so mochten sie dem König jede Bedingung vorschreiben.

Zwar hatten sie noch einen starken Vorsprung und hofften, die Verfolger durch die Belagerung von Florentia noch eine gute Weile aufzuhalten.

Aber sie büßten jenen Vorsprung beinahe völlig dadurch ein, daß die auf der nächsten Straße nach Ravenna gelegnen Städte und Castelle sich für Witichis erklärten und so die Rebellen nöthigten, auf großem Umweg im rechten Winkel zuerst nördlich nach Bononia (Bologna), das zu ihnen abgefallen war, und dann erst östlich nach Ravenna zu marschiren.

Gleichwohl war, als sie in der Sumpflandschaft der Seefestung anlangten und nur noch einen halben Tagemarsch von ihren Thoren entfernt waren, von dem Heer des Königs nichts zu sehen.

Guntharis gönnte seinen stark ermüdeten Truppen den Rest des ohnehin schon gegen Abend neigenden Tages und schickte nur eine kleine Schar Reiter unter seines Bruders Befehl voraus, den Gothen in der Festung ihre Ankunft zu verkünden.

Aber schon in den ersten Morgenstunden des nächsten Tages kam Graf Arahad mit seiner stark gelichteten Reiterschar flüchtend in's Lager zurück.

„Bei Gottes Schwert," rief Guntharis, „wo kommst du her?"

„Von Ravenna kommen wir.

Wir hatten die äußersten Werke der Stadt erreicht und Einlaß begehrt, wurden aber entschieden abgewiesen, obwohl ich selbst mich zeigte und den alten Grippa, den Grafen von Ravenna, rufen ließ.

Der erklärte trotzig, morgen würden wir seine und der Gothen in Ravenna Entscheidung erfahren: wir sowohl wie das Heer des Königs, dessen Spitzen sich bereits von Südosten her der Stadt näherten."

„Unmöglich!" rief Guntharis ärgerlich.

„Mir blieb nichts übrig, als abzuziehen, so wenig ich dies Benehmen unsers Freundes begriff.

Die Nachricht von der Nähe des Königs hielt auch

ich für eine leere Drohung des Alten, bis meine im Süden der Stadt schwärmenden Reiter, die nach einer trocknen Beiwachtstelle suchten, plötzlich von feindlichen Reitern unter dem schwarzen Grafen Teja von Tarentum mit dem Ruf: „Heil König Witichis!" angegriffen und nach scharfem Gefecht zurückgeworfen wurden.

„Du rasest," rief Guntharis. „Haben sie Flügel? ist Florentia aus ihrem Wege fortgeblasen?"

„Nein! aber ich erfuhr von picentinischen Bauern, daß Witichis auf dem Küstenweg über Auximum und Ariminum nach Ravenna eilt."

„Und Florentia ließ er im Rücken, unbezwungen? Das soll ihm schlecht bekommen."

„Florentia ist gefallen!

Er schickte Hildebad gegen die Stadt, der sie im Sturme nahm.

Er rannte mit eigner Hand das Marsthor ein — der wüthige Stier!"

Mit finstrer Miene vernahm Herzog Guntharis diese Unglücksbotschaften; aber rasch faßte er seinen Entschluß.

Er brach sofort mit all seinen Truppen gegen die Stadt auf, sie durch einen raschen Streich zu nehmen.

Der Ueberfall mißlang.

Aber die Rebellen hatten die Befriedigung, zu sehen, daß die Festung, deren Besitz den Bürgerkrieg entschied, wenigstens auch dem Feind sich nicht geöffnet hatte.

Im Südosten vor der Hafenstadt Classis hatte sich der König gelagert.

Des Herzogs Guntharis geübter Blick erkannte alsbald, daß auch die Sümpfe im Nordwesten eine sichre Stellung gewährten, und rasch schlug er hier ein wohlverschanztes Lager auf.

So hatten sich die beiden Parteien, wie zwei ungestüme Freier um eine spröde Braut, hart an beide Seiten der gothischen Königsstadt gedrängt, welche Keinem ein günstiges Gehör schenken zu wollen schien.

Tags darauf gingen zwei Gesandtschaften, aus Ravennaten und Gothen bestehend, aus dem nordwestlichen und aus dem südöstlichen Thor der Festung, dem Thor des Honorius und dem des Theoderich, und brachten, jene in das Lager der Rebellen, diese zu den Königlichen, den verhängnißvollen Entscheid von Ravenna.

Dieser mußte sehr seltsam lauten.

Denn die beiden Heerführer, Guntharis und Witichis, hielten ihn in merkwürdiger Uebereinstimmung streng geheim und sorgten eifrig dafür, daß kein Wort davon unter ihre Truppen gelangte.

Die Gesandten wurden sofort aus den Feldherrnzelten beider Lager unter Bedeckung von Heerführern, welche jede Unterredung mit den Heermännern verwehrten, nach den Thoren der Stadt zurückgebracht.

Aber auch sonst war die Wirkung der Botschaft in den Heerlagern auffallend genug.

Bei den Rebellen kam es zu einem heftigen Streit zwischen den beiden Führern: dann zu einer sehr lebhaften Unterredung von Herzog Guntharis mit seiner schönen Gefangenen, welche, wie es hieß, nur durch Graf

Arahad vor dem Zorne seines Bruders geschützt worden war.

Darauf versank das Lager der Rebellen in die Ruhe der Rathlosigkeit.

Folgenreicher war das Erscheinen der ravennatischen Gesandten in dem Lager gegenüber.

Die erste Antwort, welche König Witichis auf die Botschaft erließ, war der Befehl zu einem allgemeinen Sturm auf die Stadt.

Ueberrascht vernahmen Hildebrand und Teja, vernahm das ganze Heer diesen Auftrag.

Man hatte gehofft, in Bälde die Thore der starken Festung sich freiwillig aufthun zu sehn.

Gegen das gothische Herkommen und ganz gegen seine sonst so leutselige Art gab der König Niemand, auch seinen Freunden nicht, Rechenschaft von der Mittheilung der Gesandten und von den Gründen dieses zornigen Angriffs.

Schweigend, aber kopfschüttelnd und mit wenig Hoffnung auf Erfolg, rüstete sich das Heer zu dem unvorbereiteten Sturm: er ward blutig zurückgeschlagen.

Vergebens trieb der König seine Gothen immer wieder auf's Neue die steilen Felswälle hinan.

Vergebens bestieg er, dreimal der Erste, die Sturmleitern: vom frühen Morgen bis zum Abendroth hatten die Angreifer gestürmt ohne Fortschritte zu machen: die Festung bewährte ihren alten Ruhm der Unbezwingbarkeit.

Und als endlich der König, von einem Schleuderstein

schwer betäubt, aus dem Getümmel getragen wurde, führten Teja und Hildebrand die ermüdeten Scharen in's Lager zurück.

Die Stimmung des Heeres in der darauf folgenden Nacht war sehr trübe und gedrückt.

Man hatte empfindliche Verluste zu beklagen und nichts gewonnen, als die Ueberzeugung, daß die Stadt mit Gewalt nicht zu nehmen sei.

Die gothische Besatzung von Ravenna hatte neben den Bürgern auf den Wällen gefochten; der König der Gothen lag belagernd vor seiner Residenz, vor der besten Festung seines Reiches, in welcher man Schutz und die Zeit zur Rüstung gegen Belisar zu finden gehofft!

Das Schlimmste aber war, daß das Heer die Schuld des ganzen Unglücks-Kampfes, die Nothwendigkeit des Bruderstreits auf den König schob.

Warum hatte man die Verhandlung mit der Stadt plötzlich abgebrochen?

Warum nicht wenigstens die Ursache dieses Abbrechens, war sie eine gerechte, dem Heere mitgetheilt?

Warum scheute der König das Licht?

Mißmuthig saßen die Leute bei ihren Wachtfeuern oder lagen in den Zelten, ihre Wunden pflegend, ihre Waffen flickend: nicht, wie sonst, scholl Gesang der alten Heldenlieder von den Lagertischen, und wenn die Führer durch die Zeltgassen schritten, hörten sie manches Wort des Aergers und des Zornes wider den König.

Gegen Morgen traf Hildebad mit seinen Tausendschaften von Florentia her im Lager ein.

Er vernahm mit zornigem Schmerz die Kunde von der blutigen Schlappe und wollte sofort zum König; aber da dieser noch bewußtlos unter Hildebrands Pflege lag, nahm ihn Graf Teja in sein Zelt, und beantwortete seine unwilligen Fragen.

Nach einiger Zeit trat der alte Waffenmeister ein, mit einem Ausdruck in den Zügen, daß Hildebad erschrocken von seinem Bärenfell, das ihm zum Lager diente, aufsprang und auch Teja hastig fragte:

„Was ist mit dem König? Seine Wunde? Stirbt er?"

Der Alte schüttelte schmerzlich sein Haupt: „Nein: aber wenn ich richtig rathe, wie ich ihn kenne und sein wackres Herz, wär' ihm besser, er stürbe."

„Was meinst du? was ahnest du?"

„Still, still," sprach Hildebrand traurig, sich setzend, „armer Witichis! es kommt noch, fürcht' ich, früh genug zur Sprache."

Und er schwieg.

„Nun," sagte Teja, „wie ließest du ihn?"

„Das Wundfieber hat ihn verlassen, dank meinen Kräutern.

Er wird morgen wieder zu Roß können.

Aber er sprach wunderbare Dinge in seinen wirren Träumen — ich wünsche ihm, daß es nur Träume sind, sonst: weh dem treuen Manne."

Mehr war aus dem verschloßnen Alten nicht zu erforschen.

Nach einigen Stunden ließ Witichis die drei Heerführer zu sich rufen.

Sie fanden ihn zu ihrem Staunen in voller Rüstung, obwohl er sich im Stehen auf sein Schwert stützen mußte; seitwärts auf einem Tisch lag sein königlicher Kronhelm und der heilige Königsstab von weißem Eschenholz mit goldner Kugel.

Die Freunde erschraken über den Verfall dieser sonst so ruhigen, männlich schönen Züge.

Er mußte innerlich schwer gekämpft haben.

Diese kernige, schlichte Natur aus Einem Guß konnte ein Ringen zweifelvoller Pflichten, widerstreitender Empfindungen nicht ertragen.

„Ich hab' euch rufen lassen," sprach er mit Anstrengung, „meinen Entschluß in dieser schlimmen Lage zu vernehmen und zu unterstützen.

Wie groß ist unser Verlust in diesem Sturm?"

„Dreitausend Todte," sagte Graf Teja sehr ernst.

„Und über sechstausend Verwundete," fügte Hildebrand hinzu.

Witichis drückte schmerzlich die Augen zu.

Dann sprach er: „Es geht nicht anders.

Teja, gieb sogleich Befehl zu einem zweiten Sturm."

„Wie? Was?" riefen die drei Führer wie aus Einem Munde

„Es geht nicht anders," wiederholte der König.

„Wie viele Tausendschaften führst du uns zu, Hildebad?"

„Drei, aber sie sind todtmüde vom Marsch. Heut' können sie nicht fechten."

„So stürmen wir wieder allein," sagte Witichis nach seinem Speer langend.

„König," sagte Teja, „wir haben gestern nicht einen Stein der Festung gewonnen und heute hast du neuntausend weniger" —

„Und die Unverwundeten sind matt, ihre Waffen und ihr Muth zerbrochen."

„Wir müssen Ravenna haben!"

„Wir werden es nicht mit Sturm nehmen!" sagte Graf Teja.

„Das wollen wir sehen!" meinte Witichis.

„Ich lag vor der Stadt mit dem großen König," warnte Hildebrand: „er hat sie siebzigmal umsonst bestürmt: wir nahmen sie nur durch Hunger — nach drei Jahren." —

„Wir müssen stürmen," sagte Witichis, „gebt den Befehl."

Teja wollte das Zelt verlassen.

Hildebrand hielt ihn.

„Bleib," sagte er, „wir dürfen ihm nichts verschweigen. König! die Gothen murren: sie würden dir heut' nicht folgen: der Sturm ist unmöglich."

„Steht es so?" sagte Witichis bitter. „Der Sturm ist unmöglich?

Dann ist nur eins noch möglich: der Weg, den ich gestern schon hätte einschlagen sollen — dann lebten jene dreitausend Gothen noch.

Geh, Hildebad, nimm dort Krone und Stab!

Geh in's Lager der Rebellen, lege sie dem jungen

Arahad zu Füßen: er soll sich mit Mataswintha ver-
mälen; ich und mein Heer, wir grüßen ihn als König."

Und er warf sich erschöpft auf's Lager.

„Du sprichst wieder im Wundfieber," sagte der Alte.

„Das ist unmöglich!" schloß Teja.

„Unmöglich! Alles unmöglich? der Kampf unmöglich?
und die Entsagung?

Ich sage dir, Alter: es giebt nichts Andres nach der
Botschaft aus Ravenna."

Er schwieg.

Die drei warfen sich bedeutende Blicke zu.

Endlich sagte der Alte:

„Wie lautet sie? vielleicht findet sich doch ein Ausweg?
Acht Augen sehen mehr als zwei."

„Nein," sagte Witichis, „hier nicht, hier ist nichts
zu sehen: sonst hätt' ich's euch längst gesagt: aber es
konnte zu nichts führen.

Ich hab's allein erwogen.

Dort liegt das Pergament aus Ravenna, aber schweigt
vor dem Heer."

Der Alte nahm die Rolle und las: „Die gothischen
Krieger und das Volk von Ravenna an den Grafen
Witichis von Fäsulä" —

„Die Frechen," rief Hildebad dazwischen.

„Den Herzog Guntharis von Tuscien und den
Grafen Arahad von Asta:

Die Gothen und die Bürger dieser Stadt erklären
den beiden Heerlagern vor ihren Thoren, daß sie, getreu
dem erlauchten Hause der Amelungen und eingedenk der

unvergeßlichen Wohlthaten des großen Königs Theoderich, bei diesem Herrscherstamm ausharren werden, solang noch ein Reis desselben grünt. Wir erkennen deswegen nur Mataswintha als Herrin der Gothen und Italier an: nur der Königin Mataswintha werden wir diese festen Thore öffnen und gegen jeden andern unsre Stadt bis zum Aeußersten vertheidigen."

„Diese Rasenden," sagte Graf Teja.

„Unbegreiflich," versetzte Hildebad.

Aber Hildebrand faltete das Pergament zusammen und sagte: „Ich begreife es wohl.

Was die Gothen anlangt, so wißt ihr, daß Theoderichs ganze Gefolgschaft die Besatzung der Stadt bildet; diese Gefolgen aber haben dem König geschworen, seinem Stamm nie einen fremden König vorzuziehen: auch ich hab' diesen Eid gethan: aber ich habe dabei immer an die Speerseite, nicht an die Spindeln, nicht an die Weiber, gedacht: darum mußt' ich damals für Theodahad stimmen: darum konnt' ich nach dessen Verrath Witichis huldigen.

Der alte Graf Grippa von Ravenna nun und seine Gesellen glauben sich auch an die Weiber des Geschlechts durch jenen Eid gebunden: und verlaßt euch drauf, diese grauen Recken, die ältesten im Gothenreich und Theoderichs Waffengenossen, lassen sich in Stücke hauen, Mann für Mann, eh' sie von ihrem Eide lassen, wie sie ihn einmal deuten.

Und, bei Theoderich: sie haben recht.

Die Ravennaten aber sind nicht nur dankbar, sondern

auch schlau: sie hoffen, Gothen und Byzantiner sollen unsern Strauß vor ihren Wällen ausfechten.

Siegt Belisar, der, wie er sagt, Amalaswintha zu rächen kommt, so kann er die Stadt nicht strafen, die zu ihrer Tochter gehalten: und siegen wir, so hat sie die Besatzung in der Burg gezwungen, die Thore zu sperren."

„Wie immer dem sei, fiel der König ein, ihr werdet jetzt mein Verfahren verstehn.

Erfuhr das Heer von jenem Bescheid, so mochten Viele muthlos werden und zu den Rebellen übergehn, in deren Gewalt die Fürstin ist.

Mir blieben nur zwei Wege: die Stadt mit Gewalt nehmen — oder nachgeben: jenes haben wir gestern vergebens versucht und ihr sagt, man könne es nicht wiederholen.

So erübrigt nur das Andre: nachgeben.

Arahad mag die Jungfrau freien und die Krone tragen; ich will der Erste sein, ihm zu huldigen und mit seinem tapfren Bruder sein Reich zu schirmen."

„Nimmermehr!" rief Hildebad, „du bist unser König und sollst es bleiben.

Nie beug' ich mein Haupt vor jenem jungen Fant.

Laß uns morgen hinüber rücken gegen die Rebellen, ich allein will sie aus ihrem Lager treiben und das Königskind, vor dessen Hand wie durch Zauber jene festen Thore aufspringen sollen, in unsre Zelte tragen."

„Und wenn wir sie haben?" sagte Graf Teja, „was dann? Sie nützt uns nichts, wenn wir sie nicht als Königin begrüßen.

Willst du das?

Hast du nicht genug an Amalaswintha und Gothelindis?

Nochmals Weiberherrschaft?"

„Gott soll uns davor schützen!" lachte Hildebad.

„So denke ich auch," sprach der König, „sonst hätt' ich längst diesen Weg ergriffen."

„Ei, so laß uns hier liegen und warten bis die Stadt mürbe wird."

„Geht nicht," sagte Witichis, „wir können nicht warten. In wenigen Tagen kann Belisar von jenen Hügeln steigen und nacheinander mich, Herzog Guntharis und die Stadt bezwingen: dann ist's dahin, das Reich und Volk der Gothen.

Es giebt nur zwei Wege: Sturm —"

„Unmöglich," sprach Hildebrand.

„Oder nachgeben.

Geh, Teja, nimm die Krone. Ich sehe keinen Ausweg."

Die beiden jungen Männer zauderten.

Da sprach mit einem ernsten, trauervollen Blick der Liebe auf den König der alte Hildebrand:

„Ich sehe den Ausweg, den schmerzvollen, den einzigen. Du mußt ihn gehen, mein Witichis, und bricht dir siebenmal das Herz."

Witichis sah ihn fragend an: auch Teja und Hildebad staunten ob der Weichheit des felsharten Alten.

„Geht ihr hinaus," fuhr dieser fort, „ich muß allein sprechen mit dem König."

Fünfzehntes Capitel.

***

Schweigend verließen die beiden Gothen das Zelt und schritten draußen, den Ausgang abwartend, die Lagergasse auf und nieder.

Aus dem Zelt drang hin und wieder Hildebrands Stimme, der in langer Rede den König zu ermahnen und zu drängen schien: und hin und wieder ein Ausruf des Königs.

„Was kann nur der Alte sinnen?" fragte Hildebad, still haltend, „weißt du's nicht?"

„Ich ahn' es," seufzte Teja, „armer Witichis!"

„Zum Teufel, was meinst du?"

„Laß," sagte Teja, „es wird bald genug auskommen."

So verging geraume Zeit.

Heftiger und schmerzlicher klang die Stimme des Königs, der sich der Reden Hildebrands mächtig zu erwehren schien.

„Was quält der Eisbart den wackern Helden?" rief Hildebad ungeduldig.

„Es ist, als wollt' er ihn ermorden.

Ich will hinein und helf' ihm."

Aber Teja hielt ihn an der Schulter.

„Bleib," sagte er.   „Es muß wohl sein."

Während sich Hildebad losmachen wollte, nahte Lärm von Stimmen aus dem obern Ende der Lagergasse.

Zwei Wachen bemühten sich vergebens, einen starken Gothen zurück zu halten, der mit allen Zeichen langen und eiligen Rittes bedeckt, sich gegen das Zelt des Königs drängte.

„Laß mich los," rief er, „guter Freund, oder ich schlage dich nieder."

Und drohend hob er eine wuchtige Keule.

„Es geht nicht.

Du mußt warten.

Die großen Heerführer sind bei ihm im Zelt."

„Und wären alle großen Götter Walhalls sammt dem Herrn Christus bei ihm im Zelt, ich muß zu ihm.

Erst ist der Mensch Vater und Gatte und dann König.   Laß' los, rath' ich dir."

„Die Stimme kenn' ich," sagte Graf Teja, nähertretend — „und den Mann.

Wachis, was suchst du hier im Lager?"

„O Herr," rief der treue Knecht, „wohl mir, daß ich euch treffe.

Sagt diesen guten Leuten, daß sie mich loslassen.

Dann brauch' ich sie nicht niederzuschlagen.

Ich muß gleich zu meinem armen Herrn."

„Laßt ihn los: sonst hält er Wort: ich kenne ihn.

Nun, was willst du bei dem König?"

„Führt mich nur gleich zu ihm.

Ich bring ihm schwarze, schwere Kunde von Weib und Kind."

„Von Weib und Kind?" fragte Hildebad erstaunt. „Ei, hat Witichis ein Weib?"

„Die Wenigsten wissen es," sagte Teja.

„Sie verließ fast nie ihr Gut, kam nie zu Hof.

Fast Niemand kennt sie: aber wer sie kennt, der ehrt sie hoch.

Ich weiß nicht ihresgleichen."

„Da habt ihr Recht, Herr, wenn ihr je Recht gehabt," sprach Wachis mit erstickter Stimme.

„Die arme, arme Frau und ach, der arme Vater.

Aber laßt mich hinein.

Frau Rauthgund folgt mir auf dem Fuß. Ich muß ihn vorbereiten."

Graf Teja, ohne weiter zu fragen, schob den Knecht in das Zelt, und folgte ihm mit Hildebad.

Sie trafen den alten Hildebrand ruhig, wie die Nothwendigkeit, auf dem Lager des Königs sitzen, das Kinn mit dem mächtigen Bart in die Hand und diese auf das Steinbeil gestützt.

So saß er unbeweglich und richtete fest die Augen auf den König, der, in höchster Aufregung, mit hastigen Schritten, auf und nieder ging und im Sturm seiner Gefühle die Eintretenden gar nicht bemerkte:

„Nein! nein! niemals! rief er, das ist grausam! frevelhaft! unmöglich!"

„Es muß sein," sagte Hildebrand, ohne sich zu rühren.

„Nein, sag' ich," rief der König und wandte sich.

Da stand Wachis dicht vor ihm.

Er starrte ihn wirr an: da warf sich der Knecht laut weinend vor ihm nieder.

„Wachis," rief erschreckend der König, was bringst du? Du kömmst von ihr!

Steh' auf — was ist geschehen?"

„Ach Herr," jammerte dieser immer noch knieend, „euch sehen, zerreißt mein Herz!

Ich kann nichts dafür! Ich hab's vergolten und gerächt nach Kräften."

Da riß ihn Witichis bei den Schultern auf: „Rede, Mensch, was ist zu rächen? Mein Weib —"

„Sie lebt, sie kommt hieher, aber euer Kind" —

„Mein Kind," sprach er erbleichend, Athalwin, was ist mit ihm —?"

„Todt, Herr, — ermordet!"

Da brach ein Schrei wie eines Schwerverwundeten aus des gequälten Vaters Brust.

Er bedeckte das Antlitz mit beiden Händen, theilnehmend traten Teja und Hildebad näher.

Nur Hildebrand blieb unbeweglich und sah starr auf die Gruppe.

Wachis ertrug die lange Pause des Schmerzes nicht.

Er suchte die Hände seines Herrn zu fassen.

Da senkte sie dieser von selbst.

Zwei große Thränen standen auf den braunen Wangen des Helden: er schämte sich ihrer nicht.

„Ermordet!" sagte er, „mein schuldlos Kind! von den Römern!"

„Die feigen Teufel," rief Hildebad.

Teja ballte die Faust und seine Lippen bewegten sich lautlos.

„Calpurnius!" sprach Witichis mit einem Blick auf Wachis.

„Ja, Calpurnius!

Die Nachricht von deiner Wahl war auf's Gut gelangt und dein Weib und Sohn in dein Lager entboten.

Wie jauchzte jung Athalwin, daß er nun ein Königssohn sein werde, wie Sigfrid, der den Drachen schlug!

Nun wolle er bald ausziehen auf Abenteuer und auch Drachen schlagen und wilde Riesen.

Da kam der Nachbar von Rom zurück.

Ich merkt' es wohl, daß er noch finstrer sah und neidischer als je und hütete dir Haus und Stall.

Aber das Kind hüten — wer hätte daran gedacht, daß Kinder nicht mehr sicher!"

Witichis schüttelte schmerzlich das Haupt.

„Der Knabe konnte nicht erwarten, daß er seinen Vater sehen solle im Kriegslager und all' die tausende von gothischen Heermännern und daß er Schlachten solle in der Nähe sehen.

Er warf sein Holzschwert weg von Stund an, und sagte: ein Königssohn müsse ein eisernes tragen, zumal in Kriegszeiten.

Und ich mußte ihm ein Jagdmesser suchen und schleifen dazu.

Mit diesem seinem Schwert nun rannte er Frau Rauthgunden jeden Morgen früh davon.

Und fragte sie, „wohin?" so lachte er: „auf Abenteuer, lieb' Mutter!" und sprang in den Wald.

Dann kam er Mittags müd und zerrissnen Gewandes heim: und ausgelassen stolz. Aber er sagte kein Wort und meinte nur, er habe Sigfrid gespielt.

Ich hatte aber meine eignen Gedanken.

Und als ich gar einst an seinem Schwert Blutflecken bemerkte, schlich ich ihm nach zu Walde.

Richtig, es war, wie ich gedacht.

Ich hatte ihm einst warnend eine Höhle im schroffen Felsgeklüft gezeigt, das steil über den Gießbach hangt. weil dort die giftigen Vipern zu Dutzenden nisten.

Er fragte mich damals nach Allem aus: und als ich sagte, jeder Biß sei tödtlich, und gleich gestorben sei eine arme Beerensammlerin, welche der Weißwurm in den nackten Fuß gestochen, da zog er flugs sein Holzschwert und wollte mitten darunter springen.

Mit Mühe und schwer erschrocken hielt ich ihn damals ab.

Und jetzt fielen mir die Vipern ein und ich zitterte, daß ich ihm eine Eisenwaffe gegeben.

Und bald fand ich ihn im Walde, mitten im Steingeklüft, unter Dornen und Gestrüpp: da holte er einen mächtigen Holzschild hervor, den er sich selbst gezimmert und dort versteckt hatte.

Und eine Krone war frisch drauf gemalt.

Und er zog sein Schwert und sprang laut jauchzend in die Höhle.

Ich sah mich um: da lag das riesige Gewürm zu halben Dutzenden von frühern Schlachten her mit zerhauenen Häuptern umhergestreut: ich folgte, und so besorgt ich war, ich konnt' ihn nicht stören, wie er so heldenmüthig focht!

Er trieb eine dickgeschwollne Natter mit Steinwürfen aus ihrem Loch, daß sie sich züngelnd aufringelte: gerade wie sie zischend gegen ihn sprang, warf er blitzschnell den Schild vor und hieb sie mit einem Streich mitten entzwei.

Da rief ich ihn an und schalt ihn herzhaft aus.

Er aber sah gar trotzig drein und rief:

„Sag's nur der Mutter nicht! denn ich thu's doch! bis der letzte der Drachen todt ist!"

Ich sagte, ich würde ihm sein Schwert nehmen.

„Dann fecht' ich mit dem hölzernen, wenn dir das lieber ist!" rief er.

„Und welche Schmach für einen Königssohn!"

Da nahm ich ihn die nächsten Tage mit mir zum Einfangen der Rosse auf die Wildweide.

Das vergnügte ihn sehr: und nächstens, dacht' ich, brachen wir auf.

Aber eines Morgens war er mir wieder entschlüpft und ich ging allein an die Arbeit.

Den Rückweg nahm ich den Fluß entlang, gewiß, ihn an der Felshöhle zu finden.

Aber ihn fand ich nicht.

Nur das Gehäng seines Schwertes zerrissen an den Dornen hangen und seinen Holz-Schild zertreten auf der Erde.

Erschrocken sah ich umher und suchte, aber —"

„Rascher, weiter," rief der König.

„Aber?" fragte Hildebad.

„Aber in den Felsen war nichts zu sehen.

Da gewahrte ich große Fußspuren eines Mannes im weichen Sande.

Ich folgte ihnen.

Sie führten bis an den steilen Rand des Felsens.

Ich sah hinab.

Und unten" —

Witichis wankte.

„Ach, mein armer Herr!

Da lag am Ufer des Flusses hingestreckt die kleine Gestalt.

Wie ich die steilen Felsschroffen hinab kam, ich weiß es nicht, im Flug war ich unten —

Da lag er, das kleine Schwert noch fest in der Hand, von den Felsspitzen zerrissen, das lichte Haar von Blut überströmt —"

„Halt ein," sprach Teja, die Hand auf seine Schultern legend, indeß Hildebad des armen Vaters Hand faßte, der stöhnend auf sein Lager sank.

„Mein Kind, mein süßes Kind, mein Weib!" rief er.

„Ich fühlte das kleine Herz noch schlagen.

Wasser aus dem Fluß brachte ihn nochmal zu sich.

Er schlug die Augen auf und erkannte mich."

„Du bist herabgefallen, mein Kind," klagte ich.

„Nein," sagte er, „nicht gefallen, geworfen."

„Ich war starr vor Entsetzen."

„Calpurnius," hauchte er, „trat plötzlich um die Fels-
ecke, wie ich auf die Vipern einhieb.

„Komm mit mir," sagte er und griff nach mir.

Er sah bös aus und falsch.

Ich sprang zurück.

„Komm," sagte er, „ober ich binde dich."

„Mich binden! rief ich. Mein Vater ist der Gothen
König und der deine.

Wag' es und rühr' mich an!"

Da ward er ganz wüthig und schlug nach mir mit
dem Stock und kam näher; ich aber wußte, daß in der
Nähe unsere Knechte Holz fällten und schrie um Hülfe
und wich zurück bis an den Rand der Felsen.

Erschrocken sah er sich um.

Denn die Leute mußten mich gehört haben: ihre
Axtschläge ruhten plötzlich.

Doch plötzlich vorspringend, sagte er: „Stirb, kleine
Natter!" und stieß mich über den Fels.

Teja biß die Lippen.

„O der Neiding." rief Hildebad.

Und Witichis riß sich mit einem Schrei des Schmerzes
los.

„Mach's kurz," sagte Teja.

„Er verlor wieder die Sinne.

Ich trug ihn auf meinen Armen nach Hause zur
Mutter.

Noch einmal schlug er die Augen auf, in ihrem Schos.

Ein Gruß an dich war sein letzter Hauch."

„Und mein Weib — ist sie nicht verzweifelt?"

„Nein, Herr, das ist sie nicht: die ist von Gold, aber auch von Stahl.

Wie der Knabe die Augen geschlossen, zeigte sie schweigend zum Fenster hinaus, nach Rechts.

Ich verstand sie: dort stand des Mörders Haus.

Und ich waffnete alle deine Knechte und führte sie hinüber zur Rache: und wir legten den ermordeten Knaben auf deinen Schild, und trugen ihn in unsrer Mitte zur Mordklage.

Und Rauthgundis ging mit, ein Schwert in der Hand, hinter der Leiche.

Vor dem Thor der Villa legten wir den Knaben nieder.

Er selbst war entflohn auf dem schnellsten Roß zu Belisar.

Aber sein Bruder und sein Sohn und zwanzig Sklaven standen im Hof: sie wollten eben zu Pferd steigen und ihm folgen.

Wir erhoben dreimal den Mordruf.

Dann brachen wir ein.

Wir haben sie alle erschlagen, alle: und das Haus niedergebrannt über den Bewohnern.

Frau Rauthgundis aber sah dem Allen zu, an der Leiche Wacht haltend, auf ihr Schwert gestützt, und sprach kein Wort.

Und mich schickte sie Tages darauf voraus, nach dir zu suchen.

Sie folgte mir bald darauf, sowie sie die kleine Leiche verbrannt..

Und da ich einen Tag verloren, durch die Rebellen vom nächsten Wege abgesperrt, so kann sie stündlich da sein."

„Mein Kind, mein Kind, mein armes Weib.

Das ist der erste Ertrag, den mir diese Krone bringt.

Und nun," rief er mit aller Heftigkeit des Schmerzes den Alten an, „willst du noch das Grausame fordern, das Untragbare?"

Hildebrand stand langsam auf: „Nichts ist untragbar, was nothwendig ist.

Auch der Winter ist tragbar.

Und das Alter.

Und der Tod.

Sie kommen ohne zu fragen, wollt ihr's tragen?

Sie kommen.

Und wir tragen's.

Weil wir müssen.

Aber ich höre Frauenstimmen und rauschende Gewande. Gehen wir."

Witichis wandte sich von ihm zur Thür.

Da stand, unter dem Zeltvorhang, in grauem Gewand und schwarzem Schleier Rauthgundis sein Weib, eine kleine schwarze Marmor-Urne an die Brust drückend.

Ein Ruf liebereichen Schmerzes und schmerzreicher Liebe: — — und die Gatten hielten sich umfangen.

Schweigend verließen die Männer das Zelt.

Sechszehntes Capitel.

Draußen hielt Teja den Alten leise am Mantel zurück:

„Du quälst den König umsonst," sagte er.

„Er wird nie darein willigen.

Er kann's auch nicht.

Jetzt am Wenigsten."

„Woher weißt du? —" unterbrach der Greis.

„Still: ich ahn' es: wie ich alles Unglück ahne."

„Dann wirst du auch einsehen, daß er muß."

„Er, — er wird's nie thun."

„Aber — du meinst sie selbst?"

„Vielleicht!"

„Sie wird," sagte Hildebrand.

„Ja, sie ist ein Wunder von einem Weib," schloß Teja.

Während in den nächsten Tagen das jetzt kinderlose Par seinem stillen Schmerze lebte und Witichis kaum sein Zelt verließ, geschah es, daß die Vorposten der königlichen Belagerer und die Außenwachen der gothischen Besatzung von Ravenna, den eingetretnen thatsächlichen Waffenstillstand benützend, in mannsachen Verkehr traten.

Sie warfen sich, scheltend und zankend, gegenseitig die Schuld an diesem Bürgerkriege vor.

Die Belagerer klagten, daß die Besatzung in der höchsten Noth des Reiches dem gewählten König der Gothen seine Königsburg verschlossen.

Die Ravennaten schmähten auf Witichis, der der Tochter der Amaler nicht gönne, was ihr gebühre.

Einer solchen Unterredung hörte unbemerkt der alte Graf Grippa von Ravenna selber zu, der die Runde auf den Wällen machte.

Plötzlich trat er vor und rief zu den Leuten des Witichis hinunter, die ihren König lobten und rühmten:

„So? Ist das auch edel und königlich gehandelt, daß er statt aller Antwort auf unsern billigen Spruch Sturm lief wie ein Rasender?

Und hatte doch ein so leichtes Mittel, das Gothenblut zu sparen!

Wir wollen ja nur, daß Mataswintha Königin sei!

Nun, kann er deßhalb nicht König bleiben?

Ist's ein zu hartes Opfer, mit dem schönsten Weib der Erde, mit der Fürstin Schönhaar, von deren Reiz die Sänger singen auf den Straßen, Thron und Lager zu theilen?

Mußten lieber so viel tausend tapfrer Gothen sterben?

Nun, er soll nur so fort stürmen!

Laß sehn, was eher bricht: sein Eigensinn oder diese Felsen."

Diese Worte des Alten machten den größten Eindruck auf die Gothen vor den Wällen

Sie wußten nichts zu erwidern zu ihres Königs Vertheidigung.

Von seiner Ehe wußten sie sowenig wie das ganze Heer: daran hatte auch Rauthgundens Anwesenheit im Lager wenig geändert: denn, wahrlich, nicht gleich einer Königin war sie eingezogen.

In großer Erregung eilten sie zurück in's Lager und erzählten, was sie vernommen, wie der Eigensinn des Königs ihre Brüder hingeopfert.

„Darum also hat er die Botschaft aus der Stadt verheimlicht," riefen sie!

Bald bildeten sich in jeder Gasse des Lagers Gruppen, lebhaft bewegte, die anfangs leiser, bald immer lauter die Sache besprachen und auf den König schalten.

Die Germanen jener Zeit behandelten ihre Könige mit einem Freimuth der Rede, welcher die Byzantiner entsetzte.

Hier wirkten der Verdruß über den Rückzug von Rom, die Schmach der Niederlage vor Ravenna, der Schmerz um die geopferten Brüder, der Zorn über sein Geheimthun zusammen, einen Sturm des Unwillens gegen den König zu erregen, der deßhalb nicht minder mächtig, weil er noch nicht offen ausgebrochen.

Nicht entging diese Stimmung den Heerführern, wenn sie durch die Gassen des Lagers schritten und bei ihrem Nahen die Drohworte kaum mehr verstummten.

Aber sie konnten die Gefahr nur entfesseln, wenn sie strafend sie bei'm Namen nannten.

Und oft, wenn Graf Teja oder Hildebad beschwichtigend einschreiten wollten, hielt sie der alte Waffenmeister zurück.

„Laßt es nur noch anschwellen," sagte er: „wenn's genug ist, werd' ich's dämmen."

„Die einzige Gefahr wäre," murmelte er halblaut vor sich hin —

„Daß uns die drüben im Rebellenlager zuvor kämen," sagte Teja.

„Richtig, du Alles Errathender

Aber das hat gute Wege.

Ueberläufer erzählen, daß sich die Fürstin standhaft weigert.

Sie droht, sich eher zu tödten als Arahad die Hand zu reichen."

„Pah," meinte Hildebad, „darauf hin würd' ich's wagen."

„Weil du das leidenschaftliche Geschöpf nicht kennst, das Amelungenkind.

Sie hat das Blut und die Feuerseele Theoderichs und wird auch uns am Ende böses Spiel machen."

„Witichis ist ein andrer Freier als jener Knabe von Asta," flüsterte Teja.

„Darauf vertrau ich auch," meinte Hildebad.

„Gönnt ihm noch einige Tage Ruhe, rieth der Alte.

Er muß seinem Schmerz sein Recht anthun: eh' ist er zu nichts zu bringen.

Stört ihn nicht darin: laßt ihn ruhig in seinem Zelt und bei seinem Weibe.

Ich werde sie bald genug stören müssen."

Aber der Greis sollte bald genöthigt sein, den König

früher und anders als er gemeint aus seinem Schmerz aufzurufen.

Die Volksversammlung zu Regeta hatte gegen diejenigen Gothen welche zu den Byzantinern übergingen, ein Gesetz erlassen, welches schimpflichen Tod drohte.

Solche Fälle kamen zwar im Ganzen selten, aber doch in den Gegenden, wo wenige Germanen unter dichter Bevölkerung lebten und häufige Mischheirathen statt gefunden hatten, häufiger vor.

Der alte Waffenmeister trug diesen Neidingen, welche sich und ihr Volk entehrten, ganz besonderen Zorn.

Er hatte jenes Gesetz beantragt gegen Heeres-Liz und Fahnen-Wechsel.

Noch war eine Anwendung desselben nicht nöthig gewesen und man hatte der Bestimmung fast vergessen.

Plötzlich sollte man ernst genug daran gemahnt werden.

Belisar selbst hatte zwar Rom mit seinem Hauptheer noch nicht verlassen.

Aus mehr als Einem Grunde wollte er vorläufig noch diese Stadt zum Stützpunct all' seiner Bewegungen in Italien machen.

Aber er hatte den weichenden Gothen zahlreiche Streifscharen nachgesandt, sie zu verfolgen, zu beunruhigen und insbesondre die zahlreichen Castelle, Burgen und Städte zu übernehmen, in welchen die Italier die barbarischen Besatzungen vertrieben und erschlagen hatten, oder, von keiner Besatzung im Zaum gehalten, einfach zum „Kaiser der Romäer," wie er sich auf griechisch nannte, abgefallen waren.

Solche Vorfälle ereigneten sich, besonders seit der gothische König in vollem Rückzug und nach Ausbruch der Rebellion die gothische Sache halb verloren schien, fast alle Tage.

Theils mit, theils ohne den Druck oder die Erscheinung byzantinischer Truppen vor den Thoren ergaben sich viele Schlösser und Städte an Belisar.

Da nun die Meisten doch lieber den Schein einer Nöthigung abwarteten, um, falls die Gothen gleichwohl unverhofft wieder siegen sollten, eine Entschuldigung zu finden, war dies für den Feldherrn ein weiterer Grund, solche kleine Abtheilungen, meist aus Italiern und Byzantinern gemischt, unter Führung der Ueberläufer, welche der Gegend und der Verhältnisse kundig waren, auszusenden.

Und diese Scharen, ermuthigt durch den fortgesetzten Rückzug der Gothen, wagten sich weit in's Land: jedes gewonnene Castell wurde ein Ausgangspunct für weitere Unternehmungen.

Eine solche Streifschar hatte jüngst auch Castellum Marcianum gewonnen, welches bei Cäsena, ganz in der Nähe des königlichen Lagers, eine Felshöhe oberhalb des großen Pinienwaldes krönte.

Der alte Hildebrand, an welchen Witichis seit seiner Verwundung den Oberbefehl abgegeben, sah diese gefährlichen Fortschritte der Feinde und den Verrath der Italier mit Ingrimm: und da er ohnehin die Truppen nicht gegen Herzog Guntharis oder gegen Ravenna beschäftigen wollte, — er hoffte auf eine friedliche Lösung des Knotens — beschloß er, gegen diese kecken Streifscharen einen züchtigenden Streich zu thun.

Späher hatten gemeldet, daß, am Tage nach Nauthgundens Ankunft im Lager, die neue, byzantinische Besatzung von Castellum Marcianum sogar Cäsena, diese wichtige Stadt, im Rücken des gothischen Lagers, zu bedrohen wagte.

Grimmig schwur der alte Waffenmeister diesen Frechen das Verderben.

Er selbst stellte sich an die Spitze einer Tausendschaft von Reitern, welche in der Stille der Nacht, Stroh um die Hufe der Rosse gewickelt, in der Richtung gegen Cäsena aufbrachen.

Der Ueberfall gelang vollkommen.

Unbemerkt gelangten sie bis in den Wald, an den Fuß des hoch auf dem Fels gelegnen Castells.

Hier vertheilte Hildebrand die Hälfte seiner Reiter auf alle Seiten des Waldes, die andre Hälfte ließ er absitzen und führte sie leise die Felswege des Castells hinan.

Die Wache am Thor ward überrascht und die Byzantiner, von einer überlegnen Macht überfallen, flohen nach allen Seiten den Fels hinab in den Wald, wo der große Theil von den Berittnen gefangen wurde.

Die Flammen des brennenden Schlosses erleuchteten die Nacht.

Eine kleine Gruppe aber zog sich fechtend über das Flüßchen am Fuß des Felsens zurück, über welches nur eine schmale Brücke führte.

Hier wurden die verfolgenden Reiter Hildebrands

von einem Einzelnen aufgehalten, einem Anführer, nach dem Glanz der Rüstung zu schließen.

Dieser hochgewachsne und schlanke, wie es schien noch junge Mann — sein Visir war dicht geschlossen — focht wie ein Verzweifelter, deckte die Flucht der Seinen und hatte schon vier Gothen niedergestreckt.

Da kam der alte Waffenmeister zur Stelle und sah eine Weile den ungleichen Kampf mit an.

„Gieb dich gefangen, tapfrer Mann!" rief er dem einsamen Krieger zu, „dein Leben steh' ich dir."

Bei diesem Ruf zuckte der Byzantiner zusammen: einen Augenblick senkte er das Schwert und sah auf den Alten.

Aber schon im nächsten Moment sprang er wüthend vor und wieder zurück: er hatte dem vordersten An-greifer mit gewaltgem Streich den Arm vom Leibe ge-geschlagen.

Entsetzt wichen die Gothen etwas zurück.

Hildebrand ergrimmte.

„Drauf!" schrie er, vorspringend, „jetzt keine Gnade mehr! Zielt mit den Speeren."

„Er ist gefeit gegen Eisen!" rief einer der Gothen, ein Vetter Teja's, „dreimal hab' ich ihn getroffen — er ist nicht zu verwunden."

„Meinst du, Aligern?" lachte der Alte grimmig, „laß sehen, ob er auch gegen Stein gefeit ist."

Und er schleuderte seinen steinernen Wurfhammer — er war fast der Einzige, der nicht von dieser heidnisch alten Waffe gelassen — sausend gegen den Byzantiner.

Die wuchtige Steinart schlug krachend grad auf den stolz geschweiften Helm und wie blitzgetroffen fiel der Tapfre nieder.

Zwei Männer sprangen rasch hinzu und lösten ihm den Helm.

„Meister Hildebrand," rief Aligern erstaunt, „das war kein Byzantiner."

„Und kein Italier," sagte Gunthamund.

„Sieh die Goldlocken — das war ein Gothe!" meinte Hunibad.

Hildebrand trat hinzu — — und schrak zusammen.

„Fackeln her," rief er — „Licht! — — Ja," sprach er finster, seinen Steinhammer wieder aufhebend, „das war ein Gothe.

Und ich! — ich hab' ihn erschlagen," fügte er mit eisiger Ruhe hinzu.

Aber seine Faust zitterte am Hammerschaft.

„Nein, Herr," rief Aligern, „er lebt.

Er war nur betäubt!

Er schlägt die Augen auf."

„Er lebt?" fragte der Alte mit Grauen, „das woll'n die Götter nicht!"

„Ja, er lebt!" wiederholten die Gothen, ihren Gefangnen aufrichtend.

„Dann weh über ihn! und mich! Aber nein! ihn senden die Götter der Gothen in meine Gewalt! Bind' ihn auf dein Roß, Gunthamund, aber fest! Und wenn er entwischt, gilt es deinen Kopf statt des Seinen. Auf, zu Pferd und nach Hause!"

Im Lager angelangt fragte die Bedeckung den Waffenmeister, was sie für diesen Gefangnen rüsten sollten.

„Einen Bund Stroh für heute Nacht," sagte der, „und für morgen früh — einen Galgen."

Mit diesen Worten ging er in das Zelt des Königs und berichtete den Erfolg seines Zuges.

„Wir haben unter den Gefangnen" schloß er finster, „einen gothischen Ueberläufer. Er muß hängen, ehe die Sonne morgen niedergeht."

„Das ist sehr traurig," sagte Witichis seufzend.

„Ja, aber nothwendig. Ich berufe das Kriegsgericht der Heerführer auf morgen. Willst du den Vorsitz führen?"

„Nein," sagte Witichis, „erlaß mir's: ich bestelle Hildebad an meiner Statt." —

„Nein," sagte der Alte, „das geht nicht an. Ich bin Oberfeldherr, so lang du im Zelte liegst: ich fordre den Vorsitz als mein Recht."

Witichis sah ihn an: „du siehst grimmig und so kalt! Ist's ein alter Feind deiner Sippe?"

„Nein," sprach Hildebrand.

„Wie heißt der Gefangne?"

„Wie ich, Hildebrand."

„Höre, du scheinst ihn zu hassen, diesen Hildebrand! Du magst ihn richten, aber hüte dich vor übertriebner Strenge. Vergiß nicht, daß ich gern begnadige."

„Das Wohl der Gothen fordert seinen Tod," sagte Hildebrand ruhig „und er wird sterben." —

Siebzehntes Capitel

Früh am andern Morgen wurde der Gefangne verhüllten Hauptes hinausgeführt auf eine Wiese, im Norden, „an der kalten Ecke" des Lagers, wo sich die Heerführer und ein großer Theil der Heermänner versammelt hatten.

„Höre," sagte der Gefangne zu einem seiner Begleiter, „ist der alte Hildebrand auf dem Tingplatz?"

„Er ist das Haupt des Tings."

„Barbaren sind und bleiben sie!

Thu' mir den Gefallen, Freund — ich schenke dir dafür diese purpurne Binde — und geh zu dem Alten.

Sag ihm: ich wüßte, daß ich sterben muß.

Aber er möge doch mir — und mehr noch meinem Geschlecht — hörst du? — meinem Geschlecht — die Schande des Galgens ersparen.

Er möge mir heimlich eine Waffe senden."

Der Gothe, Gunthamund, ging, Hildebrand zu suchen, der das Gericht bereits eröffnet hatte.

Das Verfahren war sehr einfach.

Der Alte ließ zuerst das Gesetz von Negeta vorlefen, dann von Zeugen feftftellen, wie man fich des Gefangnen bemächtigt, darauf diefen felbft vorführen.

Noch immer bedeckte ein Wollfack fein Haupt und feine Schultern.

Eben follte diefer abgenommen werden, als Gunthamund fich zu Hildebrand drängte und in fein Ohr flüfterte.

„Nein," fagte diefer, die Stirn runzelnd. „Ich laß' ihm fagen: die Schmach für fein Geschlecht fei feine That, nicht feine Strafe." Und laut fuhr er fort:

„Zeigt das Antlitz des Verräthers! Er ift Hildebrand, der Sohn des Hildegis!"

Ein Ruf des Staunens und Schreckens lief durch die Menge.

„Sein eigner Enkel!"

„Alter, du follft nicht weiter richten! Du bift graufam gegen dein Fleisch und Blut!" rief Hildebad auffpringend.

„Nur gerecht, aber gegen Alle," fagte Hildebrand, den Stab auf die Erde ftoßend.

„Armer Witichis!" flüfterte Graf Teja.

Aber Hildebad fprang auf und eilte hinweg nach dem Lager.

„Was kannft du für dich vorbringen, Sohn des Hildegis?" fragte Hildebrand.

Der junge Mann trat haftig vor: fein Antlitz war von Zorn geröthet, nicht von Scham: keine Spur von Furcht lag auf feinen Zügen: fein langes, gelbes Haar flog im Wind.

Die Menge war von Mitgefühl ergriffen.

Schon der Bericht seines todesmuthigen Widerstandes, dann die Entdeckung seines Namens, endlich jetzt seine Jugend und Schönheit sprachen mächtig für ihn.

Er ließ sein Auge flammend die Reihen durchfliegen, und mit Stolz auf dem Alten haften.

„Ich verwerfe dies Gericht!

Euer Gesetz trifft mich nicht!

Ich bin Römer, kein Gothe!

Mein Vater starb vor meiner Geburt, meine Mutter war eine Römerin, die edle Cloelia.

Diesen barbarischen Alten hab' ich nie als mir verwandt empfunden.

Seine Strenge hab' ich verachtet wie seine Liebe.

Seinen Namen hat er mir, dem Kinde, aufgezwungen, mich meiner Mutter entrissen.

Ich aber entlief ihm, sobald ich konnte: nicht Hildebrand, Flavus Cloelius habe ich mich von je genannt.

Römisch waren meine Freunde, römisch von jeher meine Gedanken, römisch mein Leben.

All meine Freunde gingen zu Belisar und Cethegus: sollt' ich zurückbleiben?

Tödtet mich, ihr könnt' es und ihr werdet's.

Aber gesteht, daß es Mord ist, nicht Rechtsvollzug.

Ihr richtet keinen Gothen, ihr ermordet einen gefangenen Römer.

Denn römisch ist meine Seele."

Schweigend, mit gemischten Empfindungen hörte die Menge diese Vertheidigung.

Da erhob sich ingrimmig der Alte, sein Auge sprühte Blitze, seine Hand zitterte, vor Zorn, an dem Stabe.

„Elender!" schrie er, „du bist eines gothischen Mannes Sohn, das räumst du ein.

So bist du denn ein Gothe: und wenn du dich als Römer fühlst, verdienst du schon dafür, zu sterben.

Sajonen, fort mit ihm, an den Galgen."

Da trat der Gefangne noch mal an die Schranken der Stufe.

„So sei verflucht," schrie er, „du thierisch rohes Volk!

Verflucht, ihr Barbaren allesammt, und zumeist du, Greis, mit dem Wolfsherzen! Glaubt nicht, daß all eure Wildheit euch frommt und eure Grausamkeit!

Hinweggetilgt sollt ihr werden aus diesem schönen Land und keine Spur soll von euch künden."

Auf einen Wink des Alten warfen ihm die Bann-Boten wieder eine Hülle um's Haupt und führten ihn ab nach einem Hügel, wo ein starker Eibenbaum aller seiner Zweige und Blätter beraubt war.

Da wurden die Augen der Menge von ihm nach dem Lager abgelenkt, aus welchem Lärm und Hufschlag eilender Rosse nahte.

Es war ein Zug Reiter mit dem königlichen Banner, Witichis und Hildebad an der Spitze.

„Haltet ein," rief der König von Weitem, „schont den Enkel Hildebrands: Gnade, Gnade."

Aber der Alte wies nach dem Hügel.

„Zu spät, Herr König," rief er laut, „es ist aus mit dem Verräther.

So geh es jedem, der seines Volks vergißt.

Erst kommt das Reich, König Witichis, und dann kommt Weib und Kind und Kindeskind."

Groß war der Eindruck dieser That Hildebrands auf das Heer, größer noch auf den König.

Witichis fühlte das Gewicht, welches durch dieses Opfer jede Forderung des Alten gewonnen hatte.

Und mit dem Gefühl, daß jetzt jeder Widerstand viel schwerer geworden, kehrte er in sein Zelt zurück.

Und Hildebrand benützte seinen Vortheil, die Stimmung.

Er trat am Abend mit Teja in das Zelt des Königs.

Schweigend, Hand in Hand saßen die Gatten auf dem Feldbett; auf dem Tisch vor ihnen stand die schwarze Urne, daneben lag eine Goldcapsel nach Art der Amulette an blauem Bande: die kleine römische Broncelampe verbreitete nur trübes Licht.

Als Hildebrand dem König die Hand reichte, sah ihm dieser ins Antlitz: ein Blick sagte ihm, daß Hildebrand mit dem festen Entschluß eingetreten sei, jetzt seinen Gedanken durchzusetzen um jeden Preis.

Alle Anwesenden schienen stillschweigend von dem Eindruck des bevorstehenden Seelenringens durchschauert.

„Frau Rauthgundis," hob der Alte an, „ich habe Hartes mit dem König zu reden.

Es wird euch kränken, es zu hören."

Die Frau erhob sich, aber nicht um zu gehen.

Der Ausdruck tiefen Schmerzes und tiefer Liebe zu ihrem Gatten gab den regelmäßigen festen Zügen eine edle Weihe.

Sie legte, ohne die Rechte aus der Hand des Gatten zu ziehen, leise die Linke auf seine Schulter.

„Sprich nur fort, Hildebrand, ich bin sein Weib und fordre die Hälfte dieser Härte."

„Frau," — sagte der Alte nochmal.

„Laß sie bleiben," sprach der König, „fürchtest du, ihr in's Angesicht deine Gedanken zu sagen?"

„Fürchten? nein! und sollt ich einem Gott in's Antlitz sagen, das Volk der Gothen ist mir mehr als du — ich thät's ohne Furcht: Wisse denn" —

„Wie? du willst? Schone, schone sie," sprach Witichis, den Arm um seine Frau schlingend.

Aber Rauthgundis sah ihn groß und fest an:

„Ich weiß Alles, mein Witichis.

Wie ich gestern Abend durch's Lager wandelte, unerkannt, im Schutz der Dämmerung, hörte ich die Heermänner an den Feuern auf dich schelten und diesen Alten hoch erheben.

Ich lauschte und hörte Alles, was dieser fordert und was du weigerst."

„Und du hast mir nichts gesagt?"

„Hat es doch keine Gefahr.

Weiß ich doch, daß du dein Weib nicht verstoßen wirst.

Nicht um eine Krone und nicht um jenes zauberschöne Mädchen.

Wer will uns scheiden?

Laß diesen Alten drohn: ich weiß ja doch, es hangt kein Stern am Himmel fester als ich an deinem Herzen."

Diese Sicherheit wirkte auf den Alten.

Er furchte die Stirn: „Nicht mit dir hab' ich zu rechten.

Witichis, ich frage dich vor Teja: — du weißt, wie es steht.

Ohne Ravenna sind wir verloren —

Ravenna öffnet dir nur Mataswinthens Hand —

Willst du diese Hand fassen oder nicht?"

Da sprang Witichis auf.

„Ja, unsre Feinde haben Recht!

Wir sind Barbaren!

Da steht vor diesem fühllosen Alten ein herrlich Weib, an Schmerzen wie an Treue unerreicht, vor ihm steht die Asche unseres gemordeten Kindes und er will von diesem Weib, von dieser Asche weg den Gatten zu neuer Ehe rufen. Nie, niemals!"

„Vor einer Stunde waren Vertreter aller Tausend-schaften des Heeres auf dem Weg in dein Zelt," sprach der Greis.

„Sie wollten erzwingen, was ich fordere.

Ich hielt sie mit Mühe ab."

„Laß sie kommen!" rief Witichis, „sie können mir nur die Krone nehmen, nicht mein Weib."

Wer die Krone trägt, ist seines Volkes, nicht mehr sein eigen."

„Hier, — da ergriff Witichis den Kronhelm und legte ihn auf den Tisch vor Hildebrand, — noch einmal geb' ich euch und zum letzten Mal die Krone zurück. —

Ich habe sie nicht verlangt, weiß Gott. —

Sie hat mir nichts gebracht als diese Aschenurne. —

Nehmt sie zurück — laßt König sein wer will und Mataswintha frein."

Aber Hildebrand schüttelte das Haupt.

„Du weißt, das führt zum sichersten Verderben.

Schon jetzt sind wir in drei Parteien gespalten.

Viele Tausende würden Arahad nie anerkennen.

Du bist's allein, der noch Alles zusammen hält.

Fällst du weg, so lösen wir uns auf, ein Bündel losgebundener Ruthen, die Belisar im Spiele bricht.

Willst du das?"

„Frau Rauthgundis, kannst du kein Opfer bringen für dein Volk!" sprach Teja näher tretend.

„Auch du, hochsinniger Teja, gegen mich? ist das deine Freundschaft?"

„Rauthgundis," sprach dieser ruhig, ich ehre dich vor allen Frauen, hoch und Hohes fordre ich darum von dir." —

Hildebrand aber begann, „du bist die Königin dieses Volkes.

Ich weiß von einer Gothenkönigin aus unsrer Ahnen Heidenzeit.

Hunger und Seuchen lasteten auf ihrem Volk.

Ihre Schwerter waren sieglos.

Die Götter zürnten den Gothen.

Da fragte Swanhild die Eichen des Waldes und die Wellen des Meers und sie rauschten zur Antwort:

„Wenn Swanhild stirbt, leben die Gothen.

Lebt Swanhild, so stirbt ihr Volk."

Und Swanhild wandte den Fuß nicht mehr nach Hause.

Sie dankte den Göttern und sprang in die Fluth.

Aber freilich, das war die Heidenzeit."

Rauthgundis blieb nicht unbewegt.

„Ich liebe mein Volk," sprach sie, „und seit von Athalwin nur diese Locke übrig," sie wies auf die Capsel, „glaub' ich, gäb' ich mein Leben für mein Volk.

Sterben will ich — ja," rief sie, „aber leben und diesen Mann meines Herzens in andrer Liebe wissen — nein."

„In andrer Liebe!" rief Witichis, „wie redest du mir so?

Weißt du's denn nicht, wie ewig dies gequälte Herz nur nach dem Wohlklang deines Namens schlägt?

Hast du's denn nicht empfunden, noch nicht, an dieser Urne nicht, wie ewig unsre Herzen eins?

Was bin ich, ohne deine Liebe?

Reißt mir das Herz aus der Brust, setzt mir ein andres ein: dann etwa laß ich von dieser Seele.

Ja, wahrlich," rief er den beiden Männern zu, „ihr wißt nicht was ihr thut und kennt euren Vortheil schlecht.

Ihr wißt nicht, daß meine Liebe zu diesem Weib und dieses Weibes Liebe das Beste ist am armen Witichis.

Sie ist mein guter Stern.

Ihr wißt nicht, daß ihr zu danken, ihr allein, wenn etwas euch an mir gefällt.

An sie denk' ich im Getümmel der Schlacht und ihr Bild stärkt meinen Arm.

An sie denk ich, an ihre Seele, klar und ruhig, an ihre makellose Treu, wenn's gilt, im Rath das Edelste zu finden. —

O, dieses Weib ist meines Lebens Seele, nehmt sie hinweg und ein Schatte ohne Glück und Kraft ist euer König."

Und in leidenschaftlicher Erregung schloß er Rauthgundis in die Arme.

Sie war erstaunt, selig erschrocken.

Noch nie hatte der stäte, ruhige Mann, der sein Gefühl gern scheu in sich verschloß, so von ihr, von seiner Liebe gesprochen.

Nicht, da er um sie warb, wie jetzt, da er sie lassen sollte.

Auf's Mächtigste erschüttert sank sie an seine Brust:

„Dank, Dank, Gott, für diese Schmerzenstunde," flüsterte sie, „ja, jetzt weiß ich, dein Herz, deine Seele sind ewig mein."

„Und bleiben dein," sagte Teja leise, „wenn auch eine Andre seine Königin heißt!

Sie theilt nur seine Krone, nicht sein Herz."

Das schlug tief in Rauthgundis Seele.

Sie sah, ergriffen von diesem Wort, mit großen Augen auf Teja.

Hildebrandt erkannte es wohl und sann darauf, jetzt seinen Hauptschlag zu führen.

„Wer will, wer kann an eure Herzen rühren?" sprach er.

„Ein Schatte ohne Glück und Kraft — das wirst du nur, wenn du mein Wort verwirfst und brichst deinen heiligen, heiligen Eid.

Denn der Meineidge ist hohler als ein Schatte."

„Seinen Eid?" fragte Rauthgundis erbebend. „Was hast du geschworen?"

Witichis aber sank auf den Sitz und sein Haupt auf seine Hände.

„Was hat er geschworen?" wiberholte sie.

Da sprach Hildebrand, langsam jedes Wort in die Seele der Gatten zielend.

„Wenige Jahre sind's.

Da schloß ein Mann, in mitternächtiger Stunde, mit vier Freunden einen mächtigen Bund.

Unter heiliger Eiche ward der Rasen geritzt und er that einen Eid bei der alten Erbe, dem wallenben Wasser, dem flackernden Feuer und der leichten Luft.

Und sie mischten ihr rothes Blut zu einem Bund von Brübern auf immer und ewig und alle Tage.

Sie schworen den schweren Schwur, zu opfern alles Eigen:

Sohn und Sippe, Leib und Leben:

Waffen und Weib dem Glück und Glanz des Geschlechtes der Gothen.

Und wer von den Brüdern sich wollte weigern,

Den Eid zu ehren mit allen Opfern,

Deß rothes Blut solle rinnen ungerächt wie dies Wasser unter den Wald-Wasen.

Auf sein Haupt solle die Himmels-Halle niederdonnern und ihn erdrücken.

Und wer vergißt dieses Eides und wer sich weigert,

Alles zu opfern dem Volk der Gothen,

Wenn die Noth es gebeut und ein Bruder ihn mahnt,

Der soll verfallen sein auf immer den dunkeln Gewalten,

Die da hausen unter der Erde.

Gute Menschen sollen mit Füßen schreiten über des Neidings Haupt und sein Andenken verschlungen sein spurlos in die Tiefe: — oder wer seiner gedenkt, gedenke sein mit Fluchen: und verdammt soll sein seine Seele zu ewiger Qual. Und ehrlos soll sein sein Name, so weit Christenleute Glocken läuten und Heidenleute Opfer schlachten, so weit der Wind weht über die weite Welt.

So ward geschworen in jener Nacht von fünf Männern: von Hildebrand und Hildebad, von Totila und Teja.

Wer aber war der fünfte? Witichis, Waltaris Sohn."

Und — rasch streifte er dem König das Gewand über den linken Knöchel zurück.

„Sieh her, Rauthgundis, noch ist die Narbe des Blutschnitts nicht verwischt.

Aber der Schwur ist verwischt in seiner Seele.

So schwor er damals, als er noch nicht König war.

Und als ihn die Tausende von gothischen Männern auf dem Feld von Regeta auf den Schild erhoben, da that er einen zweiten Schwur:

„Mein Leben, mein Glück, mein Alles, euch will ich's weihn, dem Volk der Gothen, das schwör ich euch beim höchsten Himmels-Gott und bei meiner Treue."

Nun, Witichis, Waltaris Sohn, König der Gothen, ich mahne dich an jenen doppelten Eid zu dieser Stunde.

Ich frage dich, willst du opfern, wie du geschworen, dein Alles, dein Glück und dein Weib, dem Volk der Gothen?

Siehe, auch ich habe drei Söhne verloren für dies Volk.

Und habe meinen Enkel, den letzten Sproß meines Geschlechts, geopfert, gerichtet für die Gothen, ohne Zucken mit den Wimpern.

Sprich, willst du das Gleiche thun? willst du halten deinen Eid? oder ihn brechen und ehrlos unter den Lebendigen, verflucht sein unter den Todten, willst du?"

Witichis wand sich im Schmerz unter den Worten des furchtbaren Alten.

Da erhob sich Rauthgundis.

Die Linke auf ihres Mannes Herz gelegt, die Rechte wie abwehrend gegen Hildebrand ausstreckend, sprach sie:

„Halt ein. Laß ab von ihm

Es ist genug, schon längst.

Er thut, was du begehrst.

Er wird nicht ehrlos und eidbrüchig an seinem Volke, um sein Weib."

Aber Witichis sprang auf und umfaßte sie, als wollte man ihm sein Weib sogleich entreißen.

„Geht jetzt," sprach sie zu den Männern, „laßt mich allein mit ihm."

Teja wandte sich zum Ausgang, Hildebrand zögerte.

„Geh nur, ich gelobe es dir:" sprach sie die Hand auf die Marmor-Urne legend, „bei der Asche meines Kindes: mit Sonnenaufgang ist er frei."

„Nein," sprach Witichis, „ich stoße mein Weib nicht von mir, nie."

„Das sollst du nicht.

Nicht du vertreibst mich: ich wende mich von dir.

Rauthgundis geht, ihr Volk zu retten und ihres Gatten Ehre.

Du kannst dein Herz nie von mir lösen: ich weiß es, es bleibt mein, seit heute mehr denn je.

Geht, was jetzo zwischen uns Beiden zu leben ist, trägt keinen Zeugen."

Schweigend verließen die Männer das Zelt, schweigend gingen sie mit einander die Lagergasse hinab, an der Ecke hielt der Alte.

„Gut Nacht, Teja," sagte er, „jetzt ist's gethan."

„Ja, doch wer weiß, ob wohlgethan.

Ein edles, edles Opfer — noch viele Andre werden

folgen und mir ist: dort in den Sternen steht geschrieben: umsonst.

Doch gilt's die Ehre noch, wenn nicht den Sieg.
Lebwohl."

Und er schlug den dunkeln Mantel um die Schulter
und verschwand wie ein Schatten in der Nacht.

———————

Achtzehntes Capitel.

Am andern Morgen noch vor Hahnenkraht ritt ein verhülltes Weib aus dem Gothenlager.

Ein Mann im braunen Kriegermantel schritt neben ihr, das Roß am Zügel führend und immer wieder in ihr verschleiert Antlitz schauend.

Einen Pfeilschuß hinter ihnen ritt ein Knecht, ein Bündel hinter sich auf dem Sattel, an dem die schwere Keule hing.

Lange verfolgten sie schweigend ihren Weg.

Endlich hatten sie eine Waldhöhe erreicht: hinter ihnen die breite Niederung, in welcher das Gothenlager und die Stadt Ravenna ruhten, vor ihnen die Straße, welche nach der Via Aemilia im Nordwesten führte.

Da hielt das Weib den Zügel an.

„Die Sonne steigt soeben auf: ich hab's gelobt, daß sie dich frei und ledig findet. Leb wohl, mein Witichis."

„Eile nicht so hinweg von mir," sagte er, ihre Hand drückend.

„Wort muß man halten, Freund, und bricht das Herz darob.

Es muß sein."

„Du gehst leichter, als ich bleibe."

Sie lächelte schmerzlich.

„Ich lasse mein Leben hinter dieser Walchöhe: Du hast noch ein Leben vor dir."

„Was für ein Leben!"

„Das Leben eines Königs für sein Volk, wie dein Eid es gebeut."

„Unseliger Eid."

„Es war recht, ihn zu schwören: es ist Pflicht, ihn zu halten.

Und du wirst mein gedenken in den Goldsälen von Rom, wie ich dein in meiner Hütte tief im Steingeklüft.

Du wirst sie nicht vergessen, die zehn Jahre der Lieb' und Treu, und unsern süßen Knaben."

„O mein Weib, mein Weib," rief der Gequälte und umschlang sie mit beiden Armen, das Haupt auf den Sattelknopf gedrückt.

Sie beugte das Haupt über ihn und legte die Rechte auf sein braunes Haar.

Inzwischen war Wachis herangekommen: er sah der Gruppe eine Weile zu, dann hielt er's nicht mehr aus.

Er zog leise seinen Herrn am Mantel: „Herr, paßt auf, ich weiß euch guten Rath, hört ihr nicht?"

„Was kannst du rathen?"

„Kommt mit, auf und davon! werft euch auf mein Pferd und reitet frisch davon mit Frau Rauthgundis. Ich komme nach.

Laßt ihnen doch, die euch so quälen, daß euch die

hellen Tropfen im Auge stehen, laßt ihnen doch den ganzen Plunder von Kron' und Reich.

Euch hat's kein Glück gebracht: sie meinen's nicht gut mit euch: wer will Mann und Weib scheiden um eine todte Krone?

Auf und davon, sag ich!

Und ich weiß euch ein Felsennest, wo euch nur der Adler findet oder der Steinbock."

„Soll dein Herr von seinem Reich entlaufen, wie ein schlechter Sklave aus der Mühle?"

„Leb wohl Witichis, hier nimm die Capsel mit dem blauen Band: des Kindes Stirnlocken sind darin und eine," flüsterte sie, ihn auf die Stirn küssend und das Medaillon umhängend, „und eine von Rauthgundis.

Leb wohl, du mein Leben!"

Er richtete sich auf, ihr in's Auge zu sehen.

Da trieb sie das Pferd an: „Vorwärts, Wallada,"— und sprengte hinweg: Wachis folgte im Galopp, Witichis stand regungslos und sah ihr nach.

Da hielt sie, ehe die Straße sich in's Gehölz krümmte — nochmal winkte sie mit der Hand und war gleich darauf verschwunden.

Witichis lauschte wie im Traum auf die Hufschläge der eilenden Rosse.

Erst als diese verhallt, wandte er sich.

Aber es ließ ihn nicht von der Stelle.

Er trat seitab der Straße: dort lag jenseit des Grabens ein großer mosiger Felsblock: darauf setzte sich der

König der Gothen, und stützte die Arme auf die Knie, das Haupt in beide Hände.

Fest drückte er die Finger vor die Augen, die Welt und Alles draußen auszuschließen von seinem Schmerz.

Thränen drangen durch die Hände, er achtete es nicht.

Reiter sprengten vorüber, er hörte es kaum.

So saß er stundenlang regungslos, so daß die Vögel des Waldes bis dicht an ihn heran spielten.

Schon stand die Sonne im Mittag.

Endlich — hörte er seinen Namen nennen.

Er sah auf: Graf Teja stand vor ihm.

„Ich wußt es wohl," sagte dieser, „du bist nicht feig entflohn.

Komm mit zurück und rette das Reich.

Als man dich heut nicht in deinem Zelte fand, kam's gleich im ganzen Lager aus: du habest an Krone und Glück verzweifelnd dich davon gemacht.

Bald drangs in die Stadt und zu Guntharis: die Ravennaten drohen einen Ausfall, sie wollen zu Belisar übergehn.

Arahad buhlt bei unsrem Heer um die Krone.

Zwei, drei Gegenkönige drohn.

Alles fällt in Trümmer auseinander, wenn du nicht kommst und rettest."

„Ich komme," sagte er, „sie sollen sich hüten!

Es brach das beste Herz um diese Krone: sie ist geheiligt und sie soll'n sie nicht entweihn.

Komm, Teja, zurück ins Lager."

8907859906
b89079859906a

8907859906

B89079859906A